牛涛——著

黄雀背后

成都时代出版社
CHENGDU TIMES PRESS

图书在版编目（CIP）数据

黄雀背后 / 牛涛著 . -- 成都 ： 成都时代出版社，
2024. 10. -- ISBN 978-7-5464-3522-0

Ⅰ . I247.7

中国国家版本馆 CIP 数据核字第 202430MZ73 号

黄雀背后
HUANGQUE BEIHOU

牛涛 ／ 著

出 品 人　达　海

责任编辑　周佑谦
责任校对　樊思岐
责任印制　黄　鑫　曾译乐
封面设计　百悦兰棠［BAIYUE LANTANG］
装帧设计　百悦兰棠［BAIYUE LANTANG］

出版发行　成都时代出版社
电　　话　（028）86742352（编辑部）
　　　　　（028）86615250（发行部）
印　　刷　河北文盛印刷有限公司
规　　格　787mm×1092mm　1/16
印　　张　19
字　　数　260千字
版　　次　2024 年 10 月第 1 版
印　　次　2025 年 1 月第 1 次印刷
书　　号　ISBN 978-7-5464-3522-0
定　　价　88.00 元

我的梦（自序）

在人生的旅途中，每一个人都有自己的梦想，无论是这样或那样的梦，都会殚精竭虑地去执着追求。

我就是这样一个追梦人。我酷爱文学，梦寐以求地希望将来能够成为一个作家，并为此孜孜不倦地奋斗了大半生。

20世纪60年代，是我的童年时代。我从小就爱读书，那时买不起厚厚的小说，就经常去听村里的长辈们讲故事，的确受益匪浅。那时，生活困难，交不起学费，每到放学回家，我都到盐碱地里刮碱土。先刮成一堆一堆的，再用独轮车把它运回家，做一个大盐池，浇上水，淋出小盐到集市上去卖，换回钱来交学费、买铅笔和写字本等用品。

有一年的冬天，我穿着一双布鞋踏着泥泞小路从学校走回家，脚被冻得不听使唤，到厨房里脱掉带着泥浆的湿鞋，放在灶台旁边去烤。正在做早饭的娘发现后，赶紧抓住我的右脚看，只见脚后跟和脚趾被冻得通红，肿得像馒头，有的地方冒出黄水来。

"疼吧，孩子！"娘抚摸着我脚上的冻疮，豆粒大的泪珠儿，扑扑簌簌地落在我的脚上。

"娘，不哭。"我眼里也含着热泪，用手抹去娘眼角的泪花。

当天夜里，娘熬了一个通宵，为我赶做了一双新布鞋，等我踏湿了这双，再换那双。这是多么厚重的母爱啊，她是无私的爱，伟大的爱，至今回想起来，心里总是难以平静。

上高中后，为支持我的学业，母亲总是在我星期天回到家里时，给我做上一顿由高粱、大豆面擀的杂面条。在那"够不够，三百六，地瓜、萝卜在里头"的年代，能吃上一顿杂面条，就是最好的享受了。

1974年9月，又到了部队开始征兵的时候。我想，这是我走向世界的机会，积极报上了名。可是，时任生产队会计的是我远房二叔，他极力反对我报名参军。他是一个念过几天书的人，说话文绉绉的，对我一番讥讽："我说小三，你还是不要报名了吧，人家参军的都是膀宽腰圆，五大三粗，横推八马倒，倒拽九牛回。而你呢，要个头没个头，要块头没块头，还没有枪高，你是能端得起枪，还是能抬得动炮？"

"二叔，你不要隔着门缝看人——把人看扁了！"我气得脸色铁青，真想给他一巴掌。的确，我当时正患着腮腺炎，腮帮子还肿着，就连民兵连长也对我直摇头。

接着是到公社驻地去体检，不管能不能体检得上，我决心试一试。结果，同我一起去的六个青年，一个一个地都被刷下来了，就我一人过了关。后来我才知道，患腮腺炎是不影响参军的。

我应征入伍来到云南边防某部，从此开始了我的军旅生涯。当初，我本期盼着能分配到汽车团当驾驶员或后勤修理工什么的，起码能学个技术。因为，与我一起分配到这个部队的同乡战友，高中生并不多见，我自认为有点优势。哪知道天不遂人愿，我被分到了汽车修理连锻工班打铁。

后来，经过一番冷静思考，我决心振作起来，在兢兢业业做好本职工作的同时，利用星期天、节假日等业余时间到部队阅览室一边啃文学名著，一边学习写作。我根据某部队一个团长不贪恋大城市的舒适环境，而来到家乡帮助农民群众改造山区，却遭到迫害的事迹，将其改编成六万五千字的电影剧本，得到团政委张三禹的高度重视。他特意把我叫到办公室，很认真地看了一遍这个剧本，然后将其推荐给时任昆明军区文化部部长毛烽（电影《英雄儿女》的编剧），毛部长看后很感兴趣，并提出了修改意见。部队破例准我三个半月的假期，让我回到家乡修改剧本。

辞别张政委时，他再三叮咛我要勤奋，把剧本改好，并特意给我讲了一个懒汉的故事。说从前有个教书先生懒得出奇，身上的衣服直到穿烂也不肯清洗一次。一天，下着鹅毛大雪，这位教书先生看着漫天飘落的雪花，即兴赋诗一首："天公下雪不下雨，雪到地上变成雨。变成雨来多麻烦，不如当初就下雨。"他的学生也随即赋诗一首："先生吃饭不吃屎，饭到肚里变成屎。变成屎来多麻烦，不如当初就吃屎。"

1979年，中越边境狼烟突起，时任昆明军区后勤某分部政治部主任的张三禹，调我到战地记者采访团。这使我有生以来第一次体验到残酷战争的腥风血雨和正义之师的英勇顽强。我深入战地采访，与他人合写的反映英雄战士奋勇杀敌、支援前线的报告文学《三天三夜》《深山古林铺新路》《飞针走线寄深情》等，被编辑成册，在部队官兵中引起强烈反响。

随后，我历任宣传干事、连队政治指导员直至转业到地方做新闻宣传、广播电视工作。职务及工作环境一次次变动，我却始终笔耕不辍，先后在《人民日报》《大众日报》《菏泽日报》《知音》《边疆文学》《福建文学》《三月三》等报刊发表消息、通讯、报告文学、小说和诗歌2000余篇。其中，小说《辣女》和报告文学《为救母，三兄弟义集青春》《下岗妻，能让饺子开口笑》被《党员文摘》《今日文摘》等多家报刊转载；小说《南疆无名草》《老山沟飞出个金凤凰》获西南军事文学二等奖。2013年10月，我的中篇小说《范蠡说媒》在《三月三》杂志刊发，中篇小说《侠女阿秀》在《绿洲》文学杂志发表。

"天心不负人心苦，孤诣崛奇有大成。"虽然未能达到诗中所写的境界，但我至少可以做芳草绿，不去与春晖争艳，正像一首歌里所唱：人生天地间，就要不白活一回，活就活他个虎生威，活就活他个龙摆尾。

太阳，是古老的，可每天升起来又是新的。所以，人总是要有一点精神追求的，也正是这种理念一直激励着我不断去追梦！

出版这部中短篇小说集，是我多年的梦想。作为一个老新闻工作者，一个军转干部，我曾采访过许多先进人物和英雄事迹。《笨伢子》《虎子》《少年与野象》《少年壮志》《梦》等小说中的人物原型，都曾经是我采访的对象。"林花谢了春红，太匆匆"。一年又一年，眼前时常浮现那一个个熟悉的身影和鲜活的面容。他们当中有的是为人民的幸福而驰骋疆场，甘洒热血；有的是爱岗敬业，立足奉献；有的是榜上无名，脚下有路，靠自己的双手干得风生水起；有的是为维护生态平衡，敢于与坏人坏事做斗争；有的是清正廉洁，洁身自好，自觉抵制不正之风。他们都是时代的楷模，都具有拼搏精神和中华民族的传统美德。我们不能忘记他们，更应该将他们的优秀品格发扬光大。于是我笨拙地拿起笔，一笔一画，用文学的形式把他们写出来——"苔花如米小，也学牡丹开"。

在我的老师、著名作家孔祥书，定陶区原文联主席、著名作家朱其作，菏泽市定陶区融媒体中心台长、青年作家孙本灵等朋友的帮助下，对自己过往的作品做了筛选，谨向以上作家朋友表示诚挚的感谢。由于自己的水平有限，书中可能出现这样或那样的谬误，恳请各位朋友不吝赐教，给予批评指导。

牛涛

2023 年 12 月

目录

少年与野象

一

"哎呀，你们看，这里怎么会有一头小象呢？"放学回家的路上，跑在最前面的泥鳅突然停止脚步，惊叫起来。

听到喊声，闫超和阿力也飞快地赶了过来。

"小象受伤了呀，它妈妈为啥不要它啦？"闫超摸着小象一只受伤的前腿，心疼地为它擦去血污，眼泪在眼眶里滚动。

阿力眨巴着又大又圆的黑眼睛说："它一定是被什么动物咬伤的，这可咋办呀？"

这三个少年每天往返于学校与家中，形影不离。他们沿着盘山小道蹦蹦跳跃，好不开心。闫超，十三岁，是三人中的老大哥。他从小跟着爷爷学得一手飞刀本领，这是山里人最基本的生存技能，主要为了应付一些野兽的袭击便于逃生，所以，这种生存技能也是给逼出来的。小闫超在十一岁的那年春天，参加过兴旺寨举办的骑马射箭等技能大赛，夺得少年儿童队飞刀技能冠军，获"飞刀神童"称号。不过，他轻易不带飞刀，只有走进森林时才佩戴。泥鳅，十二岁；阿力，十一岁。他们和睦相处，亲如兄弟。

而现在，三个少年为一头受伤的野象犯起愁来。他们你看看我，我看看你，不知如何是好。

闫超说："这样吧，小象受伤了，咱们不能见死不救。不如把它带回家，把小象的伤治好了再放回森林咋样？"

"闫超哥，我们都听你的，行不？"泥鳅盯着闫超，眼里充满期待。

阿力耸耸鼻子说："只要能把小象的伤治好，让我干什么都行。"

闫超点点头。他抬头看了看天，此时一抹残阳把天边烧得通红。

"那，咱们成立一个野象护卫队吧。我来当队长，大家同意不？"

"同意。""同意。"泥鳅和阿力高兴地鼓起掌来。

"这头野象，就养在我们家的车库里吧。正好老爸把车卖了，车库闲着也是闲着。"闫超说着把书包背好，三个小朋友吃力地半推半抬着受伤的小象，磕磕绊绊地回家了。

等他们赶回家，锦华小区早已是夜色朦胧，灯火阑珊。在闫超的爸爸闫丁的帮助下，他们用三轮车推着受伤的小象来到社区卫生室包扎治疗。

闫超的爸爸闫丁在市政府工作，他人高马大，身材魁梧。把小象安顿好后，他笑着说："呵呵。行啊，三个小家伙为保护野生动物，维护生态平衡，立下大功一件。今晚咱们下馆子，我来请客！"

大象体型庞大，是世界上现存的最大的陆生动物，智商高，性情温和。在许多文化中，大象被视为力量的象征，代表着勇气、力量和决心。大象还被视为和平和友爱的象征，在我们国家目前只有300头左右。中国的野生象仅分布于云南省南部与缅甸、老挝相邻的边境地区，数量十分稀少。大象是国家一级保护动物。

闫超家的车库里，泥鳅将一捆青草解开，边喂着小象边说："咱们给小象起个名字吧。"

闫超刚把小象的粪便清扫完毕，放下扫帚，擦着额头上的汗问："嗯，叫什么呢？"

阿力抢先说："就叫贝贝，咋样？"

"不行。"泥鳅打断他的话，"太俗，不好听。我见过许多家的狗狗就叫贝贝。"

闫超思索了一会儿，说："叫欢欢如何？小象得救了，它高兴。咱们做了一件很有意义的事情，也高兴呀。"

阿力兴奋地说："行，就叫欢欢。"

"我也赞成。"泥鳅咧着小嘴拍手叫好。

小象欢欢食量很大，需要大量的青草、树枝和竹子。每天放学回家，三个小朋友都要沿路打一捆青草背回家。但这还不够，还要动员家人帮忙割草砍树枝。三个小朋友实行轮流值日，给欢欢喂食、清除粪便、打扫卫生，天天忙得不亦乐乎，但他们却非常开心。

闫超逗着欢欢说："来，把桌了上那碗水给我端来。"

欢欢的鼻子十分灵敏，无论吃草还是做什么，全靠一个长鼻子。它"哞哞"叫了两声，顺着小主人手指的方向望了一下，然后用长长的鼻子把一碗水端给了小主人。闫超接过碗，乐呵呵地笑着，圆圆的脸蛋放着红光，就像田野上一穗淳朴的红高粱。"谢谢你欢欢，我爱你！"

"真好玩，欢欢，我也爱你。今后咱们就是好朋友了。"阿力抓着欢欢的鼻子亲了又亲。

"还有我。"泥鳅摆弄着欢欢的大耳朵说。

欢欢的确可爱，只几天的工夫就跟三个小朋友混熟了，不停地舞动着长鼻子，亲吻一下这个，又蹭蹭那个，"哞哞""哞哞"地叫得很欢，似乎在用这种方式跟三个小朋友交流。三个小朋友虽听不懂它在说什么，但听到欢欢"哞哞"的叫声，就像听到美妙的歌声一样悦耳动听。

时间过得真快，一晃二十多天过去了。在三个小朋友的精心照顾下，小象欢欢的伤口痊愈了，完全恢复了健康。它在房间里走来走去，总是用长长的鼻子在三个少年身上蹭上蹭下，逗得他们乐得合不拢嘴。

这一天，闫超的父亲闫丁对三个孩子说："三个小家伙，如今欢欢已经伤愈康复，应该把它放回森林里去了，那里才是它的生活空间啊。"

一听说要把欢欢放回森林里，三个少年的心猛然被揪了一下，天真稚嫩的脸蛋上瞬间由晴转阴，最终化成了雨，都低下头去。老实说，他们真舍不得欢欢离开自己。阿力泣不成声地说："不行。我不同意把欢欢放回森林里，一天见不到欢欢，我就不开心。"

闫超也依依不舍地说："爸爸，能不能把欢欢养上一两年，再放回森林里去？"

泥鳅抹一把泪说："对，我同意闫超哥的想法。叔叔，您就支持我们一下吧。"

闫丁看着三个小家伙挤眼抹泪，心里也不是滋味。怎样才能说服孩子们？闫丁的大脑飞快运转起来，他呵呵一笑："行了，男子汉大丈夫哪能动不动就哭鼻子呀？你们听我解释，我不是不爱小象欢欢。你们看，有哪一天给小象打青草少了我？那天，欢欢跑肚拉稀，还是我专门请假，拉着欢欢到兽医站给治疗的呢。孩子们啦，小象是自然界的动物，象群才是它的家呀！"

"反正，我就是不同意这么做！"阿力一把护着欢欢，哭着嚷起来，"谁敢动欢欢，我就跟他拼了！"

"这……"闫丁被弄得十分尴尬。

"小兔崽子！"阿力的老爸阿奔从门口跑了过来，在儿子的脸上狠狠扇了一巴掌。阿奔在门口已经站了多时，心里说，这孩子咋这么拧啊？见儿子十分固执，非常生气："谁的话你都不听，我打死你！"

阿力被打了个趔趄，胖乎乎的小圆脸上留下五个鲜红的指印。阿力看着老爸，像是受到莫大的委屈，哇的一声，哭得更凶了。

闫丁拉了一下阿奔的衣服，掏出纸巾帮小家伙擦着泪，耐心地解释道："孩子，你们年龄还小，还不懂得大自然的客观规律。那就是物以类聚，兽以群分。你们只想能守着欢欢天天开心，那是不行的。其实，你们并不懂得野象的生活习性，你们开心，欢欢并不见得开心呀。你们一天见不到老爸老妈，就想哭鼻子，一个接一个地打电话，或者四处寻找，小象欢欢不也一样吗？再者，你们天天打的青草，欢欢并不见得都爱吃呀。只有到了森林里，见到了它的妈妈和爸爸，它才开心呀！进一步说，森林里和山坡上，什么青草、树枝和竹子没有啊？你们说，是不是这个理儿啊？"

阿奔拍拍儿子的小脑袋，说："乖，就听你闫大叔的吧，不会错的，啊？"

阿力似懂非懂地点点头。

"那好，明天是星期天，咱们就把小象欢欢送回森林里去吧。"闫丁说。

二

第二天，闫超、泥鳅和阿力起得特别早，他们忙着给小象欢欢喂草，清理粪便。阿力还特意从家里带来了牛奶和巧克力，让欢欢痛痛快快地享受了一顿美餐。泥鳅含着眼泪抱着欢欢的长鼻子说："欢欢，我爱死你了，真希望我们能永远在一起。可是，可是……"说到这里，泥鳅早已泣不成声了。

闫超扯了一下他的衣服，说："好了，好兄弟，坚强些。如果我们想念小象欢欢，还可以到森林里去找它嘛！"

一旁的闫丁看着儿子，赞许地点了点头。他依然用三轮车把小象欢欢送到森林边，对三个少年说："今天省领导来检查工作，我还得去单位上班，就不陪你们了，到翠竹林找到象群，再放欢欢。记住，千万不要往森林里面走。一要防止迷失方向，二要防止野兽袭击。遇到危险，马上撤回。懂吗？"他扭头又对闫超叮嘱道："你是他们两个的老大哥，要好好保护他们。出了问题，我拿你是问。"

闫超回答："记住了，爸爸。"闫丁说罢，驾着三轮车回去了。

翠竹林是象群经常出没的地方，就在森林旁边。大象爱吃竹子，所以人们经常看到成群的大象出入翠竹林。

闫超怀着依依惜别的惆怅，亲吻了一下小象欢欢的头说："再见了，去找你的爸爸妈妈吧，咱们还会相见的。"

接着，泥鳅和阿力也吻着、拥抱着欢欢的鼻子和头，稚嫩的脸蛋上挂着泪花，迈着沉重的脚步向翠竹林走去。

四月，正是莺飞草长的季节。广袤的西双版纳原始森林，像一块硕大无朋的绿宝石镶嵌在云贵高原上。她是那样的光彩夺目，给人一种心旷神怡的同时也给人带来了无限的遐思。大自然的鬼斧神工，把这里雕刻得精妙绝伦：红的花，绿的草，高的树，飞的鸟，跑的兽，孔雀开屏，金猴戏耍……处处流淌着生命的喜悦，真是美不胜收。

欢欢走进翠竹林，似乎嗅到了久违的生活环境的气息，一下子找到了回家的感觉。它舞动着长鼻子，闻闻花嗅嗅草，哞哞地叫着，撒着欢儿在翠竹林里蹿来蹦去，十分开心。

不过，闫超三人并没有马上回家，他们在翠竹林旁边东张西望，每个人的眼睛里都弥漫着稚气、好奇的光泽。他们用树枝拨开草丛，仔细寻找着象群的粪便，只有找到象群，才能放心地把欢欢放出去。

三

翠竹林，滴青叠翠，清香扑鼻，到处留下象群啃食过的痕迹。

"找到大象的粪便了！"闫超拨开草丛，高兴地喊起来。"在哪里？这么快就找到大象粪便了？"阿力和泥鳅两人也穿过竹林跑了过来。

"闫超哥，这粪便不像是新的，都干了呀！"泥鳅心里凉了半截说。

"我看也是，象群这几天可能没有来过翠竹林。"阿力说。

闫超想了一下说："那咱们不要分开，免得走散。再找找看，估计象群不会走得太远。"

"可以。"泥鳅说着拔腿便走。

"等等，"闫超提醒道，"记住，遇到野兽什么的，一定要保护好自己，安全第一。"

阿力说："放心吧，闫超哥，我会爬树，遇到危险，我就爬到大树上去。"

就这样，三个少年分头寻找象群的粪便，满脑子想的都是象群，不知不觉地走进了原始森林。好大好大一片森林，堪称植物王国。据统计，这片神奇的森林拥有二万多种植物，包括五千多种热带植物、一万多种食用植物，同时拥有数百种野生动物，是我们国家保存最完好的热带山谷雨林。橡胶树、榕花树、樟树、木棉树等遮天蔽日、枝虬交错，树荫下斑斑点点的阳光，像铺上了一层碎金。在森林里，随处可见山鸡、孔雀、猴子等，这些野生动物或觅食，或嬉戏打闹，见到陌生人，胆小的山鸡咯咯咯地飞走了。而野牛和猴子等野生动物并不害怕人类，它们照样啃着青草或者玩耍。三个少年跟着欢欢继续在森林里寻找象群。突然一头野猪嚎叫着，张开大嘴从一侧蹿了出来，欲袭击欢欢。不好，说时迟，那时快，离欢欢最近的闫超迅即弯腰捡起一块石头，一抖手，不偏不倚正好扔在野猪的嘴里。只见这畜生咔嚓一口，又嚎叫一声，把带血的石头吐出来，晕头转向地逃走了。

泥鳅和阿力惊慌得犹如冷水浇身，瘫软在地上，见野猪跑远了，才哆嗦着站了起来。

泥鳅战战兢兢地说：“吓死我了，这里太危险了。”

阿力也喘着粗气说：“闫超哥，咱们还是早点离开这里吧，多亏你急中生智，往野猪嘴里扔了一块石头，不然……”

其实，闫超也吓出一身冷汗，半天才缓过神来。他惊魂未定地点点头说：“好，咱们原路返回吧！”

三个少年刚准备转身返程，眼尖的阿力忽然大叫一声：“闫超哥，你快看！”

闫超顺着他手指的方向定睛一看，不禁目瞪口呆：一棵粗大的榕树下面，十多个人正将一头大象捆绑在地，旁边还有一头大象已经被宰杀，一股浓郁的血腥味直刺鼻孔。闫超不由得怒火盈胸，紧握拳头骂道：“王八蛋，竟敢宰杀大象，这是犯罪。不能放过他们！”闫超说着，一抖手，甩出一把明晃晃的飞刀。

一个络腮胡子高挽衣袖，抄起一把牛角尖刀正要去捅另一头大象的咽喉，只听啊的一声惨叫，他的右手腕被飞刀击中，鲜血顿时染红了手臂。“九哥，有人行刺，快抓住他！”络腮胡子甩掉飞刀，疼得龇牙咧嘴，歇斯底里地大叫起来。

正在这时，只听树上有人大喝一声："都给我站住！"话音刚落，从榕树上跳下一个"饼子脸"大汉。三少年一惊，不由自主地停住了脚步。聪明的阿力趁饼子脸不注意，哧溜一下钻进草丛里。

"既然来了，就别想走了，两个兔崽子，跟我走一趟吧！"就这样，饼子脸把闫超二人带到大榕树下。

饼子脸来到满脸长着络腮胡子的刀疤脸面前，恭恭敬敬地说："九哥，这两个小兔崽子坏了咱们的好事，咋办？还有一个跑掉了。"

"没用的东西，吃饭时倒挺卖力。干起活来，熊包一个！"名叫九哥的刀疤脸一边骂一边看着饼子脸，眼神凶狠凌厉，仿佛要将他千刀万剐。他牵着一只大狼狗，看了看闫超二人，用鼻子冷哼了一声。尤其是他身边那只狼犬，看着两个陌生小孩，瞪着凶巴巴的眼睛，龇着牙，让人心惊肉跳。泥鳅心惊胆战，心跳得很快，随着心脏快速跳动，他感到自己的身体直往上升，仿佛是要飘到空中去。于是，他赶紧躲在了闫超身后。而闫超呢，由于恐惧，他心中一股血直冲到头上，脑袋嗡嗡地响起来。

九哥围着闫超二少年转了一圈，他的瞳孔如同黑夜般神秘，充满阴险和狡猾，让人捉摸不透。闫超被他看得心里发毛，小脑袋却在飞快地运转，怎么办？这些坏蛋肯定不会放过我们，怎样才能逃出魔掌？

"刚才，那把飞刀是谁干的？"九哥面无表情，盯着他们问。

"是我！"身临绝境，闫超反倒不害怕了，他挺着小胸脯，毫不犹豫地回答。

"哦，还挺勇敢。格老子，像条汉子。你的飞刀本领练得不错嘛，我很欣赏。我来问你，为啥子用飞刀伤人？"九哥揪起闫超的耳朵，慢条斯理地说道。

"不准宰杀大象，这是国家一级保护动物，宰杀大象就是犯罪！就是破坏生态平衡！"闫超义正词严地怒斥着，声音像春雷一样炸响，传得很远很远。

九哥被这正义凛然的话语给堵得哑口无言，面红耳赤。但狡猾的他硬是把怒火憋在肚子里，没有发泄。这股怒火憋得他喉咙发痒，嘴唇哆嗦。他又问："是谁派你们来的？到森林里来干啥子？"

闫超不慌不忙地回答："没人派我们来，我们是来玩耍的。"

九哥不再追问，他知道那些比猴都精的警察们，是不会派这些小毛蛋子来侦查的，再说，他们也不知道我们的行踪。

"啪啪"两巴掌落在闫超的脸上，九哥牙齿咬着嘴唇，凶狠的脸扭曲得皱巴巴的。

"龟儿子，你懂得还不少。什么平衡不平衡？什么犯罪不犯罪？老子没有钱花，没有饭吃，你给老子？既然干了这一行，就不怕再蹲一次号子！"九哥大吼大叫起来，他满脸通红，一直红到发根，两个鼻孔也由于内心的恼怒张得大大的。

这时，络腮胡子捂着带血的手冲了过来，他指着闫超的鼻子骂道："小兔崽子，你吃了熊心豹子胆了？敢用刀伤老子，看我不活剥了你才怪呢。"这家伙像一头被激怒的野兽，用脚猛踢闫超，闫超口鼻流血，满地乱滚。只见闫超的小脸憋得通红，双眉拧成疙瘩，就连胳膊上的青筋都看得清清楚楚。他瞪着仇恨的眼睛，却没吭一声。

九哥眉头一皱，刀疤脸上没有一丝表情："行了，格老子。老三，给我住手！"

络腮胡子怒气未消，还想朝闫超身上发泄，见九哥很不高兴，不得不住手。他的脸像下蛋的母鸡，一阵红，一阵白，冲着两个少年直咬牙。

九哥又揪起泥鳅的耳朵问："你叫啥子球名？"

泥鳅回答："泥鳅。"

九哥脸上的肌肉抽动了几下，嘿嘿一笑："泥鳅？还鳝鱼呢！格老子，老子管你叫什么球名？你们既然来了，就得给老子干活。"

这时饼子脸说："九哥，干脆把他们宰了算了，省得留下后患。放虎归山，必然伤人呐！"

九哥盯着他，眉毛快速抖动，两眼射出逼人的凶光："格老子，我看你白活了四十多年，脑袋像榆木疙瘩，有了这两个小不点做人质，在和牛秃子等人的较量中，我们就多了两个筹码。懂吗？留着他们，给老子喂狗，做饭！"

九哥说的牛秃子，就是牛光飞，一个警察。九哥这一生最恨的人就是牛光飞，那家伙可是一块滚刀肉，一旦黏上你，甩也甩不掉。别看他脑袋上的头发所剩无几，但脑壳里装的全是鬼点子。用劳改犯们的话说，天不怕地不怕，就怕牛秃子摸下巴。只要那家伙一摸下巴就是一个鬼点子。九哥蹲号子，牛光飞也跟着蹲号子。九哥绝食，牛光飞却大吃大喝，而且就故意坐在一旁吃烧鸡、喝酒。牛光飞说："你绝食吗？我老牛不能绝食，我得吃烧鸡、喝酒。这烧鸡可真美呀，这酒可真香呀，美味佳肴，不吃白不吃。你绝你的食，我吃我的美酒烧鸡。不过，这烧鸡和酒都是我白掏腰包买的。谁叫咱俩有缘分呢？我心甘情愿自掏腰包，看咱俩谁耗得过谁。男子汉大丈夫，敢作敢当，这才够两撇。否则，与行尸走肉有什么区别？你慢慢绝食吧，我慢慢喝酒，吃烧鸡。"牛秃子天天这样，谁受得了，尤其是九哥一望见烧鸡，闻到酒气就直流口水。那强烈的食欲感，那非凡的诱惑力，让他心神不宁，坐立不安，最后不得不败下阵来。

四

阿力躲过一劫，踉踉跄跄地钻出森林，奇怪的是小象欢欢也一直紧随身边。看来，它也因受到惊吓，再也不肯离开小主人了。

阿力推开家门，一头扑到爸爸的怀里，呜呜地哭了起来。阿奔正在厨房择菜做饭，见儿子衣衫褴褛、灰头土脸，顿时大惊失色，问："孩子，咋了，出啥事了？"

"呜呜呜，呜呜呜！"阿力气喘吁吁，没有回答，只是哭。

阿奔让儿子给哭蒙了，又着急又心疼。他使劲摇晃着儿子问："你哭什么，快说，究竟出啥事了？"

阿力停止抽泣，抹一把泪说："爸爸，闫超和泥鳅他们两个被坏蛋抓走了！爸爸，快救救他们呀！"说完阿力又哭起来。

"你给老子傻哭什么？快详细说说！"阿奔是个直肠子，向来干脆利落，见不得别人黏黏糊糊。他又急又气，"啪"，狠狠抽了儿子一巴掌。

这一巴掌，果真把阿力的脑壳给弄清醒了，他抽泣着把森林里发生的一幕详详细细向爸爸讲述了一遍。

"会有这种事？"阿奔听着，一皱眉，一股怒火不由得从两肋蹿了上来。他摸了摸儿子的头发，又摸了摸小象欢欢的长鼻子，说："事不宜迟，赶快去报案，闫超和泥鳅他们会有生命危险的！"

于是，阿奔把欢欢关在一间空房子里，带着儿子驱车来到弥勒市公安局。

值班的是市刑警大队副大队长余洪，听了阿奔父子的叙述，他立即掏出手机拨通了几串号码。十多分钟后，刑警大队多功能会议室里召开紧急会议，局长赵一凯、刑警大队长牛光飞等人，重新听取了阿奔父子的案情汇报。只见他们一个个面沉似水，神情严肃。牛光飞摸了一下下巴，接着又抚摸着阿力的小脸蛋问："孩子，你听准了，那帮坏蛋中确实有个叫九哥的？"

阿力肯定地点点头，说："叔叔，我听准了，有人喊了一声九哥。"

牛光飞跟赵一凯交换了一下眼神。赵一凯说："这个九哥，是不是三年前刑满释放的那个九斤黄？"

牛光飞说："对，就是他。"

这时投影仪上很快调出了九斤黄的资料，屏幕上出现一个瘦子的半身照，这人的脸很长，像个大驴脸，剑眉、立目，一副凶相。女警官田楚楚讲解道："九斤黄，又名霍怀九，四川万县人。曾经伙同他人倒卖金丝猴、穿山甲等珍贵野生动物，被判处有期徒刑七年。没想到这家伙刑满释放后死不悔改，继续作案。"

投影仪关闭。

赵一凯说："我们弥勒市公安局肩负着保护西双版纳原始森林的神圣职责。近年来，我们采取了一些有效措施，比如'利剑行动''风暴行动'等，有效地制止了乱砍滥伐和随意捕杀野生动物现象，有效地保护了当地的生态平衡。记得早年敬爱的周恩来总理在视察西双版纳原始森林时就曾经指出，再不制止随意乱砍滥伐树木和随意捕杀野生动物等现象，那么若干年后，这片神奇的原始森林也会变成沙漠。因此，保护生态平衡没有终点，永远在路上。九哥等一伙人顶风作案，宰杀野生大象，影响恶劣，鉴于案情重大，同时闫超和泥鳅两个少年很可能会有生命危险，因此必须调集精干力量，即刻立案侦查。这样吧，今天是四月十七日。就成立'4.17'专案组吧，牛光飞为组长，余洪为副组长，田楚楚、李枚等人为成员，没问题吧？"牛光飞摸了一下下巴，起身表态："局长，不管有没有困难，我们一定完成任务！"

五

在阿力的带领下，牛光飞等十多名干警荷枪实弹，穿过一道道灌木丛，在森林里急速而行。

小阿力手拿青竹竿，拨打着草丛、树枝，防止被毒蛇咬伤，脸蛋上挂着汗珠，仔细辨认着方向。

余洪轻声提醒道："小家伙，可要辨准方向哦，否则走错了道，咱们就白忙活了。"

阿力点头，说："叔叔，跟着我走，不会错的。"

再往前走了十多分钟，小阿力停了下来，指着一棵大榕树说："叔叔，就是这里。你们看，草地上还有血迹呢。"

这是一片开阔地带，牛光飞看了看地形，立即吩咐跟过来的干警说："开始行动！"

"是！""是！"

于是，干警们拍照的拍照，录像的录像，取证的取证。结果寻找了半天，连个人影也没找到，让干警们好不泄气。

田楚楚提着手枪从草丛里钻了出来，对牛光飞说："头，都找遍了，没有！"

警察们都用询问的目光注视着牛光飞。

牛光飞摸了一下下巴，果断下达命令："扩大搜索范围，大家要注意安全，防止烈性动物袭击！"

老侦查员李枚说："放心吧，头！"

牛光飞在草地上观察了许久，然后揪下了一棵带着黑色血迹的小草，放在鼻子下面嗅了嗅，自言自语道："他们不会走得太远！"

牛光飞及众干警在森林里又搜寻了三个多钟头，还是一无所获。

警察小刘说："头，九哥这帮坏蛋会不会远走高飞了？"

牛光飞问："说说看，为什么？"

小刘回答："这不明摆着，小阿力逃跑了，一定会引起他们的警觉，就是傻子也不会等在这里束手就擒！"

牛光飞拍拍他的肩膀，说："小子，肯动脑筋了。"

小刘嘿嘿一笑，不好意思了。

副大队长余洪却有不同看法。他说："此时，他们一定躲藏了起来。因为翠竹林常有野象出没，九哥这伙人也不会就此罢手，他们的目的就是盗取象牙、象肉、象皮等，即便暂时躲起来，也还会回来的。"

牛光飞点了点头，表示认同。

小阿力瞪着小圆眼问："牛伯伯，那，闫超哥和泥鳅他们会不会有危险？你们可得救救他们呀！"

田楚楚帮阿力擦了擦脸上的眼泪，安慰道："宝贝，不要哭了，我们跟你一样着急呀！"

这时，牛光飞、余洪等人也相互交换了一下眼色，一个个地却现出满脸的焦躁和无奈。

牛光飞摸了一下下巴，又蹲在了草地上，两眼注视着草地上那斑斑点点殷红的血迹，心里像有一把钝刀在切割一般，焦躁不安而又不知所措。他悄悄地问自己："这个九斤黄会把两个孩子带到哪里去呢？他们是否还活着？"

其实，九哥并没有走远。这个狡猾的家伙发现小阿力逃跑后，很快做出了判断：小阿力一定会去公安局报案，也一定会带着警察前来搜捕。于是他们很快躲进了附近一个鲜为人知的山洞里，这个山洞名叫迷仙洞。洞口用一块巨石封堵着，上面全被青藤覆盖着，伪装得十分巧妙，很难被人发现。闫超和泥鳅两人被人用黑纱蒙着眼睛带到洞里，两眼漆黑，去掉黑纱后过了很长时间才适应过来。他们发现这个山洞很深很宽，里面有不少人工修建的简易房子。其中一间房子里堆着象牙、象皮、象肉等，还有一间大房子里的铁笼子关着金丝猴、穿山甲等野生动物。九哥摸着已经封装好的四个大木箱子对两个即将出发的同伙说："这批山货对咱们来说至关重要，走秘密通道翻过一座大山，进入缅甸的普陀村。阿七，老四，路上一定要多加小心，事情办成之后，老子重赏你们！"

名叫阿七、老四的家伙立即点头，恭恭敬敬地说："九哥放心，人在，山货在，万无一失！"

九哥倒满两碗白酒，叹了一口气，又说："如今这边风声很紧，山货也不好弄。咱们提高山货价格，我看没什么问题，如今国际市场上这玩意儿紧缺，出手不成问题。"

阿七和老四接过酒碗，一仰脖，咕嘟咕嘟全干了，然后一抹嘴巴，信誓旦旦地说："誓死效忠九哥！"

九哥点点头，又拍拍他们的肩膀，摆手让他们出发。几个家伙把四个大木箱子放在两匹枣红马背上，阿七、老四牵着马，从另外一个洞口离开了。

与此同时，名叫穿山豹的饼子脸冲着闫超和泥鳅两人阴险一笑，说："你们两个小兔崽子在这里给老子规矩点，要想耍花花肠子，不用我们动手，罗斯就能把你们撕成碎片！"然后，他拍着那只狼犬的脑袋："给我看好他们！"那狼犬哼哼两声，冲着两个少年直龇牙。罗斯虽不会说话，但完全明白主人的意思。

此时此刻，两个少年的大脑一片空白，只想早点离开这个令人害怕的地方。

九哥走过来，表情复杂地盯着闫超和泥鳅，好一会儿才说："看你们两个小不点儿怪精明的，我九哥有好生之德，就收留你们了。从今以后给老子带好罗斯，然后跟着老王头做饭！"

饼子脸早把老王头叫到了九哥跟前。老王头围着一条花围裙，擦着手笑呵呵地问："九哥有何吩咐？"

"就让两个小不点帮你打打下手吧！要是让他们逃跑了，看老子剥了你的皮！"九哥阴森森地说。

老王头直点头，胖胖乎乎的圆脸上流下冷汗："九哥只管放心，只管放心。"

"那，我不会做饭。"泥鳅壮着胆子顶了一句。

闫超冲他使了个眼色，意思是既然落入魔爪，能忍且忍吧！

泥鳅虽不太懂闫超的意思，但他知道闫超哥历来点子多，一定会有办法逃出去的，也就不再吭声了。

"啪"，突然一巴掌落在泥鳅的小脸蛋上，穿山豹瞪起狼一般的贼眼说："他妈的，不会就跟着老王头学。"

起初，闫超和泥鳅两人做的米饭不是半生就是焦糊，让九哥一帮坏蛋很是恼火，少不了遭到一顿毒打。九哥命穿山豹将他们捆绑在一棵橡胶树上，十多个人抢起干树枝每人朝两个小家伙抽打几下，两个少年被打得皮开肉绽，本能地发出一阵阵惨叫。

这一天，泥鳅又把一锅大米饭烧焦了，煳臭难闻。九哥问："今天的饭是哪个龟儿子做的？"

闫超挺起胸膛回答："是我！"

"哟呵，还挺义气。格老子，我早就调查清楚了，是这个混蛋泥鳅所为。看来，你们的皮肉又痒痒了。来人，大头、刘三，给他们松松筋骨！"

"是！""是！"

这回，大头、刘三两个家伙没用树枝，各撒了一泡尿，逼着他们喝下，然后抡起巴掌，雨点一般落在两个小家伙的脸上。

"哈哈哈！""哈哈哈！"

迷仙洞里，弥漫着野兽一般的嚎叫，震得山洞嗡嗡作响。

偶尔，九哥这帮家伙也会在森林里进行野炊，就是用刀削几个竹筒，装上大米和水，再用泥巴封严实，放在火堆里烧。但是这帮狡猾的家伙每次吃过饭之后，会就地将垃圾掩埋，从不留卜任何痕迹。

闫超、泥鳅两人还发现，九哥等人不仅在山洞里居住，也时常在茂密的大树上过夜。他们会选择那些遮天蔽日的大树，在树上搭建简易木屋，再用青藤和树枝伪装，即便是树下过往的行人，也很难发现。

六

这一天，闫超、泥鳅和阿力三个孩子的父亲，用三轮车拉着五只绵羊送往弥勒市公安局，慰问牛光飞等干警。闫超的父亲闫丁说："大队长同志，你们为两个失踪的孩子昼夜操劳，太难为你们了，几只羊送给你们改善一下伙食，有点不成敬意了，收下吧！"

牛光飞想要说点什么，可是感觉仿佛有火苗在喉咙燃烧，竟然什么话也说不出来。沉默了好长时间，他才说道："闫丁局长，不是不成敬意，而是我们太惭愧了。这么多天还没有找到两个失踪的孩子，真是无颜见江东父老啊！"

案发将近一个月，案情没有进展，牛光飞受到了局长的训斥。就连局长赵一凯也受到了市委领导的批评。赵一凯静静地看着牛光飞，瞳孔不经意地微微一缩，眸底便有凌厉的寒芒闪过。他说："老牛啊，破不了这个大案、要案，咱们两个就该脱掉警服，卷起铺盖滚蛋了。我上街钉鞋掌，你回家卖你的羊肉串去吧。"原来，从警之前，他们两个一个曾在大街上钉鞋掌，一个卖过羊肉串。现在此案已被列入公安部挂牌督办大案要案。为此，牛光飞心乱如麻，焦躁不安，心里时刻像有十五只水桶打水——七上八下的。他很难受，心中好像堵着一块巨大的冰，任凭别人如何劝他、安慰他，这块冰也融化不了：难道真是山重水复疑无路了？难道我老牛真的过不去这道坎？我老牛从警三十多年还没遇到过这样的案情难题！

看着一个个精疲力竭、明显消瘦的干警们，闫丁等人心里也不是滋味。

牛光飞摸了一下下巴，顿时浑身都散发着斗志，每根毛发上都闪着火星，把双拳捏得咯咯作响。他对闫丁再次表态："闫丁局长，请你们再忍耐几天，我牛光飞很快就要退休了。但是，我在离岗之前，一定给你们找到这两个孩子，大丈夫顶天立地，'不破楼兰终不还'！"他脸上的肌肉也因激动而颤抖着，眼里迸射出渴望战斗的目光。

闫丁使劲握着牛光飞的手，痛苦地摇摇头说："谢谢你，大队长同志，恐怕，恐怕两个孩子早已不在人世了。"

一句话，刺痛了在场的每一个人的心。连日来，两个孩子的失踪，一直是在场每一个人心头的痛。

郁闷的氛围持续了很久，突然，小阿力一拍脑门："我想起来了！"

这一嗓子，如石破天惊，使在场的人都惊奇地看着小阿力。

田楚楚轻轻拍了阿力一巴掌："怎么了？你这一惊一乍的，把我吓了一大跳。"

阿奔催促道："臭小子，想起了什么？快说。"

"连体大榕树！"阿力惊喜地说，"我们失散之前，闫超哥说过，如果我们失散了，就到连体大榕树下集合。"

"连体大榕树？"牛光飞兴奋至极，不太大的眼睛里瞬间闪出异样的神采，"或许，或许是个突破口。走！"说着他戴上警帽，拉着小阿力冲出房门。

这一回，干警们倒没费多大劲儿，在森林里很快找到了那棵连体大榕树。此树枝叶茂密，是两棵树长着长着连在了一起，像两个痴情恋人般紧紧拥抱在一起。干警们围着大榕树观察了好长时间，只有田楚楚发现大树根部有一个不起眼的小树洞，被青藤枝叶遮掩着。她蹲下来，又仔细观察了一阵，然后折断一根小树枝伸进洞里扒来扒去。十几个干警都平心静气地注视着她的每一个动作。

李枚紧张地问："发现什么没有？"

田楚楚脸上挂满豆粒大的汗珠，连鼻尖上都滴着汗水，她没有回答，继续扒拉着。

牛光飞瞪了李枚一眼，对田楚楚说："丫头，不急，慢慢找。"

终于，田楚楚扒出一个小纸片。一张小纸片？她拿起小纸片，这是一张游戏卡片，上面印有一个机器人的图案。她翻转纸片，"迷仙洞"三个字顿时映入眼帘。"迷仙洞？"牛光飞抢过纸片，仔细一看，这是用血写出的三个字，呈暗红色。

眼尖的小阿力跳起来，说："这是闫超哥的游戏卡片，我们经常在一起玩游戏呢！"

总算有点眉目了，牛光飞和众干警长长出了一口气。

……

弥勒市公安局多功能会议室里，局长赵一凯再次召开"4.17专案"案情分析会。他拿着那张游戏卡片说："迷仙洞？在座的有谁听说过这个地方？"

与会人员面面相觑，一个个直摇头。政委刘兆生说："我从警二十多年，还从没听说过咱们这一带有个迷仙洞，在什么山上？"

大家七嘴八舌议论了半天，也没说出个子丑寅卯来。最后，赵一凯说："不管怎么着，案情总算有了新的突破。既然闫超用血写出迷仙洞三个字，说明当地就有这个洞，也同时说明闫超和泥鳅他们目前还没有生命危险。大家还要发扬连续作战的作风，分头到当地群众中寻找线索。我就不相信，咱们弥勒市就没有人晓得迷仙洞的！当然，大家风里来雨里去，废寝忘食，十分辛苦，要增加点营养，不要老啃方便面！"

一提方便面三个字，老侦查员李枚突然站起来，他操着浓厚的河南口音说："我的娘唉，一提起方便面，俺脑仁都疼，真想吐，比孕妇都反应得厉害！"

一番话，把在场的人逗得哄堂大笑。

赵一凯关切地对牛光飞说："老牛啊，你有严重的胃病，可要注意身体啊，实在不行就换人吧。"

牛光飞摸了一下下巴，站了起来，他的脸上满是疲倦："局长，在这个节骨眼上，我怎么能临阵退缩呢？'但得众生皆得饱，不辞羸病卧残阳'，你就让老牛我再拼搏一回吧！"

赵一凯紧紧握着牛光飞的手，眼圈红了。

……

会后，公安干警开始走访调查，这一次不再给他们配备方便面，而是每人两块汉堡包。田楚楚身材颀长，相貌清秀，两汪清水似的凤眼，总是散发着淡淡的光彩。她将两块汉堡包扔给李枚，说："孕妇同志，接着。"

"我的娘唉。小丫头片子，你咋连公母都不分呀？我是男爷们，哼！"李枚的河南口音把大家逗得捧腹大笑。

田楚楚嘟囔着："你不是说比孕妇的反应都厉害吗？"

干警小刘摸着李枚的将军肚说："快了，很快就该生了。现在是不得闲。"

"去你的，你们这几头蒜，就拿俺老李开心！"李枚将他推了个趔趄，"就是得闲，俺也没这个功能啊！"

又是一阵哄笑。

又经三天的调查走访，牛光飞等干警终于在八角寨一个叫白光明的白族老人那打听到了迷仙洞的下落。老人年龄已九十有二，面如三秋古月，皱纹堆垒，一双浑浊的眼睛深陷在眼窝里，身板还挺硬朗。说明来意之后，老人半卧在竹椅上，想了半天，才慢吞吞地说："我想起来了，是有个迷仙洞，就在猴子山南侧，当年我打猎时还在那里避过雨。"

牛光飞等人听老人这么一说，像哥伦布发现新大陆一般，立即喜出望外。白光明老人问："你们打听它干啥子？"

"是这样的，老爹。"田楚楚把闫超和泥鳅失踪的事讲述了一遍。

白光明老人一听是这么回事，当即猛吸了一口竹筒水烟袋，气得面色发紫，脖颈青筋毕露，呼呼喘着粗气。好半天，他才说出一句话来："两个孩子落入魔爪，还能设法把地址告诉你们，不白给，不白给呀！"老人放下竹筒水烟袋，说："行啊，老汉我给你们带路！"

七

那么，闫超和泥鳅两人是怎样把情报送出去的呢？原来，九哥有便秘的毛病，连续多日拉不出屎来，憋得几乎发疯，又拍桌子又摔碗，还骂人。一天，这家伙又在茅坑里蹲了老半天，拉不出屎来。"格老子，老子真是倒了八辈子血霉了，拉个屎竟这样子痛苦，还活个球劲？"

九哥说着，举起一支伯莱塔手枪对准自己的脑袋，就要扣动扳机。

"九哥，九哥，别这样！"穿山豹冲上去一把夺过他的手枪，说，"九哥，会有办法的，会有办法的！"

"九哥，咱们整天光吃肉不顶啥子球用，大家都拉不出屎来。依我看，还得吃点蔬菜呀！"有人建议。

闫超听到这里，眼睛突然一亮，眉头一皱，计上心来。这些天，闫超和泥鳅已跟罗斯混得很熟，那狗见到他们也不再像起初那样凶巴巴的，而是摇头摆尾地天天围着两个小家伙跑前跑后。只见他牵着狼犬罗斯，对九哥说："九哥，我倒有一个偏方，能治你这便秘。"

九哥停止骂人，提着裤子从草丛里钻出来，瞪着眼睛问："你个混球，能有啥子好办法？快说，若能治好我这便秘，九哥重重有赏！"

穿山豹也凑过来，二话不说就朝闫超脑壳上削了一巴掌："兔崽子，有屁快放，要是耍弄我们，看老子不活剥了你！"

闫超也不理他，绷着小脸对九哥说："干巴菌加野菜能治便秘！"

九哥一听，立刻转忧为喜："快去把这些玩意儿给我弄来！"

于是，闫超和泥鳅两人提着小竹篮在穿山豹的监视下，开始到林子里去寻找干巴菌。闫超心里直发笑，这干巴菌加野菜究竟能不能治便秘，他哪里晓得，他这是信口胡说的，找机会把情报送出去才是最最要紧的。

夜幕，宛如浓墨重重地涂满这片天际，就连星星的微光也没能避免。

泥鳅躺在床上翻来覆去，难以入寐，干脆坐起来捂着脸呜呜地哭了。闫超也坐了起来，不解地问："你怎么了？"泥鳅啜泣着说："我想家，我想爸爸妈妈，我想上学。闫超哥，九哥会不会杀掉咱们？咱们还能活着出去吗？"

闫超沉默不语，心里同样笼罩着一层愁云，时不时袭过一阵揪心的疼痛。眼前的困境同样也让他不思饮食，坐立不安。

自从落入魔穴，闫超每天晚上躺在床上辗转反侧，眼前浮现出一个个熟悉的面孔。那是他的爷爷、妈妈、爸爸、老师，还有同学。想念最多的是爷爷，因为从小是爷爷把他带大的，跟着爷爷上山进树林打猎，跟着爷爷下河捞鱼，跟爷爷感情最深。

他在心里说："爷爷，我好想好想您呀！恨不能插上翅膀马上飞到您的身旁。我的爷爷、我的妈妈、我的爸爸，你们想我吗？你们已知道我被坏人抓走了吗？如果我还能活着出去，最想见的就是你们呀！"过去，每到星期天，闫超都要离开喧嚣嘈杂的城市，到乡下去跟着爷爷练习飞刀，看竹影扶疏，听百鸟唱歌，开心极了。他尤其喜欢家门前的那条马尾河，清澈见底的河水，滋润着苍翠欲滴的竹林，也流进他纯真、多彩的童年梦。

闫超提着竹篮在林子里转了一会儿，采了几只干巴菌。很快，他到了那棵连体大榕树下，他对穿山豹说："喂，你在一旁待一会儿，我想拉泡屎，快憋不住了。"

穿山豹随口骂道："他妈的，真是懒驴拉磨——屎尿多。快点，再磨磨蹭蹭，看老子不揍扁你！"

闫超脱掉裤子，假装蹲下来拉屎。他想把情报送出去，在身上乱摸一通，没有纸和笔，咋办？闫超急得直冒汗，又在身上摸了一遍，结果摸出一张游戏卡片。他急中生智，把左手中指塞进嘴里狠狠咬了一口，很快有鲜血冒了出来。他飞快地在游戏卡片上写下"迷仙洞"三个血字，然后在大树根部瞅来瞅去，结果发现一个洞，便迅速把那张卡片塞进洞里。这时，穿山豹走了过来，不耐烦地问："你龟儿子拉完屎没有？"

闫超提上裤子，反驳道："催，你催个球！"

……

这天，闫超对泥鳅说："你去准备些针线和蚕豆。"

泥鳅听了有点丈二和尚摸不着头脑，问："准备它干啥子？"

闫超并不解释，只说："还愣着干什么？快去。"

很快，东西准备齐了。闫超和泥鳅将两大块野猪肉浸泡在烈性苞谷酒里，又从九哥那里偷出几片安定。九哥有失眠的毛病，随身常备有一些安定。闫超将安定片碾碎，撒在猪肉上，然后把关在笼子里饿了一天一夜的狼犬罗斯放了出来。罗斯早已饿极了，见到猪肉哪管什么味道，当即狼吞虎咽起来，只吃得肚子滚瓜溜圆。不一会儿，罗斯便醉得像一摊烂泥。接着，闫超捧了一大把蚕豆，全塞进狗的肛门里，然后用针线缝了个结结实实。

泥鳅用狐疑的眼神望着闫超，问："这，能行吗？"

"试试看吧。"闫超回答道，"听我爷爷说，过去田地里田鼠泛滥成灾，糟蹋庄稼。他就抓了几只田鼠，在其肛门里塞几粒黄豆，用针线缝好。田鼠憋得难受，见到同类就拼命地咬，一只田鼠能咬死上百只田鼠呢。"又过了很长时间，狼犬罗斯醒了，总觉得肛门发疼发胀，憋得难受。只见它汪汪狂叫着，在铁笼子里转来转去，要找地方拉屎。

临近傍晚，九哥带着一帮人抬着两头小象，刚刚走进迷仙洞，憋疯了的狼犬罗斯便扑了上去，张开血盆大口见人就咬。"汪汪汪。""汪汪汪。"九哥等人吓得目瞪口呆，如同无头苍蝇，哭爹叫娘地乱作一团。一眨眼的工夫，就被咬死咬伤七八个人。

"啊——"

"啊——"

顿时，迷仙洞内响起阵阵杀猪般的惨叫。

"这是怎么回事？罗斯，罗斯，你疯了？怎么胡乱咬人？"九哥看到眼前一副惨状，也发疯似的狂叫起来。

罗斯听到有人呼唤它的名字，扭头向九哥扑来。此时还没有跨进迷仙洞的九斤黄，吓得魂不附体，赶紧蹿上身边的一棵橡胶树，举起伯莱塔手枪，"呼呼呼！"连开数枪，罗斯惨叫一声倒下了。

"啊——"九哥也突然发出一声惨叫，不知何时他的手腕上中了一把飞刀，从橡胶树上重重地栽了下来。

听到迷仙洞里传来的混乱动静，在草丛里蹲守多时的牛光飞果断下达命令："行动！一定要保护好人质！"

"九斤黄，投降吧，你们被包围了！"牛光飞大喊一声，带领干警们扑向迷仙洞。

九斤黄大吃一惊："牛秃子，你们怎么会知道我在这里？莫非我们这伙人中出了内奸？"他咬牙切齿地看了周围的手下一眼。

牛光飞摸了一下下巴，冷冷地说道："这就叫魔高一尺，道高一丈！"

九斤黄牙齿咬着嘴唇，凶狠地对牛光飞嚷道："牛秃子，不要高兴得太早了。鹿死谁手，还不一定呢。哈哈哈，哈哈哈！"他像头困兽做着垂死挣扎，甩手朝牛光飞所在的方向扔出一颗手雷，拔腿便跑。轰的一声巨响，山摇地动，森林里掀起一股冲天巨浪，牛光飞瞬间就被埋在了泥土里。

"呼呼！"田楚楚朝九斤黄连开两枪，九斤黄受伤倒地，嘴里仍不甘地怒吼道："牛秃子，我九哥不服，还想跟你较量！"但此时的他，已无力跟任何人较量，趴在草地上呻吟不止。田楚楚以迅雷不及掩耳之势，一个箭步上去，将他踩在脚下："别动！"

"大队长，大队长！"李枚冲过来营救牛光飞。牛光飞抖落身上的泥土，嘿嘿一笑，从土坑里爬了出来。可是他的脸上却满是血污，额头和左腮被弹片崩破。

"我的娘唉，我以为你光荣了呢。"李枚一看，"哎呀，队长受伤了，赶紧抢救！"

"嘿嘿，哪能呢，俺还想退休后回家抱孙子呢。"牛光飞摸了一下下巴，手上全是鲜血。

干警小刘立即掏出急救包给队长包扎。

牛光飞说："没事，擦破点皮，离心脏远着呢！"

众人也都围拢过来问长道短。

"怎么不见两个孩子？"牛光飞提醒道。

话音刚落，只见闫超和泥鳅赶着五六头小象和几只金丝猴从迷仙洞里面走了出来。

"警察叔叔，可把你们盼来了！"闫超和泥鳅扑到牛光飞和余洪身上，哇的一声哭了。

牛光飞眼里噙着泪，轻抚着闫超的头发，说："孩子，我们也找得你们好苦啊。你们两个很勇敢。我敢说，你们两个算得上中国最优秀的少年。我们一定要报请上级有关部门，为你们记功！"

"警察叔叔，他们要把这些小象和猴子卖到国外去呢。"闫超来到牛光飞面前说。

"真是可恶至极！"牛光飞义愤填膺地说。

"闫超，泥鳅！"这时，阿力领着小象欢欢跑了过来。

"阿力！欢欢！"三个少年簇拥着小象，悲喜交集，泣不成声……

孤胆小英雄

一

虎子是个很懂事的孩子，他心疼爸妈终日操劳，总想利用星期天多干点家务。砍柴、打猪草、牧羊，这些都是虎子常做的事。

夏日的凤凰山白云环绕在山腰，一切都是那么美不胜收。落日的余辉将整座山照得通红，没有一点风，树木都无精打采、懒洋洋地立在那里。大地也被烤得发烫，就连空气也是热烘烘的，人一动就浑身冒汗。

这天，临近傍晚，虎子背着一大捆青草沿着蜿蜒山路往家里赶，胖乎乎的圆脸上不断有汗珠滴下。在他前面不远，是一只大马猴，像侦察兵似的正在为虎子探路。

两年前的冬天，这只灰黄色的猴子突然出现在他家那棵粗大的银杏树上。山里人对此并不感到奇怪，因为每到冬天常有野狗、猴子、狐狸等动物进村觅食。那天清早起床，虎子看见了猴子，后来扔给猴子半个苹果，这个小精灵"叽叽，叽叽"叫了两声，随即"噌"地一下从树上蹿了下来，用爪子抓起苹果，三两口就把半个苹果吞进肚子里。小家伙吃完苹果胆子也大了起来，围着虎子抓耳挠腮，"叽叽，叽叽"叫个不停，仿佛在说还没吃够，能不能再给点？从此，这只猴子就住在他家里，虎子也经常给它吃的，并给它取名"黄毛"。就这样，人与猴子成了好朋友，虎子走到哪，黄毛跟到哪，像个忠于职守的贴身卫士。再说，黄毛看家护院倒是一把好手。自从这个小精灵来到虎子家，再也不见野狗、黄鼠狼等动物入侵。夜间，一旦有陌生人或野生动物造访，黄毛会立刻示警，同时还不忘敲门告诉主人——有不速之客。

一人一猴正往家里走着，路过一片坟地时，十三岁的虎子心里还是有点发毛，虽说已经上学的虎子知道世界上没有什么鬼神，但毕竟面对的是一座座长满青草的坟茔，尤其是被夜幕包裹着的坟地，更是显得阴森可怖。此时此刻，虎子总觉得有个影子在自己周围窥视晃动，不由得心跳加速，身上的汗毛也竖了起来。好在有黄毛为自己壮胆，不然打死他也不敢到这瘆人的地方来。

突然，在他的左侧传来一阵叮当声，像是铁镐撞击石头发出的声音，虎子激灵灵打了个冷战。他的怀里像揣着一只小兔子，怦怦跳个不停，两腿不听使唤地直哆嗦，背上的那捆青草，也不受控制地滑落下来。他后悔不该抄近路，经过这片坟地。

黄毛吓了一跳，以为小主人要揍它，赶快蹿上旁边的一棵大桉树，战战兢兢地盯着小主人，生怕招来横祸。

虎子闭着双眼，呼呼地喘气，那颗紧张的心快要从嘴里蹦出来。他的大脑一片空白，只想早点离开这个让他害怕的地方。

"叮叮当当"，又传来一阵响声。

这回，虎子听得十分清楚，分明是有人故意为之。

虎子出了一身冷汗，迷迷糊糊地，也不知是怎么回到家里的。妈妈石慧兰见儿子直喘粗气，脸色煞白，赶忙关切地问："儿子，咋了？和谁打架了？让人欺负了？"

虎子的父亲阿来担着水桶刚进家门，见此情景，急忙撂下扁担走了过来，疑惑地问："看你这副球样，又给老子惹事了？"

"什么呀！"虎子见爸爸误解了他，忙申辩道，"谁惹事了？我，我碰见鬼了！"虎子心有余悸，连说话的声音都在颤抖，一屁股坐在椅子上，呼呼直喘。

"胡说，哪来的鬼？有谁见过鬼？有鬼也是人装的，不要自己吓唬自己，赶快洗脸吃饭去。"阿来黑着脸训斥儿子几句，又提水去了。

石慧兰用湿毛巾帮儿子擦着脸，接过丈夫的话茬说："孩子，别人说的鬼，那是搞封建迷信，咱们不信这些。这世界上根本就没有什么鬼呀神呀的，小孩家不要自己吓唬自己！"

虎子见爸妈根本听不进他的话，十分不悦，可仍不甘心，噘着小嘴说："妈，我路过一片坟地，真的听见铁镐的声音，你说会不会有人挖坟？"

石慧兰听了，表情复杂地看着儿子，将信将疑地问："黑灯瞎火的，谁吃饱撑的去挖坟？一定是你听错了。行了！别疑神疑鬼的啦，肚子饿了吧？快去吃饭吧，啊？"

虎子见难以说服爸妈，无奈地摇摇头，可心中的疑惑却挥之不去。

二

深夜，万籁俱寂，世间的一切似乎都已进入梦乡。

然而，平时一沾床就呼呼大睡的虎子，今晚也像遇见鬼一般，在床上不停地烙起饼来——翻来覆去。郑家坟地那惊魂的一幕像魔鬼似的纠缠着他。他想把它忘掉，可就是忘不掉，那吓人的一幕如影随形般在他的眼前晃动。

少年不知愁滋味的虎子，这是怎么了？小小年纪，居然一夜无眠。那叮叮当当的响声，分明就是铁镐撞击石头时发出来的声音。我眼不花，耳不聋，又不发烧，不是在说胡话。可是……可是，爸妈的话又萦绕在耳边："哪来的鬼？世界上根本就没有什么鬼呀神的，有鬼也是人装的！"

第二天，虎子撑着满是血丝的眼睛，昏昏沉沉地坐在课堂上发呆，心神恍惚。他思绪如麻，弄得脑壳直发胀。

今天上午第一节课是语文，鞠老师让同学们以"我最难忘的一件事"为题写篇作文。鞠老师见虎子有些魂不守舍，坐在那里发傻，便用板擦敲敲黑板："喂喂，虎子同学，脑壳又开小差了？"

虎子一愣，其实老师讲了些什么他一个字也没听进去。见老师突然叫他的名字，茫然失措："我，我……老师，嘿嘿嘿！"

"哈哈哈！"课堂上顿时响起一片哄笑声。

"虎子，嘿嘿，你嘿嘿个啥，给我站起来！"鞠老师又转脸训斥着那些起哄的同学，"不要笑，跟着起什么哄？上课一定要认真听讲，不专心致志，则不得也。左耳听右耳冒，百辈子也学不会！哼！"

虎子低着头，不敢去看老师那张阴云密布的脸。

课堂上立刻鸦雀无声，安静得仿佛连每个同学的心跳声都能听得见。

只有虎子，只有这个平时爱调皮的捣蛋鬼在接受着老师的罚站，这已经是小家伙开学以来第三次罚站了！当然，罚站原因不外乎是上课时跟别人交头接耳，或是听课走神，或者回答不上老师的提问等。

"盗墓！"那铁镐的撞击声又回响在虎子的耳边，灵光一闪，他一下子没控制住，脱口而出。

"嗯？什么盗墓？"鞠老师见虎子神色紧张，嘴里嘟嘟囔囔，十分诧异，便放下教杆走下讲台，来到虎子的课桌前疑惑地问："喂喂，你发什么神经？是不是真的遇上鬼了？"

"啊，没，没有，就是有点头晕。"虎子言不由衷地说。

"上课不是睡觉就是发傻，我看你真成问题！"鞠老师十分光火，气得脸上青筋直冒。

同学们也都向虎子投去不屑的一瞥。

他的同桌——女同学小米从鼻孔里冷哼一声，埋怨道："一大早就说梦话，是属熊猫的？"

虎子扭头白了她一眼，没有吭声。心想，要真是熊猫该多好呀，那可是国宝。

中午放学回家，虎子沿着羊肠小道漫不经心地走着，突然想起爷爷给他讲的那个故事：古人讲迷信，有钱有势的人死后，在墓穴里总会放一些金银首饰作为陪葬品，以求逝者在另外一个世界也能衣食无忧。有个盗墓团伙曾将汉代某个皇帝墓里的奇珍异品盗走，给国家造成很大损失。老师也讲过，盗坟掘墓，倒卖出土文物是违法犯罪。

回到家里，虎子心事重重地放下书包，到厨房拿了一个凉馒头就急匆匆地破门而出。

"慌慌张张，大热天的干啥子嘛？"正在做饭的石慧兰见儿子风风火火，赶紧追出厨房，不放心地问。

"妈，没事，出去玩会儿可要得？"虎子停住脚步，回了一句。

"要得，格老子，莫要下河洗澡哦，出一身汗，冷水一激会生出病来的。"妈妈叮嘱道。

"知道了！"

石慧兰望着儿子的背影，摇摇头。心想，这个惹事包啥时候才能让人省心？

　　烈日当头，像个大火球，把大地烤得酷热难耐，路边的玉米叶不堪忍受般地曲卷着一个个小圆筒儿。天上没有一丝云彩，唯有树上的知了，不厌其烦地尖叫着，仿佛一个个小歌手，完美演绎着你方唱罢我登场。

　　黄毛依旧在前面带路，棕黄色的毛发上挂着不少汗珠。它往前跳跃几步，就回头望一次，生怕一不留神小主人就会把它甩掉。

　　虎子一路小跑，十多分钟就来到了郑家坟地。那捆青草在烈日下早被晒得半干，静静地躺在草丛中。其实虎子关心的不是这捆青草，他只想弄明白昨天这里究竟发生了啥子事情。出于好奇心，这个大大的问号把他折腾得一夜无眠，为此在课堂上还受到了老师的批评和同学们的讥讪。虎子一边不停擦着脸上的汗珠，一边蹑手蹑脚地这里瞅瞅，那里瞧瞧，寻找得十分仔细，生怕漏掉一丁点蛛丝马迹。

　　一座座坟茔，静静地窝在荒草之中，大多数坟头前面立着石碑，镌刻着坟墓主人的身份信息，虽是大白天也显得阴森森的。虎子在心里为自己壮胆——不怕，不怕，可他的两条腿却不听使唤地又开始哆嗦起来。

　　"列祖列宗呐，不肖子孙对不住你们呐！呜，呜，呜……"

　　突然，一个苍老的声音灌进虎子的耳朵里，犹如晴天一声炸雷，把他吓得魂飞魄散。"啊——"他两眼一黑，一屁股瘫倒在草丛里。

　　"谁？"听到这带着童音的尖叫，那苍老的哭声戛然而止。接着，一位须发皆白的老者出现在虎子面前。

三

虎子吓得脸色煞白，小嘴蠕动着，说不出一句话来。

"孩子，没吓着你吧，你咋在这里？"郑七爷把虎子拉起来，拍打着他身上的草屑和尘土，诧异地问。

"郑七爷！你无缘无故地哭什么啊？让你猛一嗓子……唉，差点没把我给吓死！"虎子见是本山寨熟悉的郑七爷，这才稍稍恢复了平静。

"嗨，你把老朽也吓了一跳。"郑七爷抹去脸上的汗水，"孩子，对不起，我哪里知道你会出现在这里？小子，你不在凉快的地方待着，跑到这里干吗呢？"

"那，你咋到这里来了？"虎子也抹了一把额头上的汗水，反问道。

"这……"郑七爷一听，浑浊的眼睛突然暗了下来。

老郑头的岁数已七十有五，一缕银髯飘洒当胸，国字型的脸上满是岁月雕刻的沟壑纵横的纹路，就像横七竖八的梯田。老头原本是个教师，教了一辈子书，现在退休了。他的言谈举止温文尔雅，再配上白发银髯，慈眉善目，就像年画里的仙翁。郑七爷努力压下心中的怒火："老朽不疯不傻，烈日当头，平白无故哪能跑到这里？今天上午我赶场子刚回到家，发现门锁上塞着一张小纸条，上面歪歪扭扭写着四个字——祖坟被盗。老朽一看，当即险些栽倒在地，连水也没顾得喝上一口就赶过来了。"老人越说越气愤，捶胸顿足起来，"这是哪个挨千刀的所为？缺德透顶，伤天害理。老朽……老朽愿倾尽全部积蓄，出资10万元帮助公安人员捉拿盗墓贼！"

"一张纸条？"虎子大惊失色，难道除了自己还有人晓得昨天晚上这里发生的事？

见虎子脸色突变，郑七爷顿生疑窦，逼视着眼前这个小孩："莫非这纸条是你小子写的？"

虎子连连摇头："不，不，不是！"接着，虎子就把昨天晚上自己在这里听见的，详细地向老人讲述了一遍。老人听后手捻银髯，思忖多时，然后才说："这么说，除了你之外，还有一个目击者。"

这时，黄毛热得受不了了，冲着小主人不住地抓耳挠腮直龇牙："叽叽，叽叽。"

郑七爷拉着虎子拨开草丛，来到祖坟跟前，指着面前的一个盗洞说："你看看，坟里的石块都被人刨出来了，苍天啊，列祖列宗在九泉之下居然也得不到安宁。找不到盗墓贼，我死不瞑目啊！"

郑七爷接着说："我的祖先名叫郑海生，在大宋仁宗年间，当过刺史……"老人流着眼泪，嘴里滔滔不绝，完全忘记是在对一个儿童说一段鲜为人知的家史，"当年，郑海生也算一位揽星摘月式的人物，这不仅是我们郑氏族人的荣耀，也是后生们的楷模。——如今，先人已乘风归去，九泉之下却难以安眠！先人呐，晚辈对不起您呀！"

郑七爷突然哭诉的举动，把黄毛吓了一大跳，只见它一会儿看看小主人，一会儿又瞅瞅白头翁，不停地抓耳挠腮。

"郑七爷，哭也不顶用啊，咱们还是去鹰咀子镇派出所报案吧！"虎子扯了扯老人的衣衫提醒道。

"对呀，我怎么把这茬儿给忘了？孩子，谢谢你的提醒。"郑七爷止住悲声向虎子投去感激的一瞥。

这一老一少，走出松树林，来到古柳河岸边。苍翠欲滴的凤凰山被一条逶迤清亮的大河环绕，在夏日的阳光下像一条丝绒被似的灿烂闪烁。沿河两岸是鳞次栉比的建筑群，一栋栋房子白墙蓝瓦，错落有致，构筑了一幅独具江南风格的立体画。这条古老的河像镶嵌在绿色帐幔之间的一根银弦，淙淙流淌，欢快跳跃，滋润着萋萋芳草和万顷稻谷。好一条优美的大河，哺育了多少中华儿女，也承载了多少中华儿女的情缘与梦想啊！

"郑七爷，咱们跳进古柳河洗个澡行不行？天太热了，真让人受不了。"虎子说着，又抹了一把脸上的汗水。再看看黄毛，也浑身湿漉漉的，热得直龇牙。

郑七爷虽然心事重重，但也马上阻止道："孩子，这可使不得！浑身是汗，跳进河里，被冷水一激，非激出病来不可。咱们先忍着点，等报了案，七爷陪你洗个痛快，还请你吃大餐哩。"

两人快走到河岸时，忽然听到河边有人大声说话。"师父，咱们这下可发大财了，忙活了几个晚上得了一大笔财宝，值了！师父，这个郑家祖先一定是个大官，不然咋会埋这么多金银财宝？"说话的是"花狐貂"的徒弟"瘦猴"。摆在河滩上的金银珠宝，令人一阵目眩。那些金元宝、白银、夜明珠、玛瑙在阳光照耀下熠熠生辉，光彩夺目。瘦猴自打从娘肚子里出来就没有见过这些贵重的东西，此时更是觉得眼花缭乱、头晕目眩，咧着大嘴，"嘿嘿"傻笑。

花狐貂若无其事地看了瘦猴一眼，嘴角露出一丝冷笑。

瘦猴没有察觉花狐貂的脸色变化，说："师父，眼下徒弟正缺钱，咱们不如来个拿刀切白菜——对半撅。我也好借此机会把自己'武装武装'。你看我这副穷酸相，谁家的妹子肯要我？"

"行了，格老子，没用的东西，心还挺黑。真是对着茅坑啃鸡腿——亏你还能张得开嘴！东西怎么分，师父自有分寸！"

河岸边草丛里的郑七爷和虎子，把两个盗贼的对话听得一清二楚。两人面面相觑，郑七爷牙齿咬得咯咯响，怒火无法遏制，瞪着血红的眼睛说："祖上显灵，真是踏破铁鞋无觅处，得来全不费工夫。待我去把他们抓住，可不能让他们跑掉了！"说着，郑七爷撸起袖子就要冲过去抓人。虎子赶忙拉住郑七爷说：

"七爷，不行呀，你看看这两个坏蛋，都人高马大的，十个郑七爷也不是他们的对手啊！"

"这？"

"不要慌，再听听！"

"嗯，说得在理！"郑七爷点了点头，从内心对这孩子生出些许钦佩，"小小年纪，却胸有城府，还能处事不惊，真是有志不在年高，无志空活百岁。"想到这里，郑七爷又急切地问："孩子，那咱们该怎么办？"

虎子抓了抓头发，想了想说："七爷，咱们再听听这两个坏蛋说些什么。"郑七爷点头。

这时，又传来瘦猴的声音："师父，这回能分我不少钱吧？我想用这笔钱买套房子，再讨个老婆，生个娃，下半生也能衣食无忧了！"瘦猴手说到高兴处，又哼起了京剧《沙家浜》里的唱词，"想当初，老子的队伍才开张……"

"嘘，不说话能憋死你啊，是不是想把警察给招来？"见瘦猴又提起分赃的事，花狐貂有点儿来气，指着他的鼻子轻声骂道。

"嘿嘿，师父你放心，这么热的天，别说警察了，连个人影都没有，人们早去凉快的地方待着了！"瘦猴赔笑说道。

两人脱了衣服，随手扔在盗来的金银财宝旁，随即"扑通、扑通"两声跳进了河里，惊得那些正在水中觅食的野鸭四处乱窜。

"来，帮师父搓搓背，熬了几个晚上了，就得痛痛快快洗个澡，剩下的完事再说。"

"哎，好嘞！师父，虽说咱们这趟是挺辛苦的，但看到这些到手的金银财宝是真值得啊！如今咱们发财了，我瘦猴哪儿都不去了，就待在师父身边好好伺候师父。"瘦猴说着，走到花狐貂身后，开始麻利地给师父搓起背来，一边搓背一边美滋滋地哼着小曲儿，"人说江南好地方，遍地都是稻谷香，姑娘生得真漂亮……"

瘦猴唱得一点儿也不好听，就像那哑了嗓的驴，要多难听有多难听。

花狐貂往背上撩着水，说："看你小子那得意样儿，遇上师父，是你的幸运。只要你跟着师父好好干，保你日后衣食无忧，要风得风，要雨得雨。"

瘦猴忙说："是呀！师父，遇上您老人家，是我这辈子最大的福气！"

四

突然，瘦猴变得面目狰狞，弯腰从水中拾起一块大石头，恶狠狠地朝花狐貂后脑勺砸去。原来贪婪的瘦猴早动了杀心，想来个突然袭击，一招毙命，以便独吞这些财宝。

只见花狐貂像脑后长了眼睛似的，瞬间使了个"移形换影"，迅速地躲过了这致命的一击。接着，他转到瘦猴背后，将其手腕擒住，更破口大骂道："好你个猴崽子，是不是不想活了？竟然敢暗算师父。你不知道姜还是老的辣，一招更有一招强吗！我花狐貂早就看穿了你那点花花肠子，就防着你呢！"花狐貂对着瘦猴的后背猛地打了两掌，但被瘦猴灵活地躲开了。可见这瘦猴也不是什么善茬，别看人瘦，力气倒是大得狠，身体也灵活。

"你小子还有两下子！"此时此刻，花狐貂对这个忘恩负义的徒弟充满着恨，见自己两掌走空，更是恼怒。主动又是一掌，瘦猴也不甘示弱，开始还击，于是两个扭打起来。

这边花狐貂师徒打得不相上下，那边虎子和郑七爷两人也快按捺不住了，老郑头早就想冲过去抓住那两个盗墓贼了。

郑七爷说："虎子，你赶快去派出所报案，我在这里看着他们。"

虎子摇摇头说："七爷您这年纪留下来不合适，万一被这两个大坏蛋发现，您会有危险的；或者是让他们跑了，咱们不也前功尽弃了吗，要再想抓住他们可就难了。"

郑七爷心急如焚地问："孩子，那你说怎么办？"

虎子果断回答道："七爷，还是您去报案，我来盯住他们。"

郑七爷连忙摆手说："不行，不行，你一个小孩儿哪是他们的对手，我不放心！"

虎子着急地说："七爷，我还有黄毛帮忙呢！没事的，咱俩就别争了。我留下，您去报案。"

郑七爷见状，不再争辩，急忙拨开草丛拔腿就走。

花狐貂师徒这边还在厮打着。只见花狐貂接连出掌，想打倒瘦猴；瘦猴一个巧劲儿躲过，顺势钻进了水里，去抓花狐貂的双腿，想将他溺亡。就这样，两个盗贼你来我往，在水面上溅起一朵又一朵的水花。

此时黄毛看到了河边那堆衣服中的十分醒目的红裤头，估计是瘦猴的。在未经虎子的允许下，黄毛"噌"地一下蹿了出去。等虎子反应过来，黄毛已经抓了那红裤头往回跑了。回到虎子跟前，黄毛把红裤头戴在了自己的头上，对着虎子一阵摇摆。这滑稽的举动让虎子眼前一亮："对呀，有了！"虎子猛地拍了下脑门，一把拉过黄毛，对着它的耳朵说："黄毛，你快去把那里的东西全部拿回来。"

黄毛听懂了小主人的吩咐，几下就蹿到两个盗墓贼摆放赃物的地方，来回跑了几趟，才把盗墓贼放在岸边的东西全部抱了回来。虎子十分高兴，拍了拍黄毛的小脑袋，表扬道："黄毛，干得不错，回家后我要好好奖励你！"虎子把黄毛拿过来的东西全藏在了草丛里，并用杂草掩盖起来。

这边，两个盗墓贼还在拼命打斗。炽热的阳光下，他们从水中打到了河岸上。两人都使出了看家本事，想置对方于死地，然后独吞那笔不义之财。花狐貂出招迅速，飞起一脚直踢瘦猴裆部，瘦猴就地一滚躲了过去。但未等瘦猴爬起来站稳，花狐貂快步上前一脚把瘦猴扫翻在地。接着又一把抓起瘦猴举过头顶，准备将其摔死。然而，还没等花狐貂松手，就听到瘦猴大叫起来："别打了！师父！咱们的东西全让猴子给抱跑了！"

"你说什么？"花狐貂恨恨地将瘦猴摔在地上，转头向放东西的地方看去，果然看见一只猴子正抱着衣服往远处跑！

花狐貂怒吼着："都是你这个龟儿子搅和的，还不快去给老子追，抓不到猴子，老子活劈了你。"

话音未落，师徒二人顾不上自己是否裸着，更别提啥廉耻之心，只管一前一后没命地追着猴子。黄毛在前面跑着，还时不时地向后面望上几眼，不一会儿钻进草丛就不见了。

见此情况，两个盗墓贼顿时止步，左右张望，不知该向什么地方追赶。就在这时，虎子拿着一根木棍突然出现在他俩面前，"站住！你们都给我站住！"虎子冷不丁地一嗓子，把两个坏蛋吓了一跳。两人就此呆住，半天没有回过神来。

五

过了一会儿，先缓过神的瘦猴才破口大骂道："小兔崽子，知不知道你这一嗓子，差点没把老子给吓死！"

瘦猴挥动着拳头，作势就要扑上去揍虎子，可还没跨出一步，就被一只猴子拦住了去路。只见黄毛目露凶光，龇着獠牙，伸出利爪，就要去抓瘦猴。这要被抓上一下，那可不得了，瘦猴赶快放下拳头，吓得"妈呀"一声躲到了师父身后。

"师父，就是这只臭猴子抱走了咱们的东西。"瘦猴脸都绿了，哆哆嗦嗦地说。

"哼！没用的东西，师父怎么收了你这么个草包徒弟啊！慌什么？给老子滚到一边去！"花狐貂见是一个十来岁的孩子拦住了他们的去路，立刻放松下来。他眯起眼睛打量着这个毛头小子，眼睛里凶光一闪又转瞬即逝，努力装出一副平和的样子，问道："小兄弟，这是你的猴子吗？"

虎子虽然心里很紧张，但并没有表现出来。他暗暗告诫自己：虎子，你也是一个男子汉，千万不能害怕，一定要缠住这两个盗贼，坚持到警察叔叔赶来就可以了。于是，虎子定了定神，反问道："你们两个是干什么的？干吗追赶我的猴子，它惹着你们了吗？"

瘦猴骂骂咧咧地说："这该死的臭猴子把我们的东西给抱跑了，你让它赶紧还给我们。"

花狐貂狠狠地瞪了一眼瘦猴："你给我滚一边去！"接着他马上换了一副笑脸："小兄弟，你的猴子抱跑了我们的东西，请你行个方便吧，不要多管闲事。"虎子冷笑道："这是我家的猴子，你说它抱了你们的东西，我怎么不知道？"

"这臭猴子抱跑了我们的金银财宝，还有衣服，快把东西交出来。"瘦猴脱口而出。

虎子说："什么是你们的东西？我爷爷说出土文物归国家所有，我要把这些东西都交给国家。"

瘦猴嚷道："你，你胡说，这是我们费尽九牛二虎之力才挖出来的！"他扭头对师父说："师父，不要跟他啰嗦，这小子吃饱撑的，跑到这里多管闲事，不给他一点颜色看看，他就不知道您的厉害。"

老奸巨猾的花狐貂仍然笑嘻嘻地说："小兄弟，这些财宝，我们不要了，请你把衣服还给我们吧？你看我们这样光着身子，也没法见人呀，你说是不是？"

虎子狠狠啐了一口，说："呸，你们还知道难看啊！臭不要脸的，想要衣服没门！"

一听说金银财宝不要了，瘦猴急了："师父，这可不行！这是咱们辛苦得来的，不要跟他啰嗦了，抓住他，直接把东西抢回来！"

花狐貂看到这个笨徒弟就来气，心想怎么就收了这么没用的徒弟，简直就是一根筋。他气得脸上的肌肉都抽动起来，连连朝徒弟使眼色，让他闭嘴。

瘦猴看到师父的暗示，不再说话了。

花狐貂再一次恳求道："小兄弟，咱们交个朋友，那些金银财宝全归你，我们只要衣服，还不行吗？"

"不给，不给，就是不给！"虎子心想，把衣服还给他们，他们要是跑了怎么办？我也没法向郑七爷交代呀。不行，一定要拖住他们！

瘦猴见虎子软硬不吃，彻底失去了耐心："师父，这小子好坏都说不通，别磨蹭了，动手吧！"

"既然你油盐不进，就别怪我们师徒不客气了！"花狐貂恼羞成怒，也失去了耐心，随即给徒弟递了个眼色，示意他动手。

瘦猴心领神会，捡起一根树枝就打向虎子。虎子早有防备，迅速闪身，躲过了瘦猴的攻击。他大声喊道说："黄毛，快过来帮我！"

黄毛龇着獠牙，伸出两只利爪朝瘦猴扑去。

"哎哟！救命呀！"瘦猴没躲开猴子的抓挠，发出杀猪般的惨叫声，脸上和身上被挠出了血。

花狐貂见势不妙，凶相毕露，一个箭步蹿上去，想要把虎子抓住。

虎子赶忙跑了，花狐貂紧追其后，但有猴子阻拦，一时难以靠近。

花狐貂心想，再这样纠缠下去，势必会惊动警察，不要说夺回金银财宝和衣服了，恐怕连命都保不住。想到这里，花狐貂不再追赶虎子，连徒弟也不顾了，转身钻进草丛就要逃跑。

虎子见花狐貂要逃跑，着急地对黄毛说："黄毛，快！快！那家伙要跑，赶紧把他追回来！"

黄毛"叽叽"应了两声，也钻进草丛追了过去。花狐貂的两条腿，哪能比得上猴子的四条腿？眨眼的工夫，就被猴子拦住了去路。

花狐貂见跑不掉，转而反身去拿虎子，就又变成虎子跑，花狐貂在后边追，黄毛又跳出来阻挠。这给花狐貂气得啊，心想，这孩子怎么这么难缠？

这时，瘦猴也顾不得身上的疼痛，捡起干树枝拦住了虎子的去路："小崽子，我看你还能往哪儿跑？"

两个盗墓贼挥动着粗壮的干树枝横挡竖拦，终于把虎子和猴子围住了。"师父，绝不能放过他，您得给徒弟报仇呀！"瘦猴像发疯的公牛，也不管身上的疼痛，挥动枝干朝虎子和猴子一阵猛打。

人一到危急关头，胆子反而大了起来，虎子也不例外。求生的本能引导着他，一面躲闪两个盗墓贼的进攻，一面在寻找机会跳出包围圈。可是试了几次都没有成功，就连黄毛也只能一味闪躲，找不到蹿出去的机会。

就在虎子和黄毛快支持不住的时候，警察和郑七爷赶来了。

只听郑七爷高声喊道："虎子，不要害怕，我们来了！"

这声音传到花狐貂师徒二人的耳朵里，惊得他们两眼发直，双腿也不听使唤了，嘴里不停地叨叨着："完了，完了，全完了！"然后就像突然被抽干了力气，软软地瘫在了地上。

一转眼，郑七爷带着镇派出所所长牛作武等人出现在虎子面前，几个民警动作麻利地将花狐貂和瘦猴架起，分别戴上了手铐。

"孩子，你没有受伤吧？"郑七爷一把抱住虎子，潸然泪下。

"虎子，我们的孤胆小英雄，只身斗二贼，好样的！"牛作武伸手把虎子抱了过来，接着说，"虎子，你知道吗？花狐貂是被我们通缉的在逃犯，他应该做梦也没有想到，会折在你这个小孩手里！"

众人一阵开怀大笑。虎子也有点不好意思了，摸着头"嘿嘿"笑起来。这是一个少年儿童纯真无邪的笑，开心的笑，胜利的笑！

笨伢子

一

从笨伢子家到锦阳市第四实验中学只隔着一座猴子山。看似很近，实际上要走十二里路。

刚上初一的笨伢子吹着口哨，沿着盘山小道一溜小跑。

"笨伢子，你上次帮大叔的忙，大叔还没好好谢谢你呢。找个空闲时间，大叔请你好好撮上一顿！但这之前还得再麻烦你，帮大叔把这些苹果交给丁四喜！"杜大才笑着说。

笨伢子第一次帮杜大才送的包裹是一袋小面包。小家伙嘴馋想偷吃一个，刚咬一口牙就给硌着了，发现里面有一个小纸包，打开一看是个接头地址。

听到杜大才的呼唤，笨伢子忽然想起第一次接到这人的包裹，妈妈周丽娟带着他前去西城海关缉私分局报案的场面。

缉私分局缉私大队大队长屠汝强笑道："我说呢，笨伢子的警惕性这么高，原来是老英雄的孙子啊！"

笨伢子得意地拍着胸脯："就是嘛，作为英雄的后代，必须得火眼金睛！"

缉私大队副大队长高盛也说："下次他再让你捎什么东西，你照样给他们捎。不用怕，咱们公安局的叔叔阿姨们会随时保护你的。"

想到这里，笨伢子停止回忆，接过包裹说："行，大叔！"转身离去。

"再见，笨伢子！"杜大才和一旁的女人望着小不点的背影，脸上露出一丝不易察觉的窃喜。

笨伢子走出来没多远，缉私警察甘二根就从路旁巷子里走了出来。

"又接到货了？"甘二根问道。

笨伢子点头，随即把一包苹果塞给他："甘叔叔，你先回公安局，这两个坏蛋没走多远，我去盯着他们。"

"不行！"甘二根黑着脸说，"你一个小孩子跟着两个坏蛋，太危险，叔叔和你一块去！"

"不可，人多目标大，你快回去吧！"

笨伢子趁甘二根愣神的工夫，哧溜一下，就跑没影了。

见那两人有说有笑，穿过一片树林，又翻过一座大山，笨伢子左躲右闪，尾随其后。

突然，一只大手从背后掐住了笨伢子的脖子。

"小兔崽子，居然盯梢来了，我看你还往哪里跑！"话音未落，一个满脸络腮胡子的黑大个出现在笨伢子面前，手越掐越紧。

笨伢子险些被吓掉了魂，脸色由白到紫。

笨伢子被捆绑在一棵大松树上，黑大个用皮鞭抽打着他，疼得笨伢子连连发出惨叫。赤裸着的上半身，出现了数不清的血痕。

"住手！"代号为"毒蛇"的女人表情阴沉，出现在黑大个面前，"黑三，你怎么下手这么狠毒？"

"老板！不打他不招呀！这小子别看年纪小，嘴巴硬得很！"黑三放下皮鞭，唯唯诺诺地退到一旁。

女人掏出手帕，擦着笨伢子脸上的血渍，眼睛里还流出了泪水："姐姐刚来，小兄弟，让你受委屈啦！你放心，姐姐一定好好教训这帮混蛋，替你出气！"

笨伢子脸色惨白，狠狠吐了一口血唾沫，牙齿咬得"咯咯"作响。

女人狠狠扇了黑三一巴掌，骂道："好你个龟儿子，老娘饶不了你，还不快点去叫医生！"

"是。"黑大个捂着脸，惶恐地赶紧走了。

锦阳市海关办公楼二楼，常务副局长牛月光的办公室里。听完侦查员甘二根的汇报，他当即火冒三丈："连一个孩子都保护不了，还破个什么案？我可告诉你甘二根，笨伢子要有个好歹，你从哪里来，就滚回哪里去！"

大家从未见牛月光发过这么大的火，一个个面面相觑，噤若寒蝉。

正在这时，女警杜芳慌慌张张跑来，上气不接下气地说："报告局长，笨伢子失踪了！"

没等杜芳说完，笨伢子的父亲王洪刚、母亲周丽娟就走了进来。

"笨伢子遇到危险了！"周丽娟控制不住地哭了起来。

牛月光急忙走过去，扶住周丽娟安慰道："小周，你先别紧张！笨伢子暂时还不会有什么危险，你们就放心吧。我向你们表个态，我们公安机关一定会马上调集精兵强将成立专案组，尽快把笨伢子给你们找回来！"

二

笨伢子被带到一个山洞里，看见洞里布置得灯火通明，富丽堂皇，震惊不已。

这时，黑三走来，对杜大才说："你还磨蹭什么，老板叫这崽子去一趟。你就自便吧！"

杜大才像被大赦一般交了差就离开了。

黑三喉咙里发出一阵怪笑："小子，老板有请，跟我走吧！"

黑三把笨伢子带到了老板的办公室就退了出去。

房间的装饰太漂亮了。地上铺着暗红色的地毯，精美的豪华吊灯放射出柔和而明亮的光；宽大的老板台上摆放着电脑，屋子里还有冰箱、空调、黑色真皮沙发，可谓是一应俱全。侧面，还有一个套间，从天花板垂下一盏琉璃灯，外形和色彩都很迷人；进门处也铺了一条地毯，数道门帘垂落在门前，看来这便是卧室了。

见笨伢子呆呆地站着发愣，代号"毒蛇"的那个女人——黄倩倩咯咯地笑了，一双美丽的眼睛放着光，甜甜地问："怎么样？没见过这么漂亮的房子吧！"

笨伢子低沉片刻，点点头。

黄倩倩把他拉到自己的怀里说："笨伢子啊，只要你今后跟姐姐一起，姐姐送给你一套比这更豪华的房子，让你有享不尽的荣华富贵，怎么样？"

笨伢子又点点头。

黄倩倩满心欢喜地拍着这个小机灵鬼的头说："光点头可不行，你得向我发誓。"

笨伢子心想，我何不来个顺杆儿爬，便开口说道："咱们拉钩。"随即伸出右手小拇指。

黄倩倩的欣喜与激动更是溢于言表，立刻也伸出右手小拇指说道："拉钩！"

两人嘴里同时说："拉钩上吊，一百年不许变！"

笨伢子心里却说：不算，不算！

其实，黄倩倩是真心喜欢笨伢子的，她觉得眼前这个才十三四岁的孩子聪明绝顶，机智过人。倘若经过几年栽培，可堪大用，兴许能成为自己的接班人。

但笨伢子有自己的想法：反正自己现在已经落入狼群虎穴，难以逃脱，不如来个将计就计，依了这个女毒蛇。先讨得她的欢欣，再寻机将这帮走私贩子的藏身之地通知警察叔叔。自己被坏人抓走，他相信警察叔叔是不会坐视不管的，爸爸妈妈也会设法寻找自己的。打定主意后，笨伢子更是对黄倩倩百依百顺，为她端茶倒水，送饭送汤。"姐姐，姐姐"叫个不停。这让黄倩倩心花怒放，乐得合不拢嘴。

就这样，笨伢子以少当家的身份在这里安了家。除大姐黄倩倩之外，洞里所有的人都对这个活蹦乱跳的小家伙敬畏三分。见了他，不是点头哈腰，就是侧着身子让他先行。

笨伢子对洞内所有地方都感到好奇，这里转转，那里摸摸，吃饱了就到处溜达，困了便睡。男男女女四五十个人正在加工和分装汽车、电脑等各种走私品，进货、出货，忙忙碌碌，没有人在乎一个小孩的行踪。聪明的笨伢子在嬉戏玩耍间，暗暗把观音洞里的一切摸得一清二楚。笨伢子打小就爱画画，他把所掌握的重要情报，有意用图画的方式作了标记："老鼠"代表通道；"烟"代表汽车；"小房子"代表仓库；"鸟头"代表走私成员。有多少个成员，就画多少个鸟头，而且这些鸟头散落在图画本的各个角落，这个小秘密只有他自己知道，并不会引人怀疑。

此外，他还让两个代号分别叫穿山甲和黄鼠狼的保镖，为他找来钢筋、铁丝和虎钳。

穿山甲不解地问："少当家，你要这些干吗？"

笨伢子回答："做夹子，逮山鸡、野猪。"

三

这天中午，笨伢子端着一碗香气扑鼻的炖山鸡走进黄倩倩的办公室，说："姐姐，今天才逮的山鸡，你尝尝。"

黄倩倩放下账本，用鼻子一闻，笑着说："真香！"便夹起一块肉吃了起来。

笨伢子见办公室里没外人，便低声对黄倩倩说："姐姐，那天，我听见黑三和杜大才他们在骂你。"

黄倩倩立刻警觉起来，放下筷子问："他们说什么了？"

笨伢子赶紧把声音压得更低："他们说，早晚给你点颜色看看。你对他们可要多留个心眼儿。"

黄倩倩点点头，认为眼前这个小孩不简单，对他更是信赖有加。随即拉住他的手，眼角眉梢都是笑："笨伢子，从今以后，你就是我的亲弟弟。这里的一切财产将来都归你。跟着姐姐好好干，给我好好盯着黑三他们。一有情况，马上报告！"

笨伢子点头："好的，姐姐。"

这小家伙不愧是小小智多星，他就是要设法制造和加深黄倩倩与黑三他们之间的矛盾，让他们窝里斗。还有，笨伢子也恨黑三，他可没有忘记自己所遭受的皮肉之苦，总想着借黄倩倩的手狠狠整治一下这个家伙，以解心头之恨。

这天，笨伢子在洞里憋得难受，他对黄倩倩说："姐，我想到洞外消化消化食儿，可以吗？"

黄倩倩正在办公室与黑三密谈着什么。见笨伢子一蹦一跳地跑过来，先是一惊，听他这么说，便点头答应了："去吧，别跑远了。早点回来！"

"谢谢姐姐！"小不点高兴地离开了。

看到笨伢子的背影，黑三的表情很复杂，试探着问："老板，这小子名叫笨伢子，我看就是一个捣蛋鬼，他会不会乘机逃跑啊？"

黄倩倩不动声色地看了他一眼，没有作答。

过了一会儿，她又说："这几天进货、出货怎么样？"

"看我这记性，我咋把正经事给忘了！"黑三歉疚地说，"从西南边境进来的三批货已经入库。同时，向五个内陆省份发货三批。请老板放心，货款已入账。老板是不是想看看账本？"黑三毕恭毕敬说着，起身就去拿账本。

黄倩倩冲他摆摆手制止了。

"算了，对你黑三我是一百个放心。"黄倩倩又问，"咱们的销售点发展得如何？"

黑三神色黯然，声音苦涩："在K省的锦阳、西川、海城、河州、柳河等五地市先后发展了十二个。不过，近几年，海关部门风声很紧。先后有三个销售点被捣毁，十五人被抓进去了。令人担忧啊！"黑三说到这里，带着几分沮丧，叹了一口气。

黄倩倩哼了一声，不以为意地喷着烟圈。

烟雾在屋子里升腾萦绕，压抑的气氛让黑三觉得有一条绳索把他的身体严实地捆绑了起来。他感到有些胸闷、心慌。

黄倩倩用阴冷的眼神看着他，说："没有什么，胜败乃兵家常事。这些年，我们虽然在刀尖上过日子，但得到的财富不也让我们过得很自在吗？天下熙熙皆为利来，天下攘攘皆为利往。这算不了什么，销售点被破坏，再建新的就是！"停了一会儿，声音陡然提高："黑三，你要对部下天天讲，时时讲，既防一万，又防万一。你是我的心腹，我不向你要过程，只要结果！"

黑三恭敬地回答："是，老板！"

最后，她冷冷地说："笨伢子是我培养的苗子，看得出你对他不善。如果他身上少一根汗毛，老娘第一个怀疑的人，就是你！"

她冷峻的目光让黑三不禁打了个冷战，颤抖着说："是，是，黑三不敢！"随即慌忙退了出去。对这个蛇蝎心肠的女人，黑三不得不甘拜下风，唯命是从。他深知这个女人的凶残狠毒，两年前有三个泄密者，两个被挑断了脚筋，一个被割了舌头，都推下山崖喂狼了。至今想起来，还毛骨悚然。

另一边，笨伢子在两个随从的陪伴下，走出了山洞。这两个随从，天天跟着少当家，表面打得火热，实际上，他们是黄倩倩安插在笨伢子身边的眼线，监视着他的一举一动。她要牢牢拴住笨伢子，精心培养他，供他吃喝玩乐，让他最终成为自己人，死心塌地为自己效力卖命。

离开山洞，笨伢子还想继续往外游玩，却被黄鼠狼拦住了，他笑嘻嘻地劝阻道："少当家，老板有吩咐，让你在洞外消消食就赶紧回去。这深山老林常有虎狼出没，十分危险。咱们玩一会儿就回去吧！"

穿山甲也点头："对对对。少当家，安全第一，安全第一。你要有个闪失，我们两个可担待不起。"

听了两人的话，笨伢子哈哈大笑："你们真是胆小鬼，还是哪儿凉快到哪儿待着去吧！告诉你们，少当家我可是从小在山里长大，什么样的豺狼虎豹没见过？虎狼再凶狠，也有致命弱点。狼怕火，虎怕躲，懂吗？"

穿山甲听得一愣一愣的，说："虎怕躲？难道是遇见老虎赶快躲起来？"

黄鼠狼也觉得新鲜，很想弄个明白："少当家，你说怎么个躲法？快教我们一招，在这深山老林里过日子，说不定哪天就碰上大老虎，也好对付它呀！"

笨伢子故意卖起关子，说："你们猜猜？"

两人直摇头，异口同声地回答："不知道。"

笨伢子撇撇嘴："唉，你们可真是笨！当老虎向你扑来时，像闪电般地躲开呀！"

"啊？是这样躲呀！"两人泄了气。心想，这小子简直满嘴跑火车。

笨伢子在丛林中穿梭，快似猿猴。在采撷鲜花时，看见一片野芋头叶，想起了有一次跟着爷爷进山采蘑菇，顺手揪下一片叶子当扇子摇，被爷爷看见了，大声制止："傻孩子，快放下，这野芋头碰不得！"

笨伢子顿感诧异："为什么，爷爷？"

爷爷叹了一口气，说："这东西浑身长满绒毛，一旦沾在皮肤上，用不了一个时辰，就会周身过敏，奇痒无比！"

果然，回到家里，笨伢子便觉得浑身发痒，要不是爷爷用中草药及时敷治，还说不定会怎样呢。

想到这里，笨伢子眉头一皱，计上心来。

回到观音洞内，笨伢子抱着采撷来的鲜花，周围还衬托着几片野芋头叶子，赤橙黄绿青蓝紫，光鲜照人，馨香扑鼻。

"喂，黑三，你闻闻，这花真香！"见了黑三，笨伢子将花凑在他的鼻子底下，还有意朝他身上拍了几下。

黑三咧着嘴，勉强挤出一丝笑，冲他摆摆手，示意让他离开。

笨伢子讨了个没趣，也没在意。他知道这家伙看他不顺眼。自知有黄倩倩这把保护伞，谅黑三也奈何不了他，便对他做了个鬼脸。

"你闻闻，这花真香！"笨伢子见了谁都孩子气地重复着这句话，甚至把一朵鲜红的野玫瑰戴到黄倩倩的头上，还用野芋头叶子作扇子，给她扇着风，逗得她十分开心。

"笨伢子呀，你可真是个活宝，姐姐就是喜欢你！"黄倩倩咯咯地笑着，仿佛一下子回到了童年时代。

见眼前这个美女蛇笑得花枝乱颤，笨伢子两手扇动着野芋头叶子更起劲了。

四

夜里，人们早已进入梦乡。

突然，黄倩倩像着了魔似的哀号起来："痒死了！怎么会这么痒？来人呐，快来人呐！"

黄倩倩的四大护卫——金钱豹、野狗、竹叶青、金桃闻声赶来，见女老板两手抓挠着皮肤，痛苦不堪，一个个惊恐万分，不知所措。想问又不敢问，想靠近，又怕这个凶残的女人认为自己心怀叵测。

"浑蛋！你们都是蠢猪，快给我找医生！"黄倩倩不停地抓挠着身体，脖子上青筋暴起，从床头柜上捞起一个茶杯向野狗等人扔去。

野狗等人吓得急忙躲闪，逃似的跑了出去。

在黄倩倩卧室的隔壁，有一个人听见她的痛苦惨叫，躲在被窝里，嘴角上浮起奇怪的笑容，他就是笨伢子。昨天他走出山洞采花时，戴上手套故意摘了几片野芋头叶子给鲜花作装饰。黄倩倩等人哪里知道这其中的秘密？笨伢子就是想折磨一下这帮坏蛋，让他们吃点苦头。

小机灵鬼揉着惺忪的睡眼拨开众人，冲到黄倩倩床边，大声哭喊着："姐姐，姐姐，你这是怎么啦？"

"笨伢子，姐姐活不了了，浑身痒得难受！"黄倩倩见笨伢子来了，满脸痛苦地说，此时她的两只手比任何时候都忙，胡乱地抓挠着自己的胸口、大腿和手臂。

笨伢子看着躺在床上蜷缩着身子的黄倩倩，心里说不出的痛快，却丝毫没有表现在脸上。反而，有几颗晶莹的泪珠滚出眼眶。他哭着说："姐姐，你先忍着，我去想办法！"

一听这话，黄倩倩像抓到一根救命稻草似的："笨伢子，好弟弟，你有办法？快救救姐姐！"

"是啊，少当家，你有什么办法？快救救我们！"几个正在龇牙咧嘴抓挠皮肤的家伙也凑到笨伢子跟前急切地问。

笨伢子说："我去采几味中草药，熬点水洗一洗，就好了！"

"弟弟，快去快去，治好了我，姐姐重重地赏你！"黄倩倩带着哭腔，近乎哀求。

……

"甘二根，快来看！"杜芳指着丛林草地上几块散落的黑色西瓜皮，似乎悟出了点什么。

甘二根闻声跑了过来，不解地问："怎么了，芳姐？"

杜芳兴奋地说："我们排查到线索了！"她掏出手机，迅速敲出一串号码，很快，电话被接通，杜芳把手机贴近耳朵说，"头儿，有重要发现，请立即过来一下！"

电话里随即传来："好，我这就过去！"

杜芳把手机装进包里，如释重负地长吁了一口气。

突然，专案组副组长高盛跑了过来，急切地问："线索在哪里？"

杜芳、甘二根两人一怔。他们通知的是屠汝强，高盛却不知从哪里冒了出来。

甘二根兴冲冲地将手里的黑西瓜皮递给对方看，"在这儿。"

高盛接过黑西瓜皮，脸上的表情十分难看："几块瓜皮算什么线索？"

这话让甘二根听起来觉得有点刺耳，不高兴地嘟囔着："高副组长，这东西在同一个方向已经发现三次了。"

"是这样吗？"高盛看似漫不经心，实则内心骤然升起一种难以名状的恐惧，汗毛一阵倒竖。可他表面仍然不动声色，又转头望向杜芳。

杜芳肯定地点点头，目光凝重。

得到肯定答复，高盛目光一转，佯装发现线索："你们看，那是什么？"

杜芳、甘二根两人立刻转身看向他手指的方向。

万万没有想到，就在他们定神观察的时候，高盛却迅速掏出一支带消声器的手枪，对着两个年轻人的后背连开两枪。

霎时，两人还没来得及反应，鲜血喷涌而出，染红了警服。

"你？你……"杜芳手捂胸口，眼里满是不解，带血的双手不停地抖动，踉跄着倒下了。

高盛慌忙把西瓜皮扔到一边，拔腿就跑。

就在这时，"呼呼"两声枪响，有人从背后向他开了枪，惊起林中一群飞鸟。

高盛身子一阵趔趄，他捂住胸部的伤口，一边逃窜，一边抬手向远处的屠汝强开枪射击。

"呼"，又是一声枪响，高盛的右手腕被击中，手枪落地，人也倒下了。

打这一枪的不是屠汝强，而是缉私分局常务副局长牛月光。

见到两位战友倒在地上，生死不明，屠汝强红了眼睛，愤怒地破口大骂："高盛！原来你是一条披着人皮的狼！"

"甘二根，甘二根，你醒醒呀，我是牛月光！你小子不能死！你得给我好好活着，你听到我的话了吗？"牛月光把甘二根抱在怀里，泪流满面。

然而，甘二根没有回答，就这样永远地睡了过去，再也没有醒来。二十六岁的他穿上警服才一年零五个月，一个英勇的人民警察就这样走了，焦灼、期盼和愤怒永远定格在他那瘦削而白皙的脸上。

牛月光流着热泪，伸出颤抖的手慢慢为他合上了眼睛。

这边，杜芳躺在屠汝强手臂里，已是气若游丝。她断断续续地说："组……组长，我……没有完成任务。"她吃力地说着，沾满鲜血的手终于无力地垂了下来。

"杜芳，你一定要坚持住啊……"屠汝强悲痛欲绝。

高盛此时却挣扎着站了起来，疯狂地叫嚣着："牛月光、屠汝强，没想到吧，我高盛的潜伏技能还不错吧！你们休想找到我老板的下落。鹿死谁手，还不一定呢，哈哈哈！"

牛月光冷冷地看着已陷入癫狂的高盛，一字一顿地说："高盛，我不得不佩服你的伪装手段和反侦察能力。难怪我们的侦破工作一次又一次地陷入僵局，抓捕重大走私团伙的行动一次又一次扑空，原来是你这个内鬼在作祟。可你别忘了，魔高一尺，道高一丈，法网恢恢，疏而不漏！"

高盛再次狂笑起来："牛月光，咱们的较量才刚刚开始，还有屠汝强你这号称经验丰富的老警察，不是也同样栽在我高盛的手里了吗！哈哈哈！"

"高盛，死到临头，还这么嚣张，老子这就毙了你！"屠汝强轻轻放下杜芳，把枪口对准了他的脑袋。

牛月光摆了摆手，下达命令："带走！"

两个干警正要去架起高盛，突然"呼"的一声枪响，高盛眉心中弹，轰然倒下。

"是谁开的枪？"这一突然的变故，让在场的所有人都大惊失色。牛月光怒吼一声，快速向打枪的方向跑去。灌木丛将他的脸划出了一道道血痕，他全然不顾，拼命追凶。

"局长，在那！"与牛月光并排奔跑的屠汝强指着前面一个飞跑的蒙面人，气喘吁吁地说。

"呼呼呼"，一声声枪声，响彻山谷。蒙面人侥幸逃脱了。

这时，干警们也都赶来了。侦查员崔一着急地问："就这样让蒙面人跑了？"

牛月光紧紧地抿住嘴唇，用力握着拳，说："跑不掉的，内鬼已除，我们回去，准备收网。就让他多蹦跶两天吧！"

五

笨伢子走出观音洞为黄倩倩等人采集中草药，黄鼠狼、穿山甲两人仍然不离左右。

站在洞口，笨伢子手搭凉棚环顾四周。停了一会儿，便对两位保镖说："你们先在这里等着，我到前面找找，需要你们帮忙时就吹几声口哨。不准乱跑乱动，要不听话，我可饶不了你们！"

黄鼠狼、穿山甲两人一听都愣住了，有些为难，又不敢反驳。

穿山甲可怜巴巴地说："少当家，我们两人的小命可就攥在你的手心里了。你要是走失了，老板饶不了我们。"

黄鼠狼也附和着："是啊，少当家，你可千万别走远了，就当我们求你了！"

笨伢子一看他们这副德行，生气地说："我能到哪儿去？实话告诉你们，我在这观音洞要风得风，要雨得雨。我干吗要离开这里？哼！"

两位保镖听了这话，顿时喜上眉梢，不住地点头："一切听从少当家吩咐！"

笨伢子钻进树林里，摘了一些桃树叶、干楝子、花椒叶等。他环顾四周，见空无一人，便捂着手吹了几声口哨，转身又跑到另一个地方吹了几声口哨。口哨声在深山里回荡着，向远处散去。

说来也巧，笨伢子的爱犬黑虎正在观音洞一带寻找小主人。听到这熟悉的哨声，顿时像离弦的箭一样循声而至。黑虎终于见到了失踪多日的小主人，扑到笨伢子怀里，摇着尾巴，不停地用头摩擦着笨伢子的身体，似乎在向小主人诉说着久违了的离愁别绪。

笨伢子两手抚摸着爱犬那黝黑的毛发，轻轻地对爱犬说道："黑虎，你马上去向警察叔叔送信。"说着，他又指了指观音洞，"记住，我就被困在前面的山洞里！"

黑虎听懂了小主人的嘱咐，它向小主人作了一个揖，就钻进草丛里没了踪影。

笨伢子心里还是不踏实，七上八下的。猛地一抬头看见洞口旁边的一棵参天大桉树：对啊，我为何没想到用这个？便拿出个口香糖，撕开红色塑料袋包好，在上面钉上一颗图钉，掏出弹弓将其射在高高的大桉树树干上，照此连射了三颗。

桉树外皮生长到一定程度会自动脱落，树干光滑，三个红点十分醒目，不怕警察叔叔看不到，小机灵鬼这才长长舒了一口气。

黄鼠狼、穿山甲听见口哨声，立即去见笨伢子。然而，这声音听着在东边，等跑到东边，声音却又出现在了南边；等跑到了南边，这声音又从北边传了过来。两个保镖被搞蒙了，像两只无头苍蝇，跑了这边跑那边，累得大汗淋漓，精疲力尽。

好不容易见到笨伢子，两个保镖差点没累趴下。只见黄鼠狼喘着粗气说："少当家，你再吹一阵子口哨，我们两个的身子骨可就散架了。"

穿山甲也无精打采地喊了一句："我的妈呀！"干脆躺在草地上一动不动了。

笨伢子哈哈大笑起来："你们呀，走山路还是不行。"

"是是是。"穿山甲慢慢从地上爬起来，一脸的苦瓜相，"少当家，老板等着用药呢，咱们赶快回去吧！"

笨伢子这才收住笑容，点点头。

锦阳市海关缉私专案组在组长屠汝强的带领下，经过认真细致的排查，终于找到了笨伢子用西瓜皮做的路标暗记。恰在这时，笨伢子的爱犬黑虎不知从什么地方蹿了过来，对着干警们一阵狂吠。

听到狗叫，屠汝强皱皱眉头，少许，他疾步走了过来，一眼认出了黑虎，兴奋地唤道："黑虎！"

黑虎也认出了这个高鼻子警察，摇着尾巴跑到屠汝强跟前，再一次狂吠起来，而且还不停地朝前方摆着头，十分焦躁和不安。

屠汝强虽然听不懂狗的语言，但猜测黑虎是在告诉他们，它已经找到小主人的下落了，它是要我们去救自己的小主人！想到这里，他果断下达命令："全体注意，跟着黑虎跑步前进！"

接到命令的干警们一个个精神抖擞，在灌木丛中飞奔起来。

队伍跟随着黑虎，一路快速前进，终于来到了山洞前。

黑虎朝着前面的山洞又狂吠起来。

"头，发现三个红点！"干警小刘指着一棵大桉树激动地说。

屠汝强也看到了桉树上的三个红点，心领神会，他掏出对讲机说："头，发现目标，请求行动！完毕。"

话筒里立刻传来锦阳市海关缉私分局常务副局长牛月光低沉的声音："一定要周密布控，我立即赶到！完毕。"

"明白。完毕！"屠汝强放下对讲机，眼看就要投入战斗，他热血沸腾，但仍仔细地绕着山洞察看着地形地貌。

笨伢子把中草药煎好，招呼黄倩倩、黑三等人准备擦洗皮肤。他说："这是我们山里人医治皮肤瘙痒的偏方，尤其是对不明原因的瘙痒非常有效，用这种中草药水洗上几次，就好了。"

黄倩倩喜出望外，眼睛里充满期待，随即招呼两个女保镖："还不动手？快把我给痒死了！"

两个女保镖把药水端过来，怯生生地扒掉她身上的衣服。只见黄倩倩身上起了一块块紫红色的大丘包，许多地方都被抓破了。有的结了疤，有的还流着血，吓得金凤、春桃直想哭。

忽然，两名在洞口放哨的阿根和秋虎火烧屁股似的大呼大叫着跑过来，带着满脸的恐惧，上气不接下气地说："老板，大大……大事不好了，警察和武警已经冲进洞里把我们全都给堵住了！"

这话犹如平地一声雷，把洞里所有人都给炸蒙了。接着，一个个犹如受惊的兔子，乱作一团。

黄倩倩毕竟老谋深算，处乱不惊："慌什么？这样的事我们经历得还少吗？弟兄们从第二通道撤出，在赵家村大榕树下集合！"这个女人也顾不上皮肤奇痒了，慌忙穿上衣服，提着手枪，指挥着几十名同伙疏散。

"老板！"黑三紧张得脸都绿了，哆嗦着问，"老……老板，我们这洞里的货咋办？"

黄倩倩嘴角浮起冷笑："留得青山在，还愁没柴烧？"

"是，老板。你快撤，我掩护你冲出去！"黑三一脚踢翻装着药水的脸盆，提着手枪，拉起黄倩倩就往外冲。

黄倩倩挣脱了他，命令道："不要管我，我自有办法，你赶快带领弟兄们冲出去，还磨蹭什么？"

黑三翕动着嘴唇，不再坚持，转身挤进慌乱的人群里。

看着走私贩们四处逃散，笨伢子装作很害怕的样子，打着哆嗦。他想找贴身保镖黄鼠狼、穿山甲，却早已不见两人的踪影。

这时，警察们喊话："都不许动，放下武器！"

"负隅顽抗，死路一条！"

一时间，洞内哭叫声、撞击声、枪声和手榴弹爆炸声交织在一起，混乱不堪。

慌乱之中，一个女警察突然抓住笨伢子的手。

笨伢子愕然，这不是大姐黄倩倩吗？她怎么眨眼间变成警察了？你别说，还真像。只不过多了几分惊恐与杀气。

黄倩倩拉起笨伢子跑到山洞拐弯处的一尊汉白玉雕像前停了下来。黄倩倩扭动一下雕像，只听"咯吱"一声，随即出现一道暗门，原来是一个秘密通道。

"快，兄弟们，咱们就从这里逃出去！"黄倩倩拉着笨伢子的手，疾步如飞。

屠汝强带领干警、武警冲进观音洞。只见洞内一片狼藉，包装箱、塑料袋遍地皆是。十几名顽固分子举起微型冲锋枪躲在包装箱或石头后面，朝干警们射击，时不时还扔一个手榴弹。

"哒哒哒"。

"轰轰轰"。

枪声、爆炸声响成一片，山摇地动。烟雾和刺鼻的火药味弥漫整个山洞。

两个走私贩子正端着微型冲锋枪躲在掩体后疯狂向干警们扫射，干警小刘迅速选好最佳射击位置，枪口里喷射出愤怒的火焰。

两个负隅顽抗的走私贩，惨叫着栽倒在地。

另一个顽固分子向屠汝强身边扔了一枚手榴弹。

"卧倒！"屠汝强眼疾手快，一把将身旁的一位女警推倒在地。

"轰"的一声，手榴弹爆炸，屠汝强左臂被弹片划破，鲜血顿时染红了警服。

"组长，你受伤了！"女警咬着牙忍住泪，撕烂自己的警服快速为屠汝强包扎着伤口。

这时，牛月光提着手枪赶来，命令身边的干警："赶快送屠组长去医院！"

"是！"三名干警架起屠汝强就往外走。

"放开我，擦破点皮，我能离开吗？"他吼叫着，推开自己的部下，带着伤追匪徒去了。

干警、武警们舍生忘死，奋勇追击。

这是一场正义与邪恶的激烈较量，对每个参战者来说，都是血与火的考验。

六

大姐黄倩倩带着笨伢子逃到山洞洞口，觉得眼前一片光明，正想长长舒一口气，可她万万没有料到，刚迈出洞口几步，一只脚就被捕猎的铁夹子给牢牢夹住了。

"哎哟！"黄倩倩惨叫一声，摔倒在前面的石头上。顿时，她的额头和脚上都流出了鲜血，疼得她像杀猪一般惨叫起来。"笨伢子弟弟，快救姐姐，快救姐姐！"

"救你？"笨伢子一阵冷笑，"我爷爷说，把狼救了，它还是会去吃人的。黄倩倩，没想到吧，你这条狼居然中了我的圈套。实话告诉你，这只铁夹子就是我笨伢子特意为你准备的，哈哈哈！"

听了这话，大姐难以置信地看着他，脸一下子就白了，她做梦都没有想到，自己精心培养的这个小不点，与她根本就不是一路人。她的心不断下沉，知道这次彻底栽了。

"哈哈哈！哈哈哈……"

黄倩倩突然仰天大笑起来，怒道："老娘我纵横江湖几十年，什么样的风浪没经过？今天会栽在一个乳臭未干的小毛孩子手里，老娘不服！小杂种，老娘要扒你的皮，抽你的筋！"她迅速从腰间拔出手枪对准了笨伢子。

"砰"的一声脆响，黄倩倩惨叫一声，手枪落地。黑三闪电般出现在她和笨伢子中间。

"你？"黄倩倩手腕流着血，惊得目瞪口呆。她忍着剧痛，吼叫起来："黑三，你个龟儿子是不是疯了？你……你干吗向老娘开枪？"她抬起带血的手指着笨伢子："黑三，我命令你马上把这小兔崽子结果了，他实在可恨！"

笨伢子也被眼前这一幕搞糊涂了，这个令人讨厌且凶狠的黑三怎么会向他的主子开枪？莫非他真的疯了？

在笨伢子愣神的工夫，只见黑三冲着黄倩倩一阵冷笑。

"反了，简直是反了！连老娘的话都不听了，看老娘怎么收拾你！"黄倩倩怒不可遏，"你还不动手？打呀，打死他！"

黑三立在原地："黄倩倩，你的如意算盘打错了。我不是你的心腹，也不叫黑三，我的真名叫秦剑飞，我是锦阳市海关缉私分局的人民警察！"

听了这话，黄倩倩如遭五雷轰顶。她两眼一黑，接着便晕了过去！

"你是警察？"笨伢子大张着嘴巴，难以置信地看着眼前这个铁塔一般的男人。

秦剑飞像换了一个人似的，微笑着点点头，亲切地抚摸着笨伢子的头："孩子，你表现得非常出色，我要为你请功！"

"叔叔！"笨伢子惊喜交加，终于见到了久违的亲人，一下子扑到秦剑飞的怀里，泪水像断了线的珠子扑簌而下。

稍作平复，笨伢子再一次吹响了口哨。不大一会儿，他的好朋友黑虎闻声奔来，围着小主人一阵摇头摆尾。

"黑虎，我想死你了！"笨伢子抱着黑虎的头，亲吻着，激动不已。

"笨伢子，我们的缉私小英雄，了不起啊！"这时，锦阳市海关缉私分局常务副局长牛月光带领干警们也赶了过来，他笑呵呵地把笨伢子抱了起来，眼里闪动着泪花。

"笨伢子？"看到了失踪多日的儿子，周丽娟哭着，不顾一切地奔了过来，泪如雨下。

王洪刚也跑了过来，他伸出颤抖的手抓住儿子的胳膊，泪眼模糊。

"妈妈！爸爸！"

见到了爸爸妈妈，笨伢子一会儿哭，一会儿笑，让在场的牛月光等人也忍俊不禁。

周丽娟紧紧把儿子抱在怀里，痴痴地问："我这不是在做梦吧？我的笨伢子真的还活着？人们都说梦里发生的事不算数，咬一下手指头，试一试，疼不疼。"说着，她抓起一根手指头，狠狠一口，可是没感觉疼，她又失望地哭了。

她不疼，有人疼。

只听王洪刚大叫一声："哎呀！"他晃动着带血的手指头，疼得龇牙咧嘴。

这一幕逗得在场的人捧腹大笑起来。

这时，秦剑飞走了过来，向牛月光举手敬礼："局长，秦剑飞向你报到！"

"老秦！"牛月光激动地迎上前去，两双健硕的大手紧紧握在了一起。

秦剑飞眼睛里闪动着泪花："局长，真想念你们啊！"

牛月光也动情地说："我也想你和小黄同志。你们两个出色地完成了任务，我代表锦阳市海关分局党委和全体干警向你们致敬！"

在场的所有人都愣住了，大张着嘴，面露惊讶。

牛月光对身边的屠汝强说："我来介绍一下，这是缉私大队副大队长秦剑飞同志。"他转身又对秦剑飞说："这是缉私专案组组长屠汝强同志。"

"你好！"

"你好！"

两人相互敬礼，握手。

牛月光忽然想起什么来，问秦剑飞："老秦，你的助手呢？"

秦剑飞环顾四周，大声喊道："黄天标！"

话音未落，从人群中挤过来一个长得很英俊的小伙。

"局长，警员黄天标向你报到！"他说着，向牛月光行礼。

牛月光举手还礼，握着黄天标的手说："小黄同志，辛苦了！"

黄天标的眼睛立刻湿润了。这是多么亲切的问候？已经很长时间没有听到这样的话了，他一下子找到了回家的感觉。回想起卧底的这段日子，五味杂陈、百感交集，他鼻子一酸竟生出想哭的感觉。

"黄鼠狼？"笨伢子跑了过来，一下子僵住了，"你，你也是警察？"他做梦也想不到，方才还是自己贴身保镖的黄鼠狼，怎么刹那间也变成警察了？

牛月光看出了笨伢子的疑惑，微笑着拍了拍他的小脑袋，说："小家伙，你以为，你是在孤军奋战吗？"

笨伢子似懂非懂地挠挠头，嘿嘿地笑了。

这时，屠汝强悄悄把牛月光拉到一边，有所猜测却又不能肯定，问："头，这究竟是咋回事？"

牛月光微微一笑，向他解释说："秦剑飞和黄天标都是武警特种兵，一转业到我们分局就被派遣执行卧底任务，并成功打入这个走私团伙内部。这件事属于高度机密，所以你不知道。"

原来如此，屠汝强心中顿时升起一股无名火，忿忿地说："我不明白，既然有卧底人员，你为什么还要让我们兴师动众地去折腾？抛开大量警力、精力和物力的消耗不说，甚至我们还牺牲了两名战友？这是为什么？"屠汝强越说越激动，浑身颤抖，挺坚强的汉子禁不住抽泣起来。他憋着一肚子火，那是一种愤恨交加而又无处发泄的火，同时又有一种被人愚弄的感觉。

牛月光平静地注视着他，目光深邃而冷峻，毋庸置疑而又十分严肃地说："我可以负责任地告诉你，组织上精心布下这个局，就是为了挖出我们公安队伍中的内鬼！我们的战友没有白白牺牲，他们用生命捍卫了我们队伍的纯洁！"

屠汝强愣愣地看着一脸疲惫、眼里布满血丝的老领导，一下子如醍醐灌顶，他终于舒心地笑了。

"嗯？"牛月光忽然发现，秦剑飞和黄天标两人都像抽风一样忙乱地抓挠着皮肤，便关切地问："老秦，你们是不是病了？要不要去医院？"

黄天标满脸痛苦地指着笨伢子说："也不知这个小捣蛋鬼使了什么

坏，弄得许多人浑身痒痒，难受死了。"

"哈哈哈！"

在场的人都大笑起来。

"嘿嘿，"笨伢子挠了挠头皮，说，"叔叔，没事。"

"我们有事！"秦剑飞龇牙咧嘴地说。

众人又是一阵哄笑。

笨伢子说："我熬点中草药水，保你们药到病除！"

笨伢子忽然想起什么，忙问牛月光："警察伯伯，还有一帮坏蛋没抓到呢！"

未等牛月光开口，手臂上扎着绷带的屠汝强抚摸着笨伢子乌黑的头发说："放心吧，已经将这个走私团伙一网打尽了，全都抓起来了！"

"太好了！"笨伢子心里绽放出快乐的火花，兴高采烈地拍起手来。

沧海横流

一

这天上午，我刚把出租车停在大明湖公园东侧。就见一位操着浓厚南方口音的顾客向我走来，他夹着一个黑皮包，右手还提着一大包鼓鼓囊囊的东西。

"我是从澳门来的商人，对此地不熟啦，劳驾您送我去明湖大酒店可以吗？"他显得十分着急，好像要急着办什么事情。

其实，明湖大酒店很近，穿过两条街就到了。可是这位澳门客商临下车时，还非要塞给我三张一百元："的姐女士，不用找钱了，就算我的小费啦！"

小费？我一怔，忙说："我只是个司机，是按里程收费的，从不收别人的小费。"我执意把多出的钱找给他。

他说什么也不肯要，还说交个朋友总可以吧，他还把自己的名片送给我一张，然后很友好地说声："拜拜啦！"

送走那位姓黄的澳门客商，我没再拉客。为一个朋友搬家忙活了大半天，一直到晚上九点多钟才回到我那个单身"小巢"里。在济南打工快两年了，我就这么一直租一间低价房子。咱是单身女子，吃饭没有规律，高兴了，自己做，不高兴就下馆子或者要外卖。天马行空，独来独往，倒也清闲自得。

我把车子停在宿舍楼前的大院里，连晚饭也懒得做，精疲力竭，只想痛痛快快地睡上一觉。我正准备熄火下车时，一回头发现车子后座位上有一个黑乎乎的东西，我仔细一看，原来是个文件包。我大吃一惊，是哪位马大哈遗失在车子上的？——想起来了，送走那位澳门客商，我再没拉客了，没错，准是他的！我自言自语着，忙打开黑色皮包一看，发现里面有一大叠美钞，还有几份合同。

这时，我的困意全消了。掏出手机按照名片上的手机号码，给他打了电话。果然让我猜对了，那老头正为丢失皮包的事而犯愁！

我从宿舍里拿出一块面包，胡乱啃了几口，就钻进车子为澳门客商送皮包去了。

车子刚在明湖大酒店门口停稳，黄老头便把一只胖胖的手伸过来，异常激动地说："哎呀呀，的姐女士，拾金不昧，黄某感激不尽啊！"说完还非要我到他的房间里坐一会儿不可。

我迟疑一下，点了点头。

跟随他乘电梯来到十一层的房间，我便说："你快打开包检查一下里面的东西全不全！"

"丢了皮包，可把我急坏了。丢了钱事小，丢失了生意合同可就麻烦大了。"黄老头说着，把皮包里的钞票和合同全都掏了出来，发现里面的东西完好无损，这才如释重负地松了一口气。他感动得眼圈有些发红，说："我正愁没招儿呐，实在没法子，都要去报警啦，你就给我打了电话，你可真是个好人啊！"他激动不已，紧紧地握住我的手不肯松开，直到我愠怒地把手抽走，他才意识到自己失态了。他有些尴尬地嘿嘿一笑："对不起，对不起！"

这时，他从衣兜里掏出一沓钞票塞到我手里："开个出租车也挺不容易的，这方面我在澳门是了解的。先给你这一万元，作为我对你的酬谢吧！请一定给我个面子啦！"

"先生，谢谢您的好意，我不能要！"我委婉地拒绝了他的酬金，匆匆告辞。

跑出租车这行当，有时候生意好，出门便能拉到顾客。可有时候，在街上跑了半天也没个招手的。这些天，我觉得比较晦气，一天也拉不上二百元。有一次都上午十一点四十了，还没有一个顾客，索性回宿舍休息。可我刚刚来到大楼下面，还没来得及停车，就听见手机响个不停。一看呼我的是那个澳门客商黄老头，我以为他要用车，没有接听电话便快速驱车来到明湖大酒店。一眼就看见黄老头正在门口等着。

"您要用车吗，先生？"我停下车子，很客气地问。

"是这样，周女士，今天我包下你的出租车如何？咱们不按里程计算了，就按小时计算。"黄老头笑容可掬地说。

"行啊，请问您要去哪里？"我问。

我心里明白，跑出租车当然是按小时收费划得来。

"周女士，其实我约你来，哪里都不想去，就是想请您吃顿便饭，无论如何你都得赏光啊！"他以恳求的口气说道。

"那好吧。"我很爽快地答应了。反正这会儿也无事可做，况且又有人请咱撮一顿，何乐而不为？于是，我把汽车停靠在一边，跟随黄老头来到明湖大酒店二楼一个豪华餐厅里。我这才明白，原来他早有准备，椭圆形的餐桌上已摆满了丰盛的酒菜。

席间，黄老头非常殷勤地为我斟酒夹菜，我俩就像多年未见的老朋友似的。此外，这老头还时而妙语连珠，恰到好处地恭维我一番，真不愧是久经商场的生意人。酒兴正浓之际，他将早已准备好的金项链拿出来要送给我，说是对我拾到黑皮包的酬谢。在他的一再相劝之下，我接受了这份礼物。这一天，我觉得过得特别快活。

有一段时间，我曾暗暗庆幸自己能结识一位来自澳门的商人。几次接触，使我对他产生了好感。但我知道这绝不是爱。我只是觉得从他身上飘逸出一种企业家的气质，谦逊不张扬，谨慎却颇多主见，彬彬有礼又见多识广。

我突然有一种豁然开朗的感觉。

二

也许是黄先生给我带来了好运，我遇到了自己的白马王子，收获了自己的爱情。

我和上官云平是通过朋友介绍认识的。他是青岛人，在一家软件公司打工。他 26 岁，计算机专业本科毕业，英俊潇洒，言谈幽默，像个兄长。他渴望做一个柔情缠绵的男子汉，愿意用一颗爱心去换取别人的一份真诚。

我曾跟他开玩笑说："你这个人在生活中过于缠绵。"

上官云平微微一笑，反驳说："缠绵有什么不好？你看世间万物，哪一个不因缠绵而变得多姿多彩？宇宙因缠绵才灿烂了星空，阳光因缠绵才变幻得七彩斑斓，石头因缠绵才产生了山脉，小溪因缠绵才汇聚成江河，月亮因缠绵而有了潮汐，影子因缠绵而泛出朦胧迷幻的美，生命因缠绵才繁衍了一代又一代的子孙。"

初恋，像一枚未熟透的梅子，在岁月更替的缝隙里，散发着涩涩的、甜甜的诱惑。

几年来，我们在工作上相互支持，感情上相互依偎，他是我最心仪的男人，给我一种前所未有的依靠感。我们相识以后，他把自己一腔浓浓的爱意，全都给了我。正因为爱情的到来，才使我平淡的生活变得丰富多彩。我仿佛被推向了幸福的浪尖，不仅有一个疼我爱我的恋人，还有一份属于我的工作。因为我爱出租车司机这一行当，自由快活，又不受制于人，我愿意一辈子这样生活下去！

人一生的跋涉，都是为实现自己的理想、追求和人生价值。

我和上官云平本打算元旦结婚的，办理完结婚登记手续，我们便分头布置新房，购置家具。然而，就在我们为布置新房而忙得不亦乐乎时，我的手机响了，一个许久未曾联系的人再次出现了。这么多年了，那个澳门的黄先生又到济南了。

挂了电话，我驾车来到明湖大酒店，他跟上次一样站在那里很有礼貌地等待着。

"您要用车吗？真是很抱歉，黄先生！眼下我正准备结婚，想停些日子再跑出租车。"我赶紧给他解释。

黄老头一脸愁容，说："周女士，我上次到内地来谈生意，遇到你这样一位好心人，没能好好地感谢你。这次我想在离开济南之前，坐一次你的车行吗？时逢菏泽牡丹盛开之际，老夫很想前去赏花。"他说得非常诚恳，目光中满满的期待。

一听说他要去菏泽看牡丹，我就来劲了。人常说，金窝银窝，不如自己的狗窝。天下出门在外的人有谁不说自己的家乡好，而菏泽正好是我的家乡。

在陪伴黄老头去菏泽观赏牡丹的过程中，我向他讲述了"菏泽牡丹甲天下"的传说，讲述了商圣范蠡在"天下之中"定陶经商的史话。

黄老头微闭双目，左手中指轻弹膝盖，听得入神。我刚一缄口，他便一下子来了精神，如悬河泄水，滔滔不绝地打开了话匣子："我这一生最崇拜两个人，一个是范蠡，另一个则是美国的巨富艾穆尔。范蠡不愧为著名的谋士，集谋略家、军事家、经济学家于一身，足智多谋，英才盖世，力助越王勾践成功灭吴；他激流勇退，辞官经商，乘一叶扁舟定居在定陶，'十九载，三致千金'。无论做官，还是经商，范蠡都是一个成功者。早年的艾穆尔是一个贫穷的农夫，美国西部兴起淘金热时，他来到这片疯狂的土地，荒山野谷，天气燥热，饮用水奇缺。艾穆尔毅然放弃淘金，发动一帮人挖水渠，建水池，引水源，然后过滤澄清，分袋出售。从此，艾穆尔一举发迹，只几年的工夫，他就成为美国为数不多的大富翁。"

黄老头叹息一声，接着说："我原名不叫黄拼搏，因为家里穷，经常缺粮短炊，父母给我起了个俗得不能再俗的名字——黄有米。"

"按母亲的意思就是将来有米吃，就不挨饿了。然而，事与愿违。我名叫黄有米，结果家里照样无米下锅。有一次，我去教堂里领救济粥。有点耳背的掌勺人问我叫什么？我说黄有米。他立马说，有米？有米你还到教堂里领什么粥？滚！不容分辩就把我轰出了教堂。后来，我干脆给自己取名为黄拼搏，不是有首歌吗？'三分天注定，七分靠打拼'。我的事业，完全是靠我自己拼搏出来的。起初摆地摊卖瓜子、糖果，后来，搞房地产。从此，我的事业如日中天，生意越做越大……"后来我们继续游玩菏泽，自是不必再说。

没想到过了些日子，黄老头突然登门造访。

他握住上官云平的手，以商量的口气说："上官先生！我求你们一件事，希望你们不要拒绝！"

我和上官面面相觑，不解地望着他。

"上官先生，请允许周女士送我去一趟哈尔滨，我与那里早已有约，谈完生意就赶回来啦，一天 2000 元的租车费，行吗？"

"黄先生，这太突然了！"上官云平大吃一惊，随即一脸不悦，"可我们马上就要结婚了！元旦就快到了，哪还有时间为你跑车？你还是另择车主吧。"

"上官！"我向男朋友丢了个眼色。随即，我们一起走进另一个房间里。

"周莉，你看该怎么办呢？说实话，让你一个女孩子跑长途，我实在不放心！谁知道这老东西是人是鬼？还是不去的好。"上官云平小声对我说。

"你甭疑神疑鬼的，他一个六十多岁的老头子还能把你媳妇拐跑？"

"谁要敢对我老婆起歪心思，我不会放过他。"

"放心吧，我的准老公。曾经沧海难为水，除却巫山不是云。我心中最浪漫的事，就是和你一起变老！况且跑一趟哈尔滨也用不了几天，要不，就让我拉着这老头跑一趟吧，财神找上门来，哪能往外撵呢？再说我们结婚正需要钱呀！"

听了这话，他的脸色凝重起来。

过了一会儿，上官苦笑了一下，还是答应了我，但隐隐约约表露出一丝不满。

经过一番商量，上官云平答应把婚期往后推迟一个月，也就是腊月二十五日。就这样，我拉着黄老头匆匆上路了。

隆冬的哈尔滨，漫天的雪花飞落下来，仿佛无数扯碎了的棉花球从天空翻滚而下。多么可爱的雪呀！那么轻盈又安静地落下来，落在山峰上，落在田野上，落在屋檐上；白了山岭，白了大地，白了屋顶。万千枝丫，万千水晶条，仿佛银色海洋里的银珊瑚。如此凄美的雪景，在月光下分外妩媚，实在是令人难以忘怀。

我觉得天上飘下来的不是雪花，而是从家乡伸过来的小手，它们每一片都深入我的身体，抚慰着我的心。

然而，出乎意料的是，我们来到哈尔滨的第三天，黄老头谈完生意，突然病倒在那家五星级宾馆里。

"周女士，我肚子疼得受不了，求你送我去医院！"他两手捂着肚子呻吟不止，脸上豆粒大的汗珠扑簌簌地往下落。

当务之急，得救人呀。我咋这么倒霉！

我拉着黄老头来到哈尔滨市立医院，他肚子疼得直不起腰来，我搀扶着他到急诊室做检查，医生给开了验血等检查项目的单据。

"周女士，我实在是走不动了！"黄老头干脆蹲在地上不走了，身体因疼痛出现一阵阵痉挛。

"黄先生，快起来！"此时，我也不知道从哪里冒出来的力气，一咬牙背起他就走。

天啦！我一个弱女子长这么大，哪儿干过这档子事，出过这种力？身上背着一个成年男人，压得我喘不过气来。好不容易来到三楼化验室，累得我两眼直冒金星，差点儿没晕倒。

"急性肠梗阻，需要马上做手术。"一个戴着深度近视眼镜的老大夫拿着一张单据和笔，让我签字，"请问，你是他的亲属吗？请你在这上面签个字吧！"

我？我只愣愣地望着老大夫和黄老头。我算什么亲属？我们只能说是雇佣关系吧！

这时黄老头已被病痛折磨得在床上直打滚，连话都说不出来了。

"快签字啊，病人需要马上手术！"老大夫不耐烦地催促道。

"我？……我签！"望着黄老头那痛苦不堪的样子，我来不及多想，随即从老大夫手里接过笔来，笔走龙蛇地签上了自己的名字。

黄老头在医院做过手术后，我陪着他好不容易熬了漫长的八天，不用说什么我归心似箭，就连黄老头也思家心切，在医院实在是待不下去了。等他的伤口拆过线后，我们便立即办理了出院手续。不料，他突然一把鼻涕一把泪地央求我送他去广州，说那里有他投资兴办的软件公司，还有自己的别墅。

怎么会是这样？

"周女士，你就帮忙帮到底吧，陪我一起去广州，我不会亏待你的！"只见他掏出雪白的手帕，不停地擦着泪，一副楚楚可怜相。

真是一块"滚刀肉"！

我苦涩地摇了摇头。

心想，我这是招谁惹谁了？自己想办的事情不能办，却让这么一个萍水相逢的老头子给缠住了！

我和上官云平原定的结婚日子，没想到就这么让一老头子给搅黄了。

"咱们是坐飞机还是坐火车？"我问。

黄老头直摇头："就坐你的出租车。"

"天啦！"我忍不住惊叫起来，"开什么国际玩笑？从哈尔滨到广州，坐我的车子这要坐到猴年马月？要穿越大半个中国呀，路上还不得把我和车子跑散架？"

黄老头一本正经地说："周女士，这些天来，我坐你的出租车觉得非常舒服，心情格外舒畅，比坐飞机、火车要好得多。咱们慢慢走，走多少天算多少天，车子跑坏了我赔你一辆豪华轿车如何？我是一个诚实的生意人，以诚信为本，你尽管放心好啦。"

我这哪是跑出租车？分明给人家当起保姆来了。我这是造了什么孽！

出门在外，身不由己。这叫什么事啊？

我驾驶着出租车拉着黄老头，在一个阳光明媚的日子离开了这片银色世界。

三

黄老头大病初愈，车子跑得不算太快。觉得累了，便停下找旅馆休息一下。就这样走走停停，我们用了七天时间，才到达广州。

离开千里冰封的冰城，来到无处不飞花的花城，真是冰火两重天。广州不愧为花城，即使在农历腊月，腊梅、长寿花、山茶花等，也一簇簇，一丛丛，争奇斗艳，姹紫嫣红。

把黄老头平安送到目的地，我心里踏实了许多。离开济南已经半月有余，不知男友上官云平现在准备得怎样了？每当想起这些，我归心似箭，恨不得插上双翅，立刻飞回济南。

"黄先生，我的任务完成了，明天一早我就回去了。"在黄老头的别墅里，吃过晚饭后，我很有礼貌地对他说道。

"哎呀呀，周女士，是不是我这寒门小舍容纳不下你这只金孔雀呀？在这里多住些日子吧！噢，对啦，腊月二十五日是你和上官先生拜堂成亲的日子。真是对不起，我将加倍补偿你们好啦！这样吧，你再在这里住上两天。然后，我亲自送你回济南。再说，那里还有一笔生意等我去做啦！"

他亲自给我倒了一杯乌龙茶，袅袅升起的茶水热气，也不能排解我心里的焦虑。

"黄先生，可是我……"

还没等我把话说完，黄老头就打断我的话："周女士，什么也别说了，就这样定了。你好好在这里养养精神，千万给我个面子了！"

黄老头的别墅非常别致华贵，小楼的四周种满了梅花、君子兰、小苍兰，花儿开得芬芳馥郁，沁人心脾，的确是一个修身养性的好地方。别墅专门配了一个胖厨师、两个保姆，一日三餐均是美酒佳肴。可我在这里却食不甘味，夜不能寐。独对孤灯，眼神开始发虚，思绪渐渐飘出这座庭院，飘向遥远的故乡。

我想出门到街上去逛逛。然而，一老一小两个保姆却轮流看护着我，不让我离开别墅半步。这令我心烦意乱，冲着保姆直发火："你们到底想干什么？这不等于把我给软禁起来了吗？我想出去就出去，我看你们谁敢干涉我的自由？"

小保姆也不生气，依然笑嘻嘻地说："周女士，这是黄先生的吩咐，如果放你出去，我们不好交代呀！"

我心想：这老家伙在要什么鬼把戏？为什么要限制我的自由？难道他真的对我动了歪心思，想要霸占我？这三个巨大的问号，像三把弯刀，砍着我脑子里的每一根神经，折磨着我。一个六十多岁的老头，这怎么可能？那么……想到这里，我无法平息情绪，只有一阵阵徘徊不定的脚步，勉强压制着我难以平静的情绪里快要胀满的恐惧和愤怒。我的两腿微曲，不敢绷直，只要一绷直就会不停地发抖，整个身体就像泄了气的皮球，没有力气来支撑。

我跌坐在沙发上，从提心吊胆，到心惊肉跳，却又感到孤独无助。

我悔恨莫及，居然轻易相信了这个看似谦逊有礼的老家伙，一步步掉进了他精心设计的让人充满同情的陷阱里，被弄得有家难归。

我才是天下第一大傻瓜！

耳边又响起准老公上官的提醒：还是小心点好，谁知道他是人是鬼？

一天晚上，趁保姆熟睡之际，我悄悄溜了出去。我想找我的出租车，却早已不见了影踪。于是，我溜到了大街上。

广州的夜晚热闹非凡，高大建筑群上那闪烁的霓虹灯，让人眼花缭乱。我漫无目的地在大街上溜达着，不知不觉拐进一个小胡同里。倒霉的是，居然撞上几个小流氓，这些混混年龄都在二十岁左右，头发染得花花绿绿。

我心头一阵颤栗，心想这下算彻底玩完了，要是落到他们手里，还能有个好？

"这是从哪里冒出来的小妞儿，好水灵呀！这小脸蛋儿，这眼睛，这鼻子，这小嘴可真精致。像什么鱼，什么雁来着？"

我心想：笨蛋！咋这么没有文化？那叫沉鱼落雁！

"对对对，九哥咋懂这么多？"

"这小妞儿像仙女一样，真养眼。"

"请你们放过我吧。"我心里害怕极了。但我已经拿定主意，誓死守住自己的贞节。

"快点虎子，脱掉她的裤子，让咱弟兄们玩玩！"一个胡子拉碴的人扯着公鸭嗓子说。

接着，几个流氓如狼似虎，一窝蜂般蹿过来，胡乱地撕扯我的衣服。

"救命啊！臭流氓，姑奶奶我跟你们拼了！"我也不知哪儿来的勇气和胆量，手脚并用，跟几个流氓玩儿起命来。

一个流氓被我踢中了命根子，双手捂住裆部，痛得直在地上打滚。

"住手！"在这危急关头，只听不远处有人大喝一声，"你们这群流氓，大庭广众之下，竟敢调戏良家妇女，这还了得？真是可恶至极。滚开！"

我在慌乱中定睛一看，原来是黄老头。

"黄先生！"我像看到了救星似的，眼泪刷地一下流了出来。

他这一吼果然奏效，几个流氓被震慑住了，随即松开了手。

"嗬，原来是个老不死的，给他点颜色看看！"话音刚落，几个歹徒像恶虎似的扑了上来，围着黄老头一阵拳打脚踢。

可怜的黄老先生，在地上滚来滚去，惨叫不止。可能见动静太大，几个流氓打完人没有多留，扬长而去。

黄老头被打得鼻青脸肿，躺在床上几乎不能动弹。出于感恩，这几天我一直守护在他的床前，一日三餐，也全由我精心料理。看他为了我遭受一顿毒打，我满心想离开这里，却又难以启齿了。

我算彻底被这块"滚刀肉"给缠住了。人，活在这个世上真难。在不如意时，往往事事不如意，处境甚至还会向更糟糕的方向发展。

五天后的一个晚上，大约在十点半左右，已经恢复元气的黄老头，突然把我的卧室门敲开。他带着满身酒气，笑呵呵地坐在我的床边。

"周女士，还没休息呀？"

我赶紧离开床边，坐在沙发上，顺口问道："黄先生这么晚来找我有事吗？"

"啊，没，没有。"黄老头面带红晕，两眼直勾勾地盯着我。

这使我骤然想起深夜街头出现的酒鬼混混，令人一阵恶心。

他像中了邪似的，嘟嘟囔囔："今晚很高兴，所以才来看你啦。我觉得咱们这段时间相处得很投缘，谈话又很投机。所以……所以，一日不见如隔三秋啦，这说明咱们有缘分，有缘千里能相会了！"

这老糟头子今晚是怎么了？说话咋这么肉麻？

我立刻警觉起来，开始下逐客令："黄先生，我要休息了。"

"不忙，不忙。"黄老头像钉子似的钉在那里，非但没有离开的意思，反而起身凑到我的跟前，突然像饿虎一般双手抱着我的脸，边吻边念叨起来："你太迷人了！艳光四射，魅力飞溅。细腻的肌肤，油黑的发丝，无不强烈地吸引着我。今晚我不走了，你陪陪我吧。我求你了，你已经勾走了我的三魂七魄，使我无法回避！你开个价，一万元？要不两万？只租你一晚上！"

"住口！老流氓！"我一把推开他，并且朝他脸上狠狠揍了一拳。

"原来你变着法地把我骗到这里，是不怀好意。你放我出去！快把车钥匙交给我，我要回济南！"

"你……你……会拳击？"

黄老头被揍了个趔趄，摇晃几下，险些栽倒。他疼得龇牙咧嘴，哆哆嗦嗦地说："好厉害的一个女人！"

老家伙说得没错，我学过拳击。我是家里的独苗，被父母视为掌上明珠。但我自幼体弱多病，八岁那年，老爸便利用假期送我到将军武校学跆拳道、拳击。老妈说，咱不指望将来去拿什么冠军，为的是强身健体，防止日后受人欺侮。没想到，时隔多年，此时派上了用场。

"老流氓，要不要再来一拳尝尝？"

"别，别，再来一拳，恐怕我这把老骨头真的会成为棺材瓤子了。"

"我来问你，那天晚上大街上突然冒出来的几个小流氓，是不是跟你有关？"

"这？怎么可能。"

"哼，别演戏了！你别忘了，捣鬼有术，虽很奏效，但是有限！那些小流氓虽对你动了拳脚，却只伤皮毛，不击要害，难道还要让我再进一步揭穿你吗？"

"你年纪轻轻，果真厉害！"

黄老头稳了稳神，说："不错，老夫是欺骗了你，一步一步，把你从济南骗到哈尔滨，然后又到广州。此外，我还演了一出'英雄救美'的苦肉计。但是，老夫却无意害你呀！老夫诚心诚意，想让你做我的太太。都是我不好，惹恼了你。你跟着我有什么不好？总比你在济南打工强吧，跑出租多辛苦呀，不如跟着我做一个衣食无忧的阔太太啦！我可以把分布在美国、洪都拉斯、加拿大等地的子公司，全都交给你去管理；我还可以带你周游世界。人生如梦，也就那么几十年，何不潇洒活一回啦！实话告诉你，这些天，我已派人到济南找上官云平了，我准备送他出国，他不是很爱计算机这一行吗？出国深造一下也好啦，马来西亚、加拿大、美国，那里都有我的好朋友。再说，两个穷打工的生活在一起，今后的日子会是什么样子？没有固定收入、没有职业、没有房子，总之……唉，怎么给你说呢？我劝你还是想开一些，一生过得舒舒服服，那才幸福！"

"你……"我气恨难平，"腾"地从沙发上跳起来，指着这个道貌岸然的伪君子。

"黄拼搏，你以为手里有几个臭钱，就可以为所欲为吗？告诉你，棺材瓤子，本姑娘宁做贞节鬼，也不为风流女！黄拼搏，你拼搏到今天，就是为了丧阴损德，巧取豪夺，为了达到自己的目的而不惜破坏别人的家庭幸福吗？哼，老东西，你也不拉泡屎照一照，胡子白花花，年纪一大把，你不觉得有点不自量力，痴人说梦吗？你也不想一想，我一个黄花大闺女，能嫁给你一个糟老头子吗？再说，你明明知道我们要结婚了，却还要横插一杠子，你缺德不缺德？实话告诉你，你纵有偷天换日、揽星摘月的本事，也休想让本姑娘屈从！如果你的良心还没有丧尽，能否听我一句忠告？做人，不一定要风风光光，但一定要堂堂正正！处事，不一定要尽善尽美，但一定要问心无愧！以真诚的心，对待身边的每一个人！更不要为一己之利而践踏自己的底线，在错误的道路上越走越远。"

黄老头被我骂得面红耳赤、气喘吁吁，像条被电打了的癞皮狗。他愣在一旁，张口结舌，半天没说出一个字来，垂头丧气地离开了我的卧室。

后来，我从黄老头的部下那了解到，这老混蛋的确派人去济南找上官云平了，还把他接到了广州，由老混蛋亲自出马向上官摊牌。

上官云平一听便气炸了肺，眼看要失去心爱的人，他的精神世界快要崩溃了。他脸上的肌肉在愤怒地颤抖着，眼睛里快要喷出火来，他指着黄老头的鼻子说："你真是无耻之极！告诉你，老色鬼，纵使你机关算尽，也休想从我俩身上得到一点便宜！"

我害怕极了，是从骨子里渗出来的那种害怕。心怦怦直跳，脑子里一片混沌，不知道自己在干什么，将要去干什么……

四

我在郁闷得快要窒息的心境中独自熬过了又一个孤寂黑夜，我不知道该怎么办，这痛苦的遭遇令我神情憔悴，不知该如何脱身！

恼怒至极的我，把卧室里的茶具餐具，名贵古董全给砸了个稀巴烂。我已做了充分的思想准备：倘若我失去了爱情，失去了我心爱的上官云平，那么，我也不想活在这个世界上了，誓死也不能被一个比我大三十几岁的老头占有！誓死也要做一个清白的女人！

天色越来越暗了。乌云像赶集似的一个劲地压向低空。云越来越厚，天也越来越低。一片可怕的黑暗像贪婪的恶魔一样企图把整个世界吞掉。突然，几道闪电划过天际，雨，哗哗啦啦落下来了。我心里烦乱极了，正想着如何逃离这个是非之地。"当当当"，突然有人敲窗户，我以为又是那个黄老头前来纠缠，赶紧搬动沙发把门顶住。

敲击声还在继续。借着一道闪电，我发现窗外的梧桐树上有个人影，好像是上官。没来得及多想，我马上把窗户打开，果然是上官云平！

他的到来，让我惊喜极了，委屈和心酸顷刻间突破封锁在胸中翻涌，泪水像决堤的洪水，奔泻而出。呜咽着叫了一声"上官"，就扑在了他的怀里……

上官云平面色灰暗，神情沮丧，目光里透露出一种悲凉。他咬着牙，泪水直在眼眶里打转。他示意我不要说话。

他深情地望着我，眼里充满痛苦与爱怜。片刻，他伸出颤巍巍的手，一把将我搂在怀里。他满脸的雨水，苦涩地摇着头，什么话也说不出来，只是深感命运捉弄人的无情。

"我这不是在做梦吧？"

"是广州一个朋友帮的忙，以后我再慢慢告诉你。你给我说实话，这老狗有没有非礼过你？"

"没有。在他想的时候就被我揍了一拳！"

"这就好。他要有不轨行为，咱们就去报警！"

"此地不能久留，咱们快逃走吧！"他抹了一把脸上的雨水说。

"那，我们的汽车？"说实话，我真舍不得丢下我那辆心爱的出租车。

"事到如今，你还想它干啥？要是今晚逃不出去，我们两个就完了！"上官云平拉着我爬上窗户，我们冒着大雨，攀着树枝，然后抱着树干滑了下来。

离开黄老头的别墅，我和上官云平踏着满地雨水，拼命地往前跑着。茫茫雨夜，有一对情侣在大逃亡！跑着跑着，发现前面路中央停着一辆出租车和一辆崭新的奔驰轿车，外加一帮人挡住了我们的去路！

原来是黄老头，他站在雨水里一手撑着雨伞，依然不显山不露水地说道："如此倾盆大雨之夜，不辞而别，不太友好吧！"

骤然，我和上官云平都傻了眼，呆立在雨里，一动不动。天啦，真是怕什么来什么，又是这块该死的"滚刀肉"！

"周女士！多亏你那一拳，把我的脑壳击醒了。这些年，老夫自恃手里有几个糟钱，便飘飘然起来。黄土已经埋到脖子了，居然动起了歪歪心。到头来,落得个丢老脸!俗话说,宁拆十座庙,不毁一桩婚。我险些做了行尸走肉!好在黄某关键时刻悬崖勒马,幡然醒悟!我向周女士、上官先生赔礼道歉!"

黄老头说着,满面羞愧地弯下腰去,向我们深鞠一躬。

他接着说:"周女士,上官先生,我已经想通了。怎么说我也是一个有身份的商人,大丈夫岂能夺人之美?况且我们的年龄悬殊太大,周女士又是我的救命恩人,我又岂能以怨报德?都怪我一时鬼迷心窍,心猿意马,做了糊涂事,差点儿破坏了你们这桩美好的姻缘。好了,咱们不说这些了。明天,我把所欠周女士的租车费付清。"说着又指着那辆奔驰轿车:"这是老夫送给你们的一份新婚薄礼,不成敬意,恳请笑纳。不过,我还要坐周女士的出租车,去济南参加你们的婚礼!"

茫茫雨雾中,我和上官云平紧紧拥抱在一起,任凭泪水和着雨水一齐往下流。许久,许久,没有分开……

少年壮志

一

保利娜大学毕业后，已跟随父亲到中国五次了。每次踏上这片热土，都会给她留下不一样的深刻印象。为此，她曾不只一次地搂着爸爸的脖子说："亲爱的爸爸，我已经喜欢上中国了。那里有雄伟的万里长城，有大作家雨果笔下描写过的世界奇迹——圆明园遗址，那里的人们善良、友好、热情。尤其是滇南的'烟熏肉'味美而奇特；还有苗岭、瑶寨、壮乡……真的，我已把中国当作我的第二故乡了。"

劳雷斯乐呵呵地抚摸着女儿的金发："是吗？我的心肝。那爸爸就给你找一个中国丈夫好啦！不，还是算了，我可舍不得你这只小鸟从爸爸的身边飞走！"

"亲爱的爸爸，如果有一天，我这只小鸟真的从你的身边飞走了呢？飞得很远、很远，比如飞到中国……"

保利娜没有忘记，2000年金秋的一天，第一次跟随父亲来中国购买一批裘皮服装。在北京的一家饭店里，父女二人坐在一张椭圆形的餐桌上共进午餐。一个二十多岁的男青年，西装革履，友好地坐在两位洋人的对面，并招呼服务员要了荤素两个菜、一瓶啤酒。此时，男青年正饥肠辘辘，狼吞虎咽地吃着饭菜，大口大口地喝着啤酒。

洋姑娘笑眯眯地望着这个身材魁梧、面容俊逸的东方青年。不知为什么，从见到他的那一刻起，她的心里就有一种莫名的悸动。洋姑娘按捺不住心头乱撞的小鹿，大胆地端起一杯红葡萄酒很温柔地对他说："先生，咱们认识一下好吗？我叫保利娜，法兰西商人！"

那男青年倒有些不好意思了。冲对方"嘿嘿"一笑，擦了擦嘴角，也端起酒杯与对方轻轻碰了一下："我叫张小辉，中国商人！"张小辉说完才发现，这个主动跟他打招呼的洋姑娘，蓝色眼睛里是一种清澈见底的纯净，头发如金光纯洁，样貌素雅清丽，让他怦然心动。

四目相对，两颗年轻的心仿佛被一种神奇的力量一下拉得很近。

这时，劳雷斯也走过来笑嘻嘻地问："小伙子，你住在什么地方？好面熟啊！"

"喏，就在附近的宾馆里！"男青年指着对面一座高楼说。

"长城大酒店？我说呢，原来咱们住在同一个宾馆，交个朋友好吗？"劳雷斯恳求道。

男青年愉快地答应了。

交谈中劳雷斯父女知道了这位男青年经营着一家蛇类养殖场，顿时产生了浓厚的兴趣，一再盛情邀请张小辉同游北京。他们共同游览了长城、故宫、颐和园等名胜古迹。

站在八达岭长城上，鸟瞰蜿蜒苍翠的巍巍群山，保利娜感慨万分，兴致勃勃地说："多美的长城啊，真是个奇迹，同法国的巴黎圣母院一样雄伟！"

张小辉笑眯眯地注视着这对欣喜若狂的父女，脸上流露出骄傲与自豪。

从此，他们结下了不解之缘。在以后的岁月里，劳雷斯父女每次到中国来，都要与张小辉相约举杯畅饮一番，十分投缘。

保利娜觉得，每一次见到张小辉，总是有一种奇妙的亲切感，张小辉的举手投足间充满了睿智与干练，他的才华吸引着她的目光，不时撩拨着她的心弦，激荡着她的心海。

缘分就是这么奇妙，没有任何意外，两个年轻人坠入了爱河。

二

距离两人上一次相见，已经整整一年了。

强烈的思念之情无时无刻不在折磨着保利娜。晚上躺在床上，脑海里想的全是那个中国小伙，那挺拔的身材，那潇洒的英姿，那憨厚的笑脸……

而远在东方的张小辉同样也在牵挂着保利娜。他的脑海里也总是浮现出她那可人而甜美的容颜，长长的披肩金发，婀娜的身段，一对又大又亮的蓝眼睛。

自从与张小辉分别后，两人天各一方，就没有什么联系了，刻骨的思念将保利娜的生活搅成一团糟，这个情窦初开的少女难以忍受，她决定找个机会向父母摊牌。

初秋，塞纳河从巴黎闹市区穿过，河水静悄悄地流淌，闪动着粼粼波光，就好似少女明亮的眼波，凝视着秋天繁华的秀色。劳雷斯和保利娜正漫步于塞纳河畔。几乎每个周末的上午，他们都要来这里散步，以此来调节精神，清除疲劳。

"爸爸，我想到中国去，我已经决定要跟那位养蛇青年张小辉结婚！"保利娜挽着父亲的手，突然说道。

劳雷斯立刻停下脚步，惊愕地望着心爱的女儿："什么？你要去中国？要跟一个中国人结婚？"

"是的，爸爸，我需要您的支持，因为我知道，您不会拒绝我的！"

"这——这太突然了，我的宝贝！"

"是的，爸爸，我就是要给你一个惊喜。"

"我不明白，这里有美丽的塞纳河，有雄伟的巴黎圣母院——总之，跟着爸爸经商有什么不好？干吗要去遥远的中国，莫非我的女儿疯啦？"

"不，爸爸，您不是常说每一个人的潜能，都是一座丰富的矿藏，只要能发掘，便会释放出巨大的能量吗？您知道我大学学的是动物学，只要能跟张小辉在一起，我的事业就一定会成功！"

"这么说，就没有一点回旋的余地啦？"劳雷斯仍不甘心，试探着问。

"爸爸，我已经铁了心了。无论前面是万里无云，还是暴雨雷霆，我都无怨无悔！"

"张小辉的确是个好小伙子，可是，爸爸真舍不得你这只小鸟从我的身边飞走！"

劳雷斯皱着眉头，一时有些感伤。良久，他终于再次开口，依依不舍地说："孩子，去吧。小鸟长大了，总是要飞出去的！"

保利娜从塞纳河畔回到家里，把这一决定告诉了妈妈。谁知她的妈妈还没等女儿把话说完，就跳了起来："我看你这孩子是疯了啦！难道我们巴黎不够美丽，不够好？这里没有合适的小伙子值得拥有？真见鬼！"

"亲爱的萝拉，你听我解释。"父亲劳雷斯赶忙来到妻子面前。

"用不着解释，劳雷斯！早知如此，当初真不该让女儿跟你到中国去。才去了几次，就把女儿的魂给勾去了！"萝拉对女儿的决定感到非常失落和懊恼，从腰间解下做饭的蓝色围裙，狠狠地扔在丈夫身上，"我可不再给你们做饭，你这没心肝的家伙！"

保利娜父女被弄得哭笑不得，相视许久，哑口无言。

三

尽管母亲极力反对，可保利娜还是义无反顾地离开巴黎，到东方文明古国寻找她的心上人去了。

临别前，劳雷斯亲昵地吻了一下女儿的脸颊，怀着离别的惆怅说："孩子，中国有句老话，不到长城非好汉。无论走到哪里都要做一名强者。因为上帝历来不钟情弱者。放心去吧，我会说服你妈妈的，祝你成功。"

保利娜带着对父母深深的眷恋之情，乘巴士离开了温馨的家庭，往机场而去。

时逢星期天，到郊外散步、旅游或打猎的人，比平时要多得多。巴士上显得十分拥挤。保利娜站了好长时间，总算找了个空位子，刚坐下几分钟，机场已经到了。

保利娜拿着黑色旅行包下了巴士，来到候机室，她下意识地摸了摸随身携带的棕色钱包。突然，她触电似的惊叫一声："天啦，我的钱包被小偷割了！"保利娜马上打开被小偷用刀割了很长一个大口子的钱包，发现里面空空如也。爸爸亲手给她的一万欧元全被小偷偷去了，幸亏护照没放在里面，要不然……霎时，保利娜傻眼了，像个泄了气的皮球，一屁股跌坐在排椅上，痴痴地凝视着那个棕色钱包。这是一万欧元啊，对她来说是多么重要！她要用来购买飞机票，她要用它去那遥远的地方！这下全完了！焦急、悲伤、愤怒……种种情绪交织在一起，令她的心忽然剧烈地抽痛起来。

回家？保利娜摇了摇头。虽然她知道，只要回到家里，父亲还会再给她一笔钱。然而，本就反对她只身去往中国的母亲和亲朋好友，又会怎样呢？

我不能让人耻笑！她梦呓般地喃喃自语道。

四

"在我们这里打工，每天刷碗、洗盘子，还要拖地板，又脏又累，一个月150欧元，你干不干？"在一家豪华饭店里，一位满脸络腮胡子的胖老板，眯缝着眼睛，打量着前来应聘的保利娜，漫不经心地说。

"我想，我会干好的，先生！"保利娜高兴地满口答应下来。要知道，在巴黎找份合适的工作是很不容易的。尽管她在家里是父母的掌上明珠，但眼下，保利娜只有一个念头，就是拼命挣钱，靠自己的一双手挣足够的钱。否则，自己去中国的愿望将无法实现。

在丽特饭店里打工，保利娜每天天不亮就起床，拖地板、洗刷餐具，只累得腰酸背疼，两眼直冒金星。可是她顽强地坚持着，咬着牙去干那些又脏又累的苦差事。为节省开支，她不再使用那些价格昂贵的化妆品，不买衣服，淡妆薄施，休息日不看电影、不逛公园，不与人聚会……

命运有时无情地去捉弄一个人，甚至使其饱尝苦楚。可是，却又像变戏法似的去不可思议地成全一个人，赐给人意想不到的恩惠。

在丽特饭店打工五个多月后的一天，胖老板的妻子在保利娜房间里无意中发现了她的护照，觉得非常蹊跷，立即把这事告诉了丈夫。当天夜里，胖老板疑窦丛生地把保利娜叫到自己的办公室里探听虚实。保利娜面对和蔼、慈祥的老板，噙着泪花把自己的遭遇和决心去中国的愿望告诉了他，使得这位说话声音特别大的老板大为感动。

"原来是这样，亲爱的保利娜，你怎么不把这件事早点告诉我呢？我要是抓住那个该死的小偷，非把他剁成肉泥不可！我也曾经去过中国，那是个美丽的地方，那里的人们非常友好、善良，至今给我留下美好的回忆！"胖老板满脸同情地在自己的办公室来回踱着步子说。

第二天一大早，胖老板和妻子笑嘻嘻地来到保利娜的房间。

"亲爱的保利娜。我们全家都支持你到中国去。不过，可别忘记咱们曾经相处的日子！这一万欧元你拿着，孩子，什么都别说，更不用感谢，明天我亲自送你上飞机！"

哦，上帝啊！眼泪顿时溢满了保利娜的眼眶……

五

蓝天。白云。北京八达岭长城。这个被誉为世界七大奇迹之一的伟大建筑，在中国人心中的地位丝毫不亚于金字塔在埃及人心中的地位，亦不逊于古罗马斗兽场在意大利人心中的地位。

"太美了！"保利娜兴奋地搓着手说。每次踏上中国这片热土，她都要去看一看长城，也总有不一样的收获。

她恨不能立刻就能见到她心中的白马王子。于是，她准备第二天就去张小辉的养蛇场。

这天晚上，也不知是旅途劳顿还是其他缘故，保利娜只觉得胸口疼得厉害。一阵阵的剧烈咳嗽，折腾得她整整一夜没能入睡。第二天，她不得不到附近的一家医院就诊。

"医生，我患的是什么病？要不要紧？我今天还要赶路呀！"保利娜着急地对医生说。

"你患的是急性胸膜炎，胸腔已经出现了积水，需要立即住院治疗，不然会有生命危险！"医生严肃而认真地说。

望着医生开具的会诊单，保利娜眼里泪光闪动，突然像一头被激怒的狮子，咆哮起来："上帝啊，你对我太不公平了！"

保利娜被迫住进医院，接受治疗。

在异国他乡的医院里，这位性情刚毅的法国姑娘，在煎熬中度过了漫长的 15 天。保利娜此时的心情比铅还沉重，她不知道她的生命之舟驶过了今天，明天还会遭遇怎样的暗礁险滩，但不管结局如何，她跟张小辉的爱情永远是她乘风破浪，继续前行的原动力。

在病榻上，保利娜常常喃喃自语，我已经不下百次梦见你，几乎每个夜晚你的身影都会入我梦来。现在，我们已近在咫尺，可我比任何时候都更强烈地想念你。我祈求上帝赐给我好运，让我们早日重逢。

东方破晓，淡淡的朝霞冲破了东方天幕上的鱼肚白，唤醒了沉寂了一夜的天地，万物又现出勃勃生机。这天，保利娜病愈出院了。她踏着晨曦，登上了北京—武汉的火车。

几经周折，保利娜来到了一座依山傍水、葡萄掩映的张家小院门口。工人新村的男男女女听说从外边来了个洋妞儿，一下子像潮水般涌进张家小院里。上帝仿佛在有意捉弄这位姑娘，她急于见的人，却偏偏不得见。

"老人家，你好，我是来找张小辉的，你知道他去哪里了吗？"保利娜操着生硬的中国话说着。

"你是哪国人，还会说中国话，咋会认识咱家铁蛋（张小辉的乳名）呢？"张小辉老母亲年近七十，头发几乎全白，但精神矍铄，说话时诧异地打量着这个略显疲惫的洋姑娘。

工人新村里有一位被称为快嘴二婶的中年妇女，这些年看中了张小辉办养蛇场发了财，一心要把自己的女儿苹萍嫁给张家作媳妇，可那浑小子就是不点头。如今又来了个洋妞要找张小辉，她一看情况不妙，拨开人群，没好气地对张母说："我说老嫂子，这还不明摆着的，这洋妞儿是来勾引你家铁蛋的。赶明儿像拐鸽子一样把你儿子给拐走，看你一个孤老婆子咋办？"

张老太太正愁不知道怎么应付保利娜，听快嘴二婶这么一说，便信以为真，生气地对保利娜说："我说洋闺女，你快走吧，铁蛋不在家！"

铁蛋？什么铁蛋？保利娜见找到了张小辉的妈妈，赶紧说："娘，您听我解释……"

还没等张母开口，快嘴二婶的脸色一变，忿忿地指着保利娜："我说大鼻子，八字还没一撇你就喊娘了，谁是你娘？回你家喊娘去！不知是从哪个地缝里钻出来个洋母狗，到这里发情撒野来了。跑到我们中国来勾引男人，你们洋男人都死绝了？滚！"

保利娜还想再说什么，快嘴二婶冲身旁看热闹的老光棍"二狗子"说："还愣着干啥嘞，这洋女人归你了！"

二狗子四十多岁，有几分呆傻，听到快嘴二婶这么一说，傻笑着，伸出双臂就要去抱保利娜。

"你，你要干什么？再过来，我就报警啦！"保利娜吓得脸色惨白，险些瘫软在地。

"二狗子，不许胡来！"张小辉的老母亲实在看不过去，上前一把将二狗子推开，"青天白日，竟敢抢人家女孩，你还算人不？这是犯法！滚！"

二狗子抹着黄鼻涕："嘿嘿，大娘，快嘴二婶说，这洋女人要跟俺当媳妇，您甭拦着呀，嘿嘿。俺媳妇是蓝眼睛，鼻子咋这么大？嘿嘿，俺有媳妇了，俺有媳妇了，嘿嘿！

"二狗子，你再胡咧咧，俺把你的狗嘴抹上屎！"

张老太太狠劲打了二狗子一巴掌。

二狗子抱着头，吓得一溜烟没影了。

在场的人被逗得捧腹大笑，七嘴八舌议论起来。

"哈哈哈！就二狗子这副尊容，癞蛤蟆还想吃天鹅肉？"

"可不是嘛，他连个窝都没有，拿什么娶媳妇？"

"这林子大了，什么鸟都有。"

"你说，你跑到这里装什么大瓣蒜？你咋不把你家姑娘许给二狗子？人不是猫、狗、猪、羊，想许给谁就许给谁！"张老太太狠狠瞪了快嘴二婶一眼。

惯于搬弄是非的快嘴二婶讨了个没趣，悄悄地溜走了。

还以为能和张家老太太好好沟通一下了，没想一转眼保利娜也被"请"了出来。她脑子里一片空白，神情黯然，只能形单影只地提着旅行包离开了张家。

说来也巧，保利娜走了没多久，张小辉就风尘仆仆地进家了。当他听说保利娜来了又被赶走了，连口水也没顾得上喝，便冲出了家门。

东方大酒店登记处，保利娜正准备暂时安顿下来。突然一只大手伸过来，按住了她向服务员递钱办理住宿手续的手。

"张小辉——"

"保利娜——"

惊喜中，两个异国青年紧紧地拥抱在一起。

早已处在崩溃边缘的保利娜悲喜交集，鼻子一酸，再也控制不住，任由两行热泪洒落下来。

"保利娜，我们今生今世再也不会分开！"张小辉激动地说。再一次见到她婀娜的身姿和妩媚的脸庞，他知道幸福的时刻终于来到了，他锲而不舍的爱情也终于得到了回应，他人生新的一页就要掀开了。

保利娜使劲亲吻着张小辉的脸颊，动情地说："我远渡重洋，跋山涉水，为的就是这一天。用你们中国谚语来说，就是——树死藤生缠到死，藤死树生死也缠！"

保利娜早已决定把自己的终生都托付给眼前这个男人。她知道，只有在这个男人身上，才能找到自己想要的爱情。

"小辉，你看这是什么？"保利娜从旅行包里掏出一个小瓶子，在他面前摇晃几下。

"矿泉水？"张小辉脱口而出。

"No！"

"这是我特意带来的一瓶法国塞纳河的水。"

"噢？"张小辉很疑惑。

"我要把它倒进中国的长江。这样，东西方两个文明就会很好地融合在一起！"保利娜说到这里，脸颊绯红。显然，她很激动。

"亲爱的……"张小辉恍然大悟，不由得心花怒放，只觉得这一刻，自己就是这世界上最幸福的人。

带着幸福的喜悦，两人专程赶赴武汉，来到了长江边。灿烂的阳光洒在平静的江面上，仿佛点点碎金，江面偶尔波动几下，碎金在微波中闪烁起伏，竞相追逐。远处白帆点点，顺流而下，略微泛黄的长江水，哗哗地歌唱着，像迎接远道而来的客人。

这回客人真的来了。

一对情侣手把瓶子，小心翼翼地把来自塞纳河的水洒在了长江里。奔涌不息的长江，热情地敞开了胸怀，接纳了远方的朋友，自由欢快地向东而去。

"长江，我爱你！"

"塞纳河，我爱你！"

"不负卿心不负君，只愿君心似我心"，中国的长江和法国的塞纳河作证，两颗年轻的心将永远紧紧地依靠在一起，共同奏出最美的乐章。

六

张小辉，是个性格倔犟、敢打敢拼的好男儿，华东某农业大学毕业后，于20世纪80年代初自筹资金办起了一家名叫"金鑫"的蛇业养殖场，其生意十分兴隆。

金鑫蛇业养殖场坐落在青牛河与凤凰山之间。时值四月天，杜鹃花、郁金香、桃花等，竞相绽放，娇艳欲滴，芬芳四溢。山水之间，旖旎的自然风光，空气中充斥的都是生命的喜悦与美丽。

保利娜饶有兴致地围着蛇场转了一圈，充满兴奋与好奇，美丽的薄唇上渐渐划出一道满意的弧线。她拍着张小辉的肩膀说："密斯特张，你选择的养蛇这项事业，很有前途。目前，蛇毒的国际市场价格已远远超过了黄金的价格。以银环蛇毒为例，国际市场价格每克在1000美元以上。而五步蛇毒就更昂贵了，每克价格在2000美元以上，而且蛇肉、蛇胆、蛇粉供不应求！"

张小辉静静地听着，不住地点着头，接着以恳求的语气说："保利娜，你太棒了，你就是上天赐予我的强力帮手，让我们携起手来，共同施展抱负和理想吧。"

保利娜面带娇羞，重重地点了下头。

蛇场里的工人见老板领来一个高鼻子、蓝眼睛的洋妞，两人动作亲密，还时时耳语，一个个目不转睛，咧着大嘴憨厚地笑着。其中有个叫二泥鳅的小伙子伸着舌头，俏皮地说："嘿，来了个老外，长得真俊咧！"

保利娜冲他莞尔一笑："我不是老外。我就要成为张小辉的媳妇了，我也是中国人啊！"

"咦，这老外还会说中国话，嘻嘻！"顿时，蛇场里传出一片欢快的笑声。

保利娜从蛇笼子旁边走过，铁笼子里一条条眼镜蛇、白唇竹叶青蛇、五步蛇等，或在笼子里疾速爬行，或盘卧睡觉，或吐着信子，让人毛骨悚然，心惊肉跳。

保利娜一点也不害怕，竟微笑着跟它们打着招呼："你们好，我的朋友！"

保利娜的到来，无疑成为金鑫蛇场一道靓丽的风景线。每日里，她像一只快乐的小鸟，在场子里飞来飞去。无论投喂饲养还是其他工作，她都争着去做。尤其是她的吃苦耐劳和敬业精神，让张小辉和员工们敬佩有加。

"保利娜，到我这个小小的养蛇场里工作，你不后悔吗？"看着保利娜终日一脸疲惫的样子，张小辉试探着问。

"不后悔，我觉得挺好的。尤其跟你在一起，虽苦犹甜呀！"保利娜说着还做了一个鬼脸。看来，她在这里待得非常舒心，张小辉一颗悬着的心终于放下。

又是一个星期天，本该休息的保利娜却没有休息，她坚持要帮助工人采集蛇毒。

听说保利娜要亲自采毒，工作人员小马一脸着急，前来制止："保利娜小姐，这可不行，采集蛇毒，危险性很大，你还是休息吧！"

保利娜满不在乎地说："不碍事的，我闲着也觉得无聊，还不如干点活呢！"

在给原矛头蝮蛇采集蛇毒时，刚刚打开铁笼子，谁知一根不起眼的铁丝挂住了保利娜的衣袖，就这么一愣神，一条原矛头蝮蛇闪电般扑向了保利娜。只听"哎哟"一声，只见保利娜的左胳膊上出现了两个细小的洞。霎时，保利娜就觉得整个胳膊又痛又麻。

这时，工人王彪看到这一幕，反应很快，马上拿起"电麻仪"击昏了那条原矛头蝮蛇。随即大声呼喊起来："快来人呐，有人被蛇咬伤了！"

闻讯赶来的张小辉一把抱住保利娜，大声对王彪说："赶紧用水给她冲洗伤口，并注射多价抗蛇毒血清！"

慌乱中，小马拧开自来水龙头，接了一盆冷水跑了过来。

"扯淡！用冷开水或盐水！"张小辉火了，厉声吼道，"我平时是怎么跟你们讲的应急措施，难道都下饭吃了？"

小马这才如梦方醒，跑步取盐水去了。

虽经及时清洗伤口，并注射抗蛇毒血清，这个平时无忧无虑的洋姑娘依然呼吸急促，浑身抽搐。她无力地说："我要死了，小辉，我……死后，没……没有……什么……牵挂，你能……不……能答应我，将来……把我的名字刻……在你的……墓……碑上……"

张小辉泪如泉涌，用力地抱着保利娜，大声说："保利娜，你不会死的！"

很快，120救护车赶到现场，保利娜被抬上救护车，一声急促的长笛响起，救护车朝市中心医院疾驰而去。

病床上，保利娜处于昏迷状态已经两天两夜。张小辉一直守候在她的床前，提心吊胆地度过了四十八小时，仿佛度过一个漫长的世纪。

他脸色憔悴，眼窝深陷，胡茬满面：我的保利娜，你知道吗？我每一刻都被你感动，每一秒都为你担心。你常说，少年壮志不言愁。如今，我们壮志未酬，你不能舍我而去！保利娜，你醒醒呀，我的话你听到了吗？你说话呀，我的保利娜！

或许是心有灵犀一点通，或许是这个痴情小伙的一腔赤诚和千呼万唤，终于感动了上苍。

保利娜虽没有回答，却有几颗晶莹的泪珠挂在了眼角。

"醒了！保利娜醒了！"张小辉孩子似的大喊大叫着，他激动得已经不能用语言来表述，似乎身上的每一根汗毛都在欢畅地跳动。

感谢白衣天使们的奋力抢救，也幸亏张小辉等人的应急处理做得及时有效，保利娜的生命危险解除了，再静养几日就可以出院了。

张小辉亲吻着保利娜的手，啜泣着说："抬头看日光如你温暖，我想要的很简单，时光还在，你还在。"

保利娜微笑着，脸上写满了柔情蜜意，她吃力地回答："我的……要求也很简单，每天清晨能够看到你的……笑脸，晚上……回家给彼此一个温暖的拥抱，不求拥有华贵的……轿车洋房，只希望有……一个温馨甜蜜的小窝，共同努力收获……快乐，哪怕……哪怕一起吃苦，都是……一种幸福。"

躺在医院的病床上，保利娜想起了远在法兰西的父母，思乡之情油然而生。她想，如果爸爸妈妈知道了她现在的样子，不知是何感想！

张小辉坐在她的病榻前，将一个削好的苹果递给她，见她脸上有泪珠，有些愕然地问："保利娜，你……想家了？"

"啊，啊，没，没有。"保利娜支支吾吾，答非所问，"是我太大意了！"

其实，张小辉早已猜透了她的心思。见她转过话题，便不再多问，转而严肃地说："干我们这行，需要倍加小心，不然随时都会发生危险。从今天开始，再不许你去采集蛇毒！你做做后勤管理好吧？乖噢！”

"不。"保利娜固执地说，"吃一堑，长一智。越是危险的地方，也越锻炼人呀！相信我，亲爱的！"

"你呀！真是一个倔犟的女子！"张小辉无奈地摇摇头。

保利娜开心地笑了，笑得像阳光一样灿烂……

梦

一

经过多日的谋划，刘拉终于打探到陈一民的儿子名叫陈挚，就在她的学校读书，而且还是同一个系，她暗自窃喜。

"机会终于来了！"

"五一"小长假期间，学校举行运动会。

体育广场上，彩旗飘飘，人声嘈杂。

物理系的帅哥陈挚，以十七分二十秒的优异成绩，拿到了五千米长跑比赛的冠军。

四五个男生兴高采烈地把他抛在空中，喝彩声震耳欲聋。

当他走向领奖台的时候，女生人群里，不知是谁高声喊了一句："帅哥真牛，陈挚真牛！"

"帅哥真牛！"同学们异口同声地跟着喊起来。

在一片欢呼声中，一位身材苗条、端庄清丽的女生勇敢地走向领奖台，将一束鲜花递到陈挚的手里，然后与他拥抱。

四目相对，陈挚很惊讶。转瞬间，惊讶变成了惊喜。

"哗——"，台下骤然响起雷鸣般的掌声。

天啦！她太美了！是一种超乎寻常的美丽，这让他觉得有点不敢相信自己的眼睛了。

难得如此近距离地接触校花刘拉，陈挚将目光锁定在她的脸上，像要把她看穿似的。

这的确是一个气质非凡的女孩。她的外表是一种嚣张的美。细眉、高鼻，眼窝深邃，一张娇俏的瓜子脸。尤其是她那双会说话的大眼睛，闪烁着灼人的火焰，仿佛要把他一下子拉入一个大陷阱中。

他激动得无法自制，这真是一个从没见过的大美女，似火焰的化身，任何接触她的人，都会被融化！

陈挚恨自己，当初为什么没有认真地看过她一眼！

陈挚的心慌乱起来，像鹿撞似的怦怦乱跳。

在男生宿舍，胖子大牛伸手刮了一下陈挚的鼻子，羡慕地说："你小子这回是又拿冠军又交桃花运，校花亲自登台献花，这天底下的好事全让你摊上了！"

"嘿嘿！"陈挚乐得找不着北，沉浸在无法言喻的幸福之中。

大牛又喋喋不休地大发感慨："我说哥们，你们注意她的眼睛没有？乖乖，那双又大又亮的眼睛，真像是两座又深又黑的水潭，透射出一片非常恐怖又非常诱惑的魅力，令人神魂颠倒！傻小子，你可小心点哦！"

瘦高个苏哲定了定神，围着陈挚转了两圈说："你小子和校花刘拉还真有点夫妻相！老实交代，是什么时候泡上的？"

"去你的！"陈挚捅了他一拳，可脸上却故意装出很神秘的样子，"天机不可泄露！"

胖子大牛仰天长叹道："古人曰，色者，食也！就我这副鳖孙模样，不知何时才能找个小妞啊！"

瘦高个苏哲做了一个鬼脸："天生我材必有用。我说大牛，甭他娘的叹气，泡个小妞还不容易？这样吧，你天天请我'四菜一汤'，哥们保你小子能泡上一个连的小妞，如何？"

"去你的！就你那副尊容，活脱像烟熏的金刚，火燎的太岁。还能找上一个连的小妞？不把人家吓跑才怪！"

过了一会儿，陈挚忽然想起什么来，揪着苏哲的耳朵问："黑熊（苏哲的诨号），你跟计算机系的黄茜茜谈得怎么样了？"

苏哲痛得龇牙咧嘴，抓住陈挚的手说："哎哎，手下留情哥们！"随后，他摇着脑袋做了个鬼脸说："已经拜拜了。人家里是经商的。咳，'商人重利轻别离'呀。志不同，道不合，焉能成眷属乎？"

二

平阳交大图书馆，气势恢宏。各种图书摆满书架，前来读书的师生络绎不绝。

坐在图书馆最后一排座位上的陈挚，正在津津有味地读着莫泊桑的《羊脂球》。他嘴角上挂着笑意，显然，是被故事里的某个情节打动了。

忽然，一张纸条递到他的眼前。陈挚一愣，只见纸条上面写着："我们能出去聊聊天吗？"

陈挚这才抬起头来，是她！陈挚愣住了。几天前，那个登台向他献花的校花刘拉。

陈挚受宠若惊，差点没有叫出声来。他惊奇地瞪大了眼睛，凝视着眼前这个漂亮的女孩，不知如何是好。

刘拉微笑着，伸手轻轻碰了一下他的臂膀，就走出去了。

陈挚这才回过神来，憨厚地笑了。随即，美滋滋地跟出了图书馆。

此刻，一弯瘦瘦的上弦月，清冷地挂在中天。

在一棵银杏树下，陈挚兴冲冲地站在刘拉面前，可心里却怦怦直跳，他不知道校花约他到这里来干什么，脑子里每一个细胞都在飞快地运转。现在已是深秋，天气渐渐凉了起来，可他的额头上，还是渗出些许汗来。

"你，嘿嘿，我……，今晚多美好。你看，你看月亮，像个……"陈挚此时只觉得嘴巴有些不听使唤，语无伦次地说着，可心里却暗想：我今天这是怎么了？

见陈挚这副傻相，刘拉"噗嗤"一声笑了。

"随便聊聊，紧张什么呀！"

"我，嘿嘿，我没单独跟女孩在一起谈过话，有些紧张，不过，也没什么。嘿嘿，也没什么。"

陈挚的心依然跳得厉害，一见到她，一股莫名的感觉就涌上心头。

"你爱看莫泊桑的书？"刘拉笑眯眯地问。

陈挚定了定神，又清了清嗓子说："莫泊桑、巴尔扎克和契诃夫的小说我都爱看。我喜欢他们对人物性格独特的塑造！"

望着眼前的女孩，陈挚心中充满了喜悦和甜蜜。

陈挚觉得，眼前这个校花，乍看上去与别的女孩没有什么不同，只是眼里有点似浓似淡的忧郁。

"你有什么爱好？"他问。

刘拉抬头看着一弯上弦月，轻轻叹了一口气，淡淡地说："我呀，高兴时，对什么都感兴趣。不高兴时，对什么都讨厌！"

陈挚听了，一头雾水。他皱了皱眉头，然后傻傻地看着她，干笑着，不知该如何回答。

渐渐地，一种异样的感觉在他心间萦绕。他只觉得她的声音在耳际变得模糊起来，像一曲欢快缥缈的背景音乐，使他陷入了遐想之中。

三

隆冬的平阳湖畔，北风呼啸，寒气逼人。

岸边的垂柳，像少女的发丝，在凛冽的寒风中摇摆，好像也被冻得瑟瑟发抖。

然而，独具魅力如江南的平阳湖，依旧碧波荡漾。一群野鸭在水中嬉戏，扇动着翅膀，相互追逐。游人在导游的带领下，悠闲地从湖边走过。他们微笑着，时而指指点点，时而相互拍照留念。

刘拉和陈挚也在湖畔散着步。

望着随风摆动的垂柳，陈挚诗兴大发，随口吟道："无边落木萧萧下，更变千年如走马。"

刘拉不动声色地瞥了他一眼，觉得眼前这个憨厚的傻小子还挺可爱。在与他相处的日子里，尽管刘拉把他当作把玩在手里的球一样，可他仍甘愿拜倒在刘拉的裙下，对她百依百顺，毫无怨言。

想起这些，刘拉得意地笑了。

至于陈挚，很痴情地迷恋着她，常有一日不见如隔三秋的感觉。这些日子的相处，让他发现，她外表优雅高贵，骨子里却热烈奔放。她性格上的这种既高雅又放纵的强烈反差感，每每使得他神魂颠倒。

"哎呀，我的皮包！"突然，刘拉惊叫起来。

陈挚被这突如其来的声音吓了一跳，一脸愕然地看着她："怎么回事？"

刘拉伸手指了指湖里漂着的那个粉红色的小皮包，差点哭出声来。

陈挚赶忙朝湖中看去，果然有一个粉红色的小皮包在湖面上飘浮着。

陈挚未来得及多想，连棉衣也没有脱，"扑通"一声跳进了冰冷的湖里。

陈挚在水里扑腾了半天，也无法靠近那只小皮包，厚重的棉衣被冰冷的湖水浸湿，令他很快精疲力尽，他无力地沉到了水下。

"救人啊，有人掉进湖里了！"见此情景，刘拉呆住了。说实话，她只想要一耍这个傻小子，拿他出出气。因为他是陈一民的儿子，她的杀父仇人。但她没想让陈挚去死啊。

正在这危急关头，巡逻的民警赶了过来。

"扑通！扑通！"民警们一个个奋不顾身地跳进湖水里，还有三四个游人也跟着往水里跳。

很快，已经被湖水呛得昏迷的陈挚被救了上来，只见他脸色发紫，紧闭双眼。

不一会儿，120救护车赶来了，陈挚被民警抬上车，救护车急速向省立医院驶去……

看到不省人事的陈挚，刘拉的脑袋嗡的一声变大了。她开始后悔了，不该跟傻小子开这么大的玩笑。

其实，那是一个破旧的包，里面什么都没有。她早就想把它扔掉了。

"唉，傻小子，真是傻小子！"

看着躺在医院病床上的陈挚从昏迷中醒来，刘拉对他充满了愧疚，也产生了一丝怜悯。

"你好点儿了吗？"她喃喃地问。

这很平常的一句话，却使陈挚心中产生了强烈的震荡。他激动不已，眼里闪动着泪花。

"谢谢你，陈挚！谢谢你为我做出的牺牲！"刘拉拉过他的手放在自己的脸上。

终于，陈挚的泪水忍不住流了下来了……

陈挚从小就没有享受过母爱。他对此非常感动，纯真又细腻的情感在空气中弥漫。

母亲赵雅琴生下他七个月时，因公外出进行科学考察，在一次空难中去世了，是保姆许姨把他抚养大的。他的爸爸陈一民，身为上市公司总裁，整天忙于交际和工作，根本无暇顾及他。

为此，陈一民没少暗自垂泪。在事业上，他成功了。可在家庭上，他自愧不是一个称职的父亲。他几乎很少过问儿子的生活和学业。

然而，自幼生活在孤独中的陈挚，其性格并不孤独。他天资聪慧，乐于助人，也善于交际。在学校里，遇到家庭经济困难的学生，他送钱赠物，出手大方，走到哪里，都有一帮"粉丝"。

看着依偎在病床前的这个冷艳女孩，陈挚第一次感受到了母爱的力量、母爱的温馨！

痴情小伙，火热的心，真是纯真无邪。可他哪里知道，这是女孩对他的一种报复，一种父债子还式的报复！

四

为迎接全国大学生青年运动会，已通过学校初选的队员们，晚饭后在学校体育场，或打乒乓球、羽毛球、排球，或进行激烈的篮球比赛。

哨声、喝彩声和掌声交织在一起，划破夜空。

刚刚完成五千米长跑的陈挚，一手拿着一瓶矿泉水，一手用白色的毛巾擦拭着脸上的汗水，一边跟同学王浩闲聊着。

王浩把一瓶矿泉水浇在头上，沮丧着脸说："我在最后冲刺时老是体力不支，大青会（大学生青年运动会）上怕是没戏了。"

陈挚热情地鼓励着他："离大青会还有四个多月呢，不要泄气嘛！再加把劲，还是有希望的。"

王浩苦笑着摇摇头："咱们学校能不能拿金牌，就看哥们你了！"

这时，陈挚的手机响了，他冲王浩笑了笑，赶紧去一旁接电话："喂，拉拉啊，有事吗？"

"我在学校后街的月亮咖啡俱乐部里等你，不见不散！"

陈挚的脸上露出为难的表情："现在？我正在进行体能训练呢！"

电话里传出刘拉娇滴滴的声音："我不管你在干什么，你必须马上赶到！"说完就挂断了电话。

陈挚无奈地摇了摇头，拿着衣服离开了体育场。

在月亮咖啡俱乐部里，刘拉正在向屋外翘首张望。见陈挚进来，冲他莞尔一笑，示意他坐在自己对面的椅子上。

陈挚兴冲冲地坐下来。见到她，他打心眼里高兴，笑得无比灿烂。

"说吧，急匆匆招在下来，有何吩咐？"

刘拉铁青着脸，没有回答他，只是低头喝着咖啡。

陈挚收敛了笑容，揣摩着对方的心思。

豪华的大厅里，流淌着悠扬但带着一点凄凉的音乐。

刘拉闭上了双眼，细细体味着歌声与她此时的心情形成的共鸣。她的表情很平静，心里却泛起一片微澜。

终于，她睁开了眼睛，一眨不眨地注视着陈挚，像要看穿他一样。

"陈挚，你真的爱我吗？"

陈挚诧异地凝视着她那双让人难以捉摸的眸子，认真地点点头说："曾经沧海难为水，除却巫山不是云！"

刘拉若有所思地"噢"了一声，她知道陈挚引用的是唐朝诗人元稹的诗句。意思是说既然已经爱上一位美丽非凡的女子，对其他女子就不会再发生爱情了。她满意地点点头，又带着乞求的语气问道："那么，我有件事情，你能帮我办吗？"

陈挚喝完最后一口咖啡，把杯子一推，信誓旦旦地说："甭说一件，十件百件，我都万死不辞！"

见对方说话如此坚决，刘拉释然一笑，面色有些憔悴的她，眼中似有泪水欲滴。

接着，她含着眼泪向他讲述了那段不堪回首的往事：化学系有个名叫骆开祥的男生，生得英俊洒脱，伟岸挺拔，刘拉与他自幼是同学，如今又考上同一所大学。

大一那年，在一个月色迷人的晚上，两人在校园里散步。来到一栋大楼的拐角，两人停住了。这是一个十分僻静的角落，很少有人光顾，只能听见虫鸣声。

骆开祥痴痴地盯着女孩那高耸的胸脯和红晕的脸蛋，这令他意乱情迷，猛地扳过她的身子一阵狂吻……

刘拉觉得他的爱像一股暖流滚过她的全身……

就这样，骆开祥占有了情窦初开的她。

然而，两人相亲相爱的日子并不长久。

两个多月后的一天晚上，刘拉很晚才从图书馆里走出来。那天，月色依旧迷人。刘拉迈着轻盈的步子在学校的林荫小道上走着。忽然想起前些日子与骆开祥幽会的时光，快意地笑了。

刘拉一直希望骆开祥是她身边的一棵参天大树，能永远带给她无限的快乐，就像这迷人的月光，照亮她心灵所有的角落。

突然，从一栋楼房的拐角处传来一个女孩甜美的笑声，将刘拉的思绪打断。

刘拉好奇地侧身望去，她知道，这一定是痴男怨女们在约会。她心生羡慕，甚至带点醋意，随即又被一丝凄凉笼罩住了。

不知为什么，最近骆开祥似乎一直在躲着她。

她给他打电话，他不是说有活动，就是说作业多，反正理由一大堆，一再推托见面。给他发短信，回信总是三个字"没有空"。

这时，一个男人的声音传过来："王晓艺，我爱你！"

"嗯？这声音好耳熟？"刘拉心生疑窦，不由得停下了脚步。

"一定是他！"这个有点沙哑的声音太耳熟了。她不敢相信，这不正是那个发誓一生都要保护她的骆开祥吗？

刘拉蹑手蹑脚地走过去。眼前的一幕让她震惊不已，身材魁梧的骆开祥正抱着那个叫王晓艺的女孩激烈地狂吻。

刘拉脑袋一片空白，心像撕裂般疼痛，整个世界在她眼前摇晃起来。

突然，她吼叫了一声："骆开祥，你这个畜生！"

刘拉愤怒地冲过去，朝骆开祥的脸上打了一巴掌！

"你……刘拉……我……"骆开祥被这突如其来的巴掌打蒙了。他捂着疼痛发烫的脸，惊慌失措。

那个名叫王晓艺的女孩也被这骤然的变故吓傻了，她瞪大了眼睛，干张着嘴巴，"哇"的一声，哭着跑开了。

望着王晓艺远去的背影，骆开祥正要去追，但慑于刘拉那威严、阴沉的面孔，他低下了头。

"拉拉，你听我解释……"骆开祥正要说下去，很快被刘拉挡了回去。

"闭嘴！一个畜生，还有什么好解释的？"刘拉气愤地指着他的鼻子，"你不是口口声声要保护我一辈子吗？你不是海枯石烂不变心吗？……这才刚刚过去几天？你就另寻新欢，你真是个人面兽心的东西！"

听到这里，骆开祥反倒不生气了。他干脆摆出一副死猪不怕开水烫的姿态："什么海枯石烂！人，不就是活个百八十年吗！能等到海枯石烂吗？那只不过是一时激动，信口开河罢了！"

刘拉气得嘴唇直哆嗦，眼睛里充满怨恨。

讲到这里，刘拉周身的血液沸腾起来，那积蓄已久的痛苦和怨恨似乎顷刻间就要迸发出来。

听完她的倾诉，陈挚怒不可遏，不停地摩拳擦掌。

"说吧，拉拉，要我帮你做些什么？"

"把他下面的那个东西给我废掉，我要让他生不如死！"刘拉心酸难禁，恶狠狠地说。

没过多久，一个漆黑的晚上，骆开祥独自一人走在校园里的林荫石径上。突然，两个蒙面大汉出现在他的面前。

骆开祥正哼着"轰轰烈烈，我们曾经相爱过"这支很流行的歌曲，冷不丁被这两人的出现惊呆了。

"你们想干什么？"骆开祥吓得结结巴巴地问。

"干什么？爷爷要取你一样东西！"一个蒙面大汉说着，两人很快将骆开祥按倒在地，接着便是一阵拳打脚踢。

一把锋利的匕首迅速向骆开祥的下腹伸了过去。

"啊——"骆开祥痛得在地上打着滚，发出惨叫……

五

"呜——"一声长笛，把刘拉和陈挚从回忆中拉了回来。

刘拉扭过头来悄悄看了陈挚一眼，只见傻小子在望着窗外发呆。她眸子里流露出一丝感激，很快又化作一丝不易察觉的嘲弄。

她深知，眼前这个英俊聪慧的小伙，并不是她心中的白马王子。她也不爱他，她只是把他当作对付他父亲陈一民的一个筹码！

尽管，她有时也认为这样过于残忍了，对陈挚也不公平。可是，除此之外，她又能如何呢？

在飞驰的火车上，陈挚一遍又一遍地凝视着她，他的目光像蔓藤似的缠在她的身上。

他不知道她要把自己带到哪里去，想问又不敢问，心里堵得慌。

女孩的心思呀，真难猜！

她心里嘲笑着这个傻小子对爱情过于痴迷，爱得如此单纯。无论女孩让他做什么，他都能俯首听命，甘愿赴汤蹈火。

火车飞奔了三个多小时，终于在一个名叫高阳的车站停下了。出站口，下车的旅客鱼贯而出。

刘拉和陈挚也随着人流下了车，涌出出站口。

陈挚站在车站广场，终于憋不住了，不知道她带自己到这大山里做什么？他很小心地问："拉拉，咱们要去哪里啊？"

刘拉冷冷地说："还能去哪里，就到这大山里随便走走、散散心。"

陈挚似乎明白了什么，说："也好！"

六

时值农历四月，灿烂的阳光洒落大地，山水之间，绮丽的自然风光，流淌的都是生命的喜悦与美丽。

刘拉和陈挚沿着蜿蜒的羊肠小道，呼吸着大自然的气息，踏着松软的绿色草坪。

"哇！好美，好美啊！"离开繁华、嘈杂的都市，从来没有走进大山的陈挚，兴致勃勃地环顾着美丽如梦幻般的崇山峻岭，真的陶醉了。他像个顽皮的孩子，高兴得跳了起来。

刘拉也弯腰掐了一朵路边的小花儿，放在鼻子下闻了闻，顿感沁人心脾。她像换了一个人似的，先前那阴云密布的表情被眼前的景致驱赶得无影无踪，那紧锁的眉宇也舒展开来。

"真美！"她舒坦地笑了。

看到心上人的脸上挂着笑容，陈挚那紧绷的心弦终于松弛下来。先前的不安与困惑被这平常的一句话冲得荡然无存。此时，他的欣喜与激动更是溢于言表。

"拉拉，快来看！"陈挚指着一条潺潺流水的小溪。小溪格外清澈，水草叠翠，鱼翔浅底。陈挚弯腰捧出一条活蹦乱跳的小鱼儿，来到她面前。

刘拉看着他手里的那条小鱼，又看了看陈挚，心想：这傻小子真是个活宝！

"还是把它放了吧！"不知怎的，刘拉还是对这条小鱼动了怜悯之心。

陈挚把那条小鱼重新放进哗哗流淌的小溪里，小鱼撒着欢游走了。

陈挚又在路边摘了一朵鲜红的小花，插在刘拉的秀发上。

"拉拉，你更美了！"

他不着痕迹的体贴，让她的心底涌起一股久违的暖意。她那孤独干涸的心田终于有了一丝润泽。

陈挚的脸上全是幸福的笑意，阳光下的一切都美好无比。

他们玩得尽情，玩得尽兴，把自己整个地投入大自然的怀抱中，成了真正的"自然之子"。

在欢快愉悦之中，两人不知不觉地走进了原始森林。

这森林可真大，望不到边际，像一块硕大无比的绿宝石镶嵌在黄土高原上。森林里布满纵横交错的小溪，像一面面镜子，照耀着拔地参天的树木。翠绿的森林，映衬着蓝天白云，使天更蓝，云更白。林中的小鸟在欢快地飞翔着，鸣叫着，伴着潺潺的流水声，在微风中久久地回荡。

突然，有几只猴子跑过来，在刘拉和陈挚面前嬉戏追逐。它们见了陌生人类，一点也不害怕，反而向他们靠了过来。

这时，刘拉从衣兜里掏出两块水果糖，剥去糖纸，扔给猴子。猴子见了，你争我夺。最终还是两只年长的老猴子抢了去。

其中一只母猴子把糖放进嘴里，咬下一半，又将另一半塞进挂在它肚子下的小猴子嘴里……

看到这里，刘拉心里顿觉有一种说不出的滋味。可怜天下父母心，就连猴子都是这样，何况是人类呢？

刘拉忽然想起了自己的妈妈。小时候，家庭拮据，爸爸和妈妈冒着严寒去饭馆帮别人刷盘子洗碗，双手都冻肿了。可他们宁愿自己吃苦受累，总是给自己做可口的饭菜吃。有一次，妈妈参加一个朋友的婚礼，带回来两块喜糖，自己舍不得吃，全塞给女儿了。小刘拉瞒着妈妈，偷偷把这两块糖存放了许久。

刘拉此时有几分惆怅。心想，妈妈现在在干什么，能不能原谅女儿的不辞而别呢？

想到这里，她清秀的眉宇间染上了淡淡的哀伤。

两人跟猴子们一起走在树下的残枝败叶上，漫无目的，就像一条失去舵手的船儿，在浩瀚的大海里漂流。

"哎呀！"刘拉突然被吓得惊叫起来，额头上渗出了汗。

陈挚也看到了：是一条碗口粗的大蟒蛇！

"天呐，这么大！"陈挚倒吸了一口冷气。只见一条足有五多米长的大白花蟒蛇躺在一棵松树枝上，它一动不动，似乎睡着了。

陈挚强装镇定，把刘拉抱在怀里，安慰着她："别怕，有我呐！"

惊魂稍定，陈挚拉着刘拉蹑手蹑脚地用手扒开前边的荆棘，绕开那条大蟒蛇，悄悄躲开了。

七

刘拉和陈挚逃也似的离开了巨蟒，在一群猴子的陪伴下，继续在灌木丛中穿行。

森林里的猴子、山鸡、山鹰等各种动物在这片属于自己的王国里快乐地生活着。它们或是觅食，或是在树枝上蹿蹦跳跃，动作敏捷，乐此不疲。动物们过着这种与世无争、和谐相处的生活，让人类自叹弗如！

受到巨蟒惊吓的刘拉，再也不敢在灌木丛中乱跑了。她胆怯地看着这些动物，不敢正视那一只只正在窥视自己的眼睛，很小心地贴着陈挚的身体，寸步不离。

那一刻，她对这个一直被蒙蔽的男子汉产生了一丝歉疚。与他在婆娑的树影下穿行，她感觉十分温馨和踏实。

而此时的陈挚，或许认为是该表现自己的时候了。面对这些蠢蠢欲动的家伙，虽说心里有些发憷，但他还是非常镇定，看起来很是自若、睿智与老练。

刘拉看了他一眼，满意地笑了。

正在这时，两只硕大的鸵鸟安闲自得地卧在草丛中，或许它们正在下蛋，正警惕地观察着周围的动静。

见到了人类，它们倏地站了起来。在它们身下，果然有两个大小如中等柚子的乳白色鸟蛋。

"哇，好大的鸟蛋！"陈挚惊叹着。因为，他从没见过这么大的鸟蛋。这回，让他开了眼界。

两只鸵鸟十分警惕地瞪着惊恐的眼睛，摆出随时发动进攻的姿势。

"拉拉，快跑，它们要袭击咱们！"陈挚也警觉起来，快速拉着刘拉在灌木丛中飞跑起来。

奇怪的是，那群猴子也始终不肯离开他们。有两只老猴子还近距离地跟着他们要糖吃。

在小溪旁边，更惊险的一幕又跃入了刘拉和陈挚的眼帘：只见两头肥大的红毛野猪正在交配，发出"哼哼"的叫声。突然，另一头身上带着红毛的野猪怪叫着，不知从何处飞也似的蹿了过来。只见它发疯似的张开大嘴，一下子咬住了正在交配的那头公猪的脖子。

或许是情敌相争，两头公猪吼叫着，拼命地相互撕咬，鲜血淋漓，惨不忍睹。

在它们周围，几条野狗正在观看这惊心动魄的场面。尤其是那群猴子，见状大惊，干脆爬到高高的树枝上，躲得远远的。

"妈呀，太可怕了！"刘拉被吓得魂飞魄散，浑身哆嗦着，一下抱住陈挚，赶紧闭上双眼。

"坚持住，赶快躲开！要被野猪发现，我们就真的没命了！"陈挚弯下腰背起刘拉，用另一只手扒开齐腰深的蒿草，迅速躲进旁边不远处的一个山洞里。

八

面对步步惊心、险象环生的森林，刘拉再也没有勇气在这里待下去了。她扯住陈挚的衣袖说："咱们赶快回去吧！这哪是什么世外桃源，分明是杀机重重的地狱！"

她注视着陈挚，一双会说话的大眼睛里带着乞求和恐惧。

陈挚会意地笑了。他这才明白，当初她为什么会带自己到这深山老林里来，原来是在寻找世人苦苦追求的世外桃源。

陈挚苦笑着摇摇头。心想，美丽女孩也有不顺心的时候啊！

"那好，咱们原路返回！"陈挚坏坏地刮了一下她笔挺的鼻子。因为，与她在一起，陈挚总能感到生活的新鲜和活力。

森林里，根本就无路可循，只有望不到尽头的树木和那些带着刺的荆棘。

怎么回去？哪里是原路？陈挚和刘拉相对无语，一筹莫展。

他们每人找了一根木棒。一来可以对付野兽们的攻击，二来可以拨开前面带刺的荆棘，三来还可以作拐杖使用。他们很小心地艰难前行，恨不得插上翅膀，冲上天空，飞出这片令人毛骨悚然的是非之地。

阴森恐怖的森林！惊险的一幕幕不时在眼前掠过，已经深深烙在他们各自的心里。他们心想：以后再也不会到这里来了！

他们就这样在森林里转呀转，整整转了一天，这才惊讶地发现，又转回到那个躲避野猪的山洞旁边。

刘拉和陈挚的心情十分沉重和沮丧，看着杂草丛生的山洞，脸上露出极为复杂的表情。看来，今天晚上只能在这山洞里度过了。

天，渐渐黑了下来，巨大的夜幕把森林包裹起来。

陈挚忽然想起什么来，他急忙掏出手机拨打了110，要向警察求救。然而，他试了一遍又一遍，手机根本没信号。

他终于泄气了，像一下子落进了冰窖里，浑身发冷，原来这里是移动信号盲区。

陈挚一屁股坐在山洞口的草坪上，自言自语道："按照'墨菲定律'，如果事情有很多可能，那么它一定会向最坏的方向发展。难道真是这样？"

刘拉眼泪汪汪地望着他："陈挚，我们该怎么办？"

陈挚无奈地摇着头："还能怎么办？只能听天由命了！"

听天由命？许多人在无奈的时候，都会这样说。

平时，刘拉听到别人说这句话的时候，总会翻着白眼，给予轻蔑的一笑，而现在……

她有些不悦。方才还闪亮的双眸，瞬间暗淡下去。

刘拉心里充满了痛苦和迷茫。

陈挚站起身来，摸着黑，要到山洞里看一看。可他刚刚往前迈了几步，就听洞里发出窸窸窣窣的响动声。接着，有四五只狐狸从里面蹿了出来。

"我的妈呀——"陈挚吓得魂魄出窍，一下跌坐在草地上。

刘拉也看到了几只狐狸从她身边跑过，同样发出惊恐的叫声。

看来，这里是狐狸们的家。这些狐狸并没有伤害刘拉和陈挚的意思，它们只是蹿出山洞，在附近瞪着发黄发亮的眼睛，望着这两个不速之客。

陈挚匆忙跑过来，紧紧抱住刘拉，手里举着一根木棍，十分警惕地保护着自己的心上人。他随时准备着同突然袭来的野兽进行殊死搏斗，他也愿意用自己的生命来换取心上人的安全。

陈挚知道，太爱一个人，无异于一支蜡烛，奋不顾身地燃烧自己，只为求一时的光与热，待蜡烛燃尽，就什么都没有了。

尽管可能失去生命，他还是要这么去做。男人嘛，要顶天立地，为一时承诺，也可以去赴汤蹈火。

九

夜幕下的原始森林，阴森而恐怖。

惯于在夜间活动的猫头鹰不时发出一阵阵凄厉的尖叫声、野狗争抢猎物的狂吠声，以及各种虫鸣声交织在一起，令人毛骨悚然，胆战心惊。

尤其是那几只狐狸，被刘拉和陈挚赶出了窝，仍然不肯离开自己的家。它们趴在山洞口，伸着脖子朝洞里观望着两个年轻人的一举一动，像忠于职守的士兵一般，在为这两个不速之客站岗放哨。

刘拉这时反倒不害怕了，胆子也大了起来。她坦然地躺在陈挚怀里，心想：在与陈挚相处的一段日子里，那尘封已久的心像玫瑰花一样慢慢绽放。不知为什么，有一种从未有过的温暖从灵魂深处漫了上来。她刷地红了脸，慌忙把头扭向一边，眸子里滚淌出两行热泪。

这一刻，她感到无限幸福！

"难道，我真的爱上他了？"刘拉默默地问着自己。

想到这里，她的泪水流得更凶猛了。

她自命清高，却又难耐清苦，就像狐狸自忖葡萄是酸的，但它还是想吃到葡萄。

"陈挚，你说，什么叫爱情？"刘拉抱住陈挚的额头，轻轻地吻了一下，又柔和地问道。

此时的陈挚，正回忆着白天发生的一出出惊险的遭遇，刘拉的突然提问，把他弄得有些诧异。但他还是很快回过神来，不慌不忙地说："那，我就给你讲个关于爱情的故事吧！"

有一天，柏拉图向他的老师苏格拉底询问什么是爱情。他的老师说："你去麦田里寻找一株最大最好的麦穗回来。记住，不许回头，只能摘一次。"

柏拉图点头答应，赶紧去麦田里去寻找最大最好的麦穗。一望无际的麦田，在南风的吹拂下，翻涌着金黄的滚滚麦浪。柏拉图在麦田里找呀找，看看这株不错，看看那株也行，弄得他眼花缭乱。麦穗大小都差不多，不知道哪株是最好最大的。等他走到麦田尽头，只好两手空空地回去了。

柏拉图对老师说："我看麦穗大小都相差无几，总想着前面会有更好的，不知不觉就走到了麦田尽头。"

苏格拉底笑着说："这，就是爱情。"

柏拉图恍然大悟，会意地笑了。

刘拉静静地听着，若有所思地点点头。

躺在陈挚的怀里，她心里像灌了蜜似的甜极了，一种无限的快乐温暖着全身。

这，也许就是爱情吧！她想。

借着手机的灯光，陈挚深情地看了刘拉一眼，像哄婴儿似的，很有节奏地拍着她的肩膀。那一瞬间，仿佛时光凝固了，虽然他们什么都没有说，但千言万语尽在不言中。

停了许久，刘拉又问："陈挚，你说，什么又是婚姻呢？"

"那，咱们还是谈柏拉图吧！"陈挚又接着刚才的话题讲述。

圣诞即将到来，人们都在为迎接节日做着各种必要的准备。一天，柏拉图又问他的老师苏格拉底，什么是婚姻？

苏格拉底同样没有直接回答他的提问，而是派他到树林里挑一棵最大最好的树用来做圣诞树。还再三叮嘱他径直往树林里走，不准回头，而且只能挑一棵树。

柏拉图来到树林里，看看这棵树，又瞧瞧那棵树，觉得都差不多，没有多大的区别。找了半天，也没有找出一棵最大最好的树。有了上一次摘麦穗的经验，为避免又是空手而归，最后只好锯下一棵普普通通，不是很茂盛，也不算太差的树回来了。

柏拉图十分沮丧地对老师说："哪里有什么最大最好的树呀，只好锯下一棵相差无几的树回来了。"

苏格拉底又笑着回答："这就是婚姻！"

"太精辟了！"刘拉拍手称赞。

有了爱情的滋润，陈挚如沐春风，眼神里满是抑制不住的幸福。他深情地对刘拉说："嫁给我吧，拉拉，我们不依靠任何人，找一个安静的地方，用我们的智慧和双手，创造幸福，创造未来。等到我们积攒下很多很多的钱，我们还要周游世界，去享受天伦之乐。拉拉，你知道那些令世人垂涎向往的地方吗？小时候，老爸带我去过的地方，一切都历历在目，一切都那么美轮美奂，如诗如画。"

说到这里，陈挚热烈地吻着刘拉的额头，说："牛奶会有的，面包也会有的，一切都会有的！"

他痴情地望着她，疲倦的脸上洋溢着快乐。

此时，借手机屏幕的光亮，她发现他火辣辣的目光，像利箭一样穿透了她的心。

此时的刘拉，已如痴如醉，她的眼睛有点湿润，有点迷蒙了。老实说，她真的不愿放弃眼前这个憨态可掬的男人。人的一生中，能遇上让自己倾心的人是弥足珍贵的，无论如何，应当珍惜。

一个柔情蜜意，一个热情奔放。在这片属于他们两个人的世界里，他们坠入爱河，如胶似漆。猫头鹰的尖叫声，野狗的狂吠声，他们仿佛全然不知。他们只听见了对方心脏的跳动声。

刘拉顿时觉得一股热浪涌来，憋得要发疯的精神得到了安慰，憋得要爆炸的胸膛得到了释放。爱情的春风，再次吹暖了她冷寂的心。

而陈挚，则用狂热的吻来表达自己的柔情蜜意。对于恋人来说，吻是表达这种柔情蜜意的最佳方式。但他的吻与众不同，这也许是世界上最浪漫、最富有诗意的吻，他首先吻着她的眼睛，再鼻子，再到嘴，留下重重叠叠的柔情蜜意……

十

在浪漫与梦想成真的喜悦里，陈挚再也无法抑制自己那贲张的血液。一种从未有过的渴望在他的体内泛起，他情不自禁地解开了她的衣服。

刘拉也激动地抱住了他的腰，用力地抱，像要把对方嵌入心里。突然，她一把将陈挚推开："陈挚，不，不要这样！不要这样！"理智告诉她，不能再继续下去。父仇未报，岂能作仇人的儿媳？

正激情四溢的陈挚立即停止了动作，像被当头浇了一盆冷水，迅速冷静了下来。

"拉拉，你这是怎么啦？难道……难道你不爱我？"

他不明白，他像呵护自己生命一样精心呵护的心上人，为什么会突然拒绝他。

陈挚的心，闪过一阵悲凉，怔怔地呆坐在那里。暗自思量：难道我做错了什么？难道她压根就没爱过我？难道她登台向我献花，与我相亲相近，所有的一切，都是在演戏？

陈挚忽然觉得，女孩变得那么陌生。他一时有点心灰意冷。

就这样，两人陷入长时间的沉默。只有山洞口那几只狐狸仍然昂首注视着他们。它们似乎猜透了这对年轻人各自怀揣的心事。

这时，陈挚打开了手机，播放了一首陶喆演唱的《就是爱你》：

我一直都想对你说

你给我想不到的快乐，像绿洲给了沙漠

说你会永远陪着我

做我的根我翅膀，让我飞也有回去的窝

我愿意，我也可以付出一切，也不会可惜

我们在一起看时间流逝，要记得我们相爱的方式

就是爱你爱着你，有悲有喜有你，平淡也有了意义

就是爱你爱着你，甜蜜又安心，那种感觉就是你……

委婉悠扬的曲调，缠绵而炽挚的歌词，像天籁之音，向着森林，向着大山深处飘去。

"陈挚，我懂的，我懂的！可我是一个龌龊的女人，我，我配不上你……"刘拉呜咽着，喃喃地说着，怀着难以言喻的痛苦和纠结，再一次靠在他的怀里……

这一夜，他们就这样相互依偎着，用各自的体温温暖着对方，用心语诉说着心语，熬过了一个漫长而又非同寻常的夜晚。

十一

翠绿的森林，从睡梦中醒来，各种生灵又开始活跃起来。朝霞透过枝叶射了进来，形成一道道红色的光柱，把茂密的森林装扮得多姿多彩。

几只松鼠在松树枝上蹿来跳去，如履平地。

一群猴子，一大早就围在山洞口，像见到老熟人似的，亲昵地在陈挚和刘拉周围，或站或打闹嬉戏。有一只老猴还紧贴着他们，抓耳挠腮，伸出前爪跟他们要东西吃。

看到它们，刘拉也不再胆怯，而是很友好地跟它们打着招呼："喂，早上好，可爱的猴子们！"

刘拉从包里拿出最后一块面包，掰成几块，往草坪上用力一扔，引得猴子们相互争抢起来。

在离他们不远的地方，还围过来几条野狗，也跃跃欲试，很想从这里得到点什么东西吃。

陈挚和刘拉二人决心走出森林：他们认为，这个恐怖的世界实在不是他们能够生存的地方。必须马上离开，一分钟也不能多待！

那么，究竟该怎样走出这茫茫森林？这对年轻恋人的脑子里一片茫然。因为，这里根本无路可寻。

然而，求生的本能促使着他们，坚定地去寻找脱离险境的途径。

口渴了，弯下腰来在小溪里掬一捧清水，润润嗓子。

可是，如何对付饥肠辘辘的肚子呢？这令他们感到无计可施。

漫山遍野的野果，黄的、红的、白的、青的，大的像苹果，小的像

126

樱桃，一个个散发着诱人的光。在山风的吹拂下，摇头摆尾，秀色可餐。但是，究竟哪个能吃，哪个不能吃？他们更是一无所知。据说，山上有许多野果好看却不能吃，其毒性很大。

望着这些诱人的野果，刘拉和陈挚只能是干咽口水。

漫长而艰难的一天，就是在这样的煎熬中过去了。血红的晚霞再一次挂在天边，残阳映照下的森林，泛着红色的光晕。

陈挚拉着刘拉又来到一片开阔地，在一个原始山洞旁边停了下来。

刘拉瞅了瞅这个山洞，觉得好面熟。顿时，她"哇"的一声哭了出来："天呐，这，不就是昨天夜里我们住过的山洞吗？"

"呵，转了一天，又转回来了！"陈挚做着鬼脸，无奈地冲刘拉一笑。

这时，那几只狐狸又从山洞里跑了出来，仍然把自己心爱的"家"让给了这两个不速之客。

"……陈挚，我们完了，我们恐怕走不出这片该死的森林了！"刘拉躺在草坪上，闭着双眼，脸上带着绝望。

陈挚也精疲力竭地躺在刘拉身边。又转了一天，两腿像灌了铅块，发痛发酸。实在是走不动了，再加上肚子饿得难受，心里暗暗对这个冷艳的女孩生出几分埋怨。这个刘拉，不知哪根神经出了问题，竟然带着自己到这个鬼地方吃尽苦头！

但是，陈挚毕竟是个很有修养的男人，脸上仍然带着微笑："别怕，吉人自有天相，我们会绝处逢生的！"

听了这话，刘拉"腾"地坐了起来，疲惫的脸上满是焦急："天相，天相！我们的天相在哪里？我们这是绝处逢死吧！"

突然，刘拉像发了疯似的，一阵捶胸顿足，狠狠地骂着自己："我真是个混蛋，天下第一大混蛋！我为什么要来这么个鬼地方！"

"拉拉，你先冷静些。"陈挚耐心地安慰着她。

刘拉忿忿地说："冷静？命都快没有了，我能冷静得了吗？"

又过了一会儿，刘拉的心情稍微平静了一些，"那，我们也不能就这样等死呀，还是想办法弄点食物充充饥吧！"刘拉饥饿难耐，捂着"咕咕"乱叫的肚子说。

陈挚翻了一下先前包裹面包的那个报纸，里面空空如也。他凄然地吁了一口气。

突然，报纸上一条新闻跃入他的眼帘，足以震撼他心灵，把他的承受力推到了极限。

"华宇集团总裁陈一民，昨夜遭不明身份的暴徒袭击，急送医院抢救，华宇科技股价暴跌！"

这消息无疑像晴天里一声霹雳，把陈挚给炸蒙了。他惊叫一声："爸爸！"便背过气去。

"陈挚！"刘拉一把抱住即将倒下的陈挚，拍打着他的前胸后背，又用指尖掐他的人中穴位。

好一会儿，陈挚才缓过气来，长长地"嗯"了一声。

此时此刻的刘拉，并不感到惊讶。因为正是她动了恻隐之心，才使得陈一民只受到袭击，未直接丧命。然而，当前，她并不希望陈挚出事。如果没有陈挚，她真的走不出森林……

在晚霞映红的森林里，向来不知愁滋味的陈挚，顷刻间眼泪已如大雨滂沱。

这回，轮到刘拉安慰他了："你一定要挺住，等我们走出森林，就去看望你爸爸！好吗？"

陈挚抹着泪水，泣不成声地说："我自幼与父亲相依为命。如果他有个三长两短，这个世界上我就没有亲人了！"

此时的陈挚，脑子里一片空白，精神恍惚。他又在哭泣，那是一种令人揪心的声音，是一个七尺男儿灵魂深处的无助。

听到这里，刘拉皱了皱眉头，问："那，你妈妈呢？"

望着哗哗流淌的小溪，陈挚的思绪就像那翻腾的溪水，上上下下，喧嚣不息。

"她死了。在我七个月大的时候，她作为省社会科学院的领队外出考察，在地中海遭遇空难。是保姆许阿姨把我带大的！"

刘拉呆呆地望着他，眼里闪过一丝同情和怜悯。

坦白地说，这些日子，她虽然在利用他，甚至在玩弄他。但日久生情，在她心底还是对陈挚生出了一种难以割舍的情缘和纠结。

这时，陈挚又恢复了平静。他虽然恨不得生出翅膀马上飞回省城医院，去看望他的爸爸。但是，眼下如何在森林里生存下去，找到走出森林的办法更为紧迫。

陈挚从草坪上站起来，试探着说："我就不相信，这山上的野果全都有毒。总有能吃的吧！"他摘下旁边的一个青色的果子，咬了一口，觉得又涩又苦，赶紧扔掉了。他又去摘一个鲜红的野果，咬了一口，酸酸的、甜甜的。他三两口就把它吞进了肚子里。

过了半个小时，他见自己身体没有任何不适，高兴地抓住刘拉的手："拉拉，咱们有救了！这红野果能吃！"陈挚说着，便拉住树枝，摘下几个果子，到小溪边洗了洗，递给刘拉。

刘拉满脸欣喜，拿着野果，狼吞虎咽起来。俗话说，人是铁饭是钢，一顿不吃就心慌，况且这对年轻人已经快三天粒米未进了！

吃完野果，刘拉精神了许多。她抬头看了他一眼，发现他明亮的大眼睛里充满柔情和关怀。两人目光对接的瞬间，她全身有一种触电的感觉。

她没有想到，眼前这个憨厚的小伙，竟然用自己的身体去测试野果的毒性，对她关怀备至。她粲然一笑，内心涌起一阵感动。

四月的天，变幻莫测。突然，乌云覆盖在森林上空，让人喘不过气来。接着，倾盆暴雨疯狂地冲刷着大地。雷声像战鼓轰鸣，一道道闪电如金蛇狂舞，撕裂了黑黝黝的夜。这雨一下起来，就是四五天。

那群猴子早已无影无踪，只有几条野狗在暴雨中穿梭觅食。

还有那几只狐狸，乖乖地蜷缩在洞口，像把门的门神一样，寸步不离。

几天来，刘拉和陈挚蜗居在山洞里，与狐狸们交上了朋友，并与它们和睦相处。

陈挚和刘拉靠吃野果维持生命。只几天的时光，两人已是眼窝深陷，面容消瘦，憔悴不堪。

尤其是陈挚，不管采摘什么样的野果，总是由自己先试吃。确信无毒后，才交给刘拉去食用。

对此，刘拉内心充满着感激，也渐渐淡化了对陈一民的仇恨，对他的儿子也由利用转向爱慕。理智告诉她，她没有看错眼前这个小伙。

"哇"的一声，陈挚突然呕吐起来，只觉着肚子里一阵翻江倒海，揪心似的难受。

"你，怎么了？"刘拉一怔，轻轻地拍着他的后背，心急如焚。

刘拉摸了摸陈挚的前额，惊叫起来："好烫啊，你在发烧！"

陈挚又呕吐了一阵子。

"我心里难受得厉害，怕是熬不过去了！"陈挚喘息着对刘拉说，"拉拉，我们今生能相爱这些日子，我也知足了……如果，如果我死了，你要坚强地活下去。如果你能走出森林，代我去省城医院看望一下我的爸爸！"

"陈挚……你不会死的！你说过，吉人自有天相，你会活下去的！"刘拉倍感绝望，无助地哭着，安慰着陈挚。看到他突然病倒，她的眼泪瞬间就肆无忌惮地落下来了。

刘拉把陈挚抱在自己怀里："陈挚，你一定要坚持住。等天亮了，我们就有办法了！"

时间，一点点地往前走着，这对被困在山洞里的情人，总觉得时光是那么漫长，等熬到天亮，仿佛过了一个世纪！

雨，终于停了下来。森林里的小溪汇成凶猛的洪水，从山洞洞口涌过。

经过一夜高烧折腾的陈挚，蜷缩在地上抽搐不止，气若游丝。

"陈挚！陈挚！"刘拉见状，号啕大哭起来。

她知道，已验证了墨菲博士的预言，事情的结局果然向着最坏的方向发展。她深感，在你已经觉得很糟的时候，上帝总会在背后给你重重一击，他就是要你相信更坏的情形还没有发生！

天呐，怎么会是这样？刘拉越想越心事重重。

"这可怎么办？我们不能在这里等死！"刘拉打定主意，她想背着陈挚走出森林，找当地医生进行医治。

可是，她使尽浑身解数，怎么也背不动一个一百多斤的大男人。

因为，她实在太虚弱了。

"不，我一定要让他活着……然后，嫁给他！"

刘拉脸色苍白，那双会说话的大眼睛里，是无尽的勇气。

"陈挚，亲爱的，你一定要挺住，我会来救你的！"刘拉抚摸着陈挚的面颊，奋力站起。

两情眷眷，难以抵御。

刘拉拄着一根树枝，依依不舍地走出山洞。

忽然，那几只猴子又出现在她的周围。很友好地在她面前领着路。

已无计可施的刘拉，干脆跟着这群猴子。它们走到哪里，她就跟到哪里。

在绕过积水的地段，刘拉一不留神，"扑通"一声摔倒在地，手机被甩出一丈多远。

几只猴子蹿过去，你争我抢。一只老猴子把手机放在嘴里咬了一下，见咬不动，又用前爪来回摆弄起来。

突然，经过猴子不停地摆弄，手机里居然传出了歌声，依然是陶喆的《就是爱你》那首歌。

起初，老猴子吓了一跳，赶紧甩掉手机，见手机里仍然在播放着歌曲，又壮着胆子捡了起来，摆弄起来。

歌声漫过森林，回响在山谷里。

十二

说来也怪，正是这群猴子，居然把一个弱女子领出了森林。

来到山前的一片开阔地，刘拉眼前一亮，喜极而泣。

她呆呆地望着这片翠绿的山地，犹疑在梦中。

"我真的走出了森林？"刘拉咬了一下自己的手指，觉得很疼，不像是在做梦。

弯弯曲曲的山路上，刘拉早已精疲力竭，浑身骨头像散了架似的，再也迈不动步了。

她两眼一黑，昏厥过去，倒在弯曲的小路上。

就在刘拉倒下去的那一刻，迎面走过来一个挑着竹扁担的山里人。

此人家住附近冷岙口村，是个卖豆腐的，名叫胡庆东。因他说话时总是露出两颗又大又黄的牙齿，村里人给他送个诨号：胡大牙。

此人头上缠着油腻腻的黑帕，嘴巴上挂着花白的胡子茬，肩宽腰圆，面色黝黑，说起话来瓮声瓮气。看到山路上躺着一个衣衫褴褛的姑娘，胡大牙神情惊讶，自言自语道："嗯？她怎么了？"

胡大牙赶紧放下担子跑了过去。他伸手朝姑娘的鼻子下面摸了摸，见还有口气。急忙背起姑娘就往家里跑。

那几只猴子见状，面面相觑，然后也跟着胡大牙跑起来。

胡大牙气喘吁吁地走了很长一段山路，把刘拉背回自己的家里。等把姑娘放在床上，才抹一把汗说："这丫头还真重哩！"

胡大牙呆呆地望着昏迷中的年轻女子，不停地咂着嘴，有点昏昏然、飘飘然了。他自言自语道："真美哦，像天上的仙女！莫不是……莫不是我胡庆东交上桃花运了？"

顿时，他像饿了三天三夜的馋猫，忽然遇到一条小鱼，心里出奇地痒痒起来。

"胡大牙！"

正在豆腐坊里洗黄豆的胡大牙老婆董翠花，一脸狐疑地跑过来，没好气地说："我说胡大牙，你不去卖豆腐，倒背回一个大姑娘，好你个没正经的！"

董翠花捞起身边一把铁锹，朝丈夫砸去。

正想入非非，欲动花花肠子的胡大牙，被这突如其来的一嗓子，吓得魂飞魄散："你想吓死我？"

眼看铁锹就要砸在自己身上，胡大牙忙伸手把铁锹拨了开去。

"慢来，慢来！老婆，看你想到哪去了！我见这姑娘昏倒在山路上，才把她救了回来！"胡大牙不满地白了妻子一眼，暗骂这女人坏了自己的好事。

董翠花这才放下心来。

她摸了摸姑娘的前额和鼻下，说："看来她是饿昏了，你从哪里背回来的？"

"在山前的森林旁边。"

"给她熬点米粥吧！"

"嗯。"

刘拉被胡大牙夫妇唤醒，又喝过他们熬的热粥，整个人有了点精神。

她瞪大眼睛，环顾四周，觉得很陌生，着急地问："我这是在哪儿？"

董翠花坐在她的身边，笑嘻嘻地说："妹子，不要怕。你昏倒在山道上，是娃子他爸救了你！"

董翠花指了指站在一旁的胡大牙。

胡大牙咧着大嘴，冲她一笑。

"谢谢你们救了我！救命之恩终生难报啊！"刘拉泪眼婆娑，吃力地翻身下床，就要跪在地上给他们磕头。

董翠花赶忙把她拉起来："妹子，使不得，使不得啊！"

刘拉猛然想起还在森林山洞里的陈挚，又一次跪在这对夫妻的面前苦苦相求："救救我的男朋友吧，他病倒在山洞里，快不行了呀！"

胡大牙夫妻眼神碰了一下。

胡大牙笑道："妹子，还是别去了吧，等我们赶到，恐怕你那位情哥哥早就喂狼了！"

刘拉两眼一黑，又一次昏迷过去。

董翠花重新把刘拉架在床上，拍打着前胸后背。

"妹子！妹子！你醒醒，你醒醒！"

董翠花冲胡大牙骂道："胡大牙你真不是个东西，不会说话就别说，说起话来能噎死人，看把这妹子吓得！"

"我，我……"胡大牙急得直挠头。

十三

八角寨的一代名医孙传山，年过七十，仙风鹤骨。据说，他是古代名医孙思邈的后人。

除巡诊之外，他还利用大部分时间上山采中草药。在当地，山民们都亲切地称他为"孙华佗"。

孙传山身背竹篓，领着二十岁的孙子孙阳又来到南山采药。

孙阳，有着山里人的彪悍与质朴，身材修长，英俊洒脱，浑身透着青春的活力。

在森林旁边，眼尖的孙阳首先发现了挂在松树枝上的粉红色纱巾，心生狐疑，忙对爷爷说："爷爷，你看！好像有人来过。"

孙传山望了望树上的红纱巾，皱了皱眉头，也觉得蹊跷，便决定走过去看个究竟。

"嗯？"老人手捻银髯，他发现往森林里去的方向，十多米外的一棵松树上也挂着红布条。

孙阳起了疑心："爷爷，要不，咱们进去看看？"

"像是有人做的记号。"孙传山自言自语着，迈着矫健的步伐进了森林。

祖孙二人往森林深处走，果然见每隔十多米远就有一棵树上系着红布条。

他们怀着好奇心，继续往森林更深处走去。

顺着粉红色布条指示的方向，孙氏爷俩走了一上午，才来到一片开阔地的山洞口停了下来。

"爷爷，山洞里躺着一个人！"孙阳手指前方，脱口说道。

孙传山放下背篓，快步走进山洞，只见躺在地上的是一个跟自己孙子年龄相当的小伙子。此人脸色蜡黄，紧闭双眼，口吐白沫，奄奄一息。

"孩子，快背着他回家，他还有救！"孙传山号过陈挚手上的脉搏，对孙子说。

孙阳把背篓扔在一边，把昏迷中的陈挚背在背上，大步走出山洞。

孙阳背着陈挚在前面紧跑，爷爷在后边紧跟，还不停地掏出手帕为孙子擦着脸上的汗。

孙阳走累了，把病人放下，喘口气，再接着赶路。

就这样，孙氏爷俩总算把病人背回家里。

"我的妈呀，总算回家了！"孙阳把病人放在床上，一屁股坐在地上，喘着粗气，手上不停地扇着上衣。

老人满意地拍拍孙阳的肩膀："这才是我孙传山的好孙子！"

孙传山翻了翻病人的眼皮，又擦去他挂在嘴角的白沫，心情沉重地判断说："他这是食物中毒！"

孙阳惊讶地说："他是从哪里来的，怎么会病倒在森林里？没有被野兽吃掉，真是万幸啊！"

这时，孙传山的老伴姜春芝背着一捆柴走进家门。

"老头子，这是咋回事？"姜春芝一脸惊愕地问。

"奶奶，是从森林里背回来的！"孙阳指着昏迷不醒的病人，对奶奶说，"看穿着，像是城里人！"

很快，孙传山把熬好的中药端了过来，把它用汤匙一口一口地灌进病人嘴里。

喝下中药，约莫过了半个钟头，病人吐了很多黑乎乎的黏液，慢慢睁开了眼睛。

孙氏祖孙望着病人，如释重负地出了一口气。一颗悬着的心终于放了下来。

"孩子，你叫什么名字？从哪里来的？"孙传山慈祥地看着陈挚，亲切地问道。

那青年睁大眼睛，向屋内环顾一周，鼻子一酸，忍不住抽泣起来。

"孩子，别哭，有话慢慢说。"姜春芝端了一碗香气扑鼻的鸡蛋羹走了过来，安慰道。

那青年想张口说话，却怎么也说不出话来。他"啊啊"两声，费力地伸出手指，在孙传山老人手心里写道："我叫陈挚，来自平阳市！"

写完又闭上了眼睛。

"爷爷，他是个哑巴！"孙阳十分同情地说。

孙传山闷闷地抽着旱烟，叹息着说："他这是吃了森林里有毒的野果造成的，要慢慢调治才行啊！"

在此后的日子里，陈挚一边养病，一边跟着孙阳上山采药、砍柴，为病人取药等。他跟这个山里娃子朝夕相处，成为一对情同手足的好朋友。

然而，更令他牵肠挂肚的是失踪的女友刘拉。

"拉拉，你究竟在哪里？"陈挚内心时刻都在呼唤着她的名字。

十四

刘拉在胡大牙家里住了七八天，身体也基本得到恢复。

这天，刘拉对胡大牙夫妻说："我是偷着跑到这里来的，既没有跟学校请假，又没有跟家里人打招呼，他们说不定有多么挂念呢。大伯，大妈，我该走了！"

胡大牙夫妻相视一眼，没有回答。

"这？"过了半晌，董翠花才依依不舍地说，"孩子，再住些日子吧，等你身体完全恢复了，让你胡大伯把你送回平阳。"

刘拉归心似箭，十分着急地说："不行呀，大妈，我在这里也一天待不下去了，我明天就回平阳。"

董翠花眼圈湿润了："多水灵的妹子，大妈真舍不得让你走啊——咳，既然你执意要走，明天就走吧！"

这时，胡大牙狠狠瞪了妻子一眼，急忙把她拉进东厢房里，责备起来："你胡说些什么？明天就让她走？那我们不白忙活了？"

董翠花晕乎乎地问："不白忙活还能咋地？难道你还能养她一辈子？"

胡大牙骂了老婆一句："老娘们家，懂个屁！到手的鸭子，还能让她飞了？"

"胡大牙，你……"董翠花更加不解了，不知道丈夫葫芦里卖的什么药。

胡大牙不满地哼了一声："你就不能叫我一声胡庆东？"他最讨厌别人叫他胡大牙，可越是讨厌别人就偏这么叫他。

见老婆傻傻地望着他，胡大牙得意地说："把她介绍给东山洼的郝七，换俩钱花花！"

"把她送给一个傻子，这不是把一枝鲜花插在牛粪上了吗？一个奇丑无比，一个美如仙女。你还是积点阴德吧！再说，你这是拐卖人口，犯法的！"董翠花吓出了一身冷汗。

胡大牙脸上的肌肉狠狠地抽动了一下："你瞎咋呼什么！谁拐卖人口了？咱这是当红娘，挣点劳务费，你懂吗？"

董翠花不安地看着丈夫，心里直突突。

第二天一大早，胡大牙特意换了一件新衣服，笑眯眯地来到刘拉面前，说："我说刘拉，准备好了吗，大伯这就送你回省城！"

准备什么？眼下的刘拉已是一无所有。不过，她还是高兴地冲胡大牙笑了笑："大伯，谢谢你！"

董翠花也在一旁插话："好妹子，谢什么呀，到了省城可别忘了给大伯大妈捎个信回来！"

"大妈！"刘拉鼻子一酸，扑在董翠花怀里，失声痛哭。

董翠花搂抱着这个美丽的姑娘，总觉得自己做了什么伤天害理的事，胖乎乎的脸上一阵白，一阵红。

董翠花狠狠瞪了丈夫一眼，她不满丈夫的所作所为。但是，当着女孩的面又不便说破，只好悻悻而去。

而胡大牙则把心一横，反倒心安理得起来。因为，这些年来，他以沿村串寨卖豆腐为幌子，参与了不少拐卖人口的犯罪勾当，着实发了横财。

不过，这些事他一直都瞒着妻子。

十五

东山洼村坐落在玉皇山南山脚下，四面环山，山上松涛阵阵，滴青溢翠，一片旖旎风光。

胡大牙领着刘拉来到村东头，敲开了一户人家的院门。

这是一个不大的院落，三间正房，外加两间配房，屋顶盖的全是茅草，院墙是青石片垒起来的，给人一种回归自然的感觉。

开门的正是郝七，一个二十七八岁的青年：水蛇腰，身材三道弯，面如黑锅铁。三分像人，七分像鬼，走起路来一摇三摆，一阵风就能刮倒。还有些呆傻，嘿嘿地傻笑着。

"嘿嘿，原来是大脑袋胡大牙来了！"郝七冲着里屋喊道，"爹，娘，是胡大牙来了，还领着个小妞！"

六十多岁的郝有志夫妇走出院子，冲着儿子骂道："不许胡说，没有礼貌，快叫胡大伯！"

郝七回答："胡大伯你好！"

郝有志上下打量着刘拉，老脸笑成了一朵花儿。

刘拉好奇地打量着站在她面前的这个黑傻子，觉得一阵恶心。心想，这人咋长这样？世界上还有比这位更难看的人吗？

胡大牙把郝有志夫妇拉到一边，嘀咕了很长时间，才从屋里出来，并对郝七说："这妹子就交给你了，你一定要把她送到省城！"

刘拉看着满脸堆笑的胡大牙，觉得有点蹊跷，心里涌起一种不祥的预感。

胡大牙冲刘拉笑了笑："我还有生意，脱不开身，就让郝七带你去省城吧！"

说罢，胡大牙转身一溜烟地跑走了。

郝七把刘拉领进一间屋子里，随手上了一把象鼻子大锁——是刚买回来的。

"郝七，咱们何时去省城？"见黑傻子如此举动，刘拉心里直突突，胆怯地向墙角退去。

"去省城？别做梦了，你是我花五万元钱，从胡大牙手中买回来做老婆的！"郝七傻笑着，伸手就去拉正直打哆嗦的刘拉。

"啊？你……"刘拉惊恐地张大了嘴巴，被欺骗与被愚弄的感觉，令她暴怒至极。

"胡大牙，你不得好死！"她怒不可遏地吼叫着，这声音像沉雷一样滚动，传得很远很远。

委屈和绝望顷刻间从心底直往胸口翻涌，泪水像决堤的洪水，奔泻而出！

"嘿嘿，老婆，你哭什么呀！"郝七怔怔地看着刘拉，不知如何是好。

这天晚上，郝七端来一盆散发着扑鼻的香气，刚刚炖好的山鸡。

"老婆，吃山鸡喽，这山鸡可好吃了，保准你吃不够！"郝七拿着一双筷子递给刘拉。

一听到"老婆"这两个字，刘拉就气得嘴唇发紫。她牙齿咬得咯咯作响，心里冒出一股无法遏制的怒火，恨不得将他千刀万剐。她伸手端起那盆滚烫的山鸡汤，一下子扣在了郝七的头上。

"啊——"郝七被烫得尖叫，两手抱着头，直在地上打滚。

他的头上、脸上很快起了一个个水泡。

一连几天，郝七都不敢与刘拉见面。一日三餐，把饭菜送到刘拉面前，就像老鼠见了猫似的，转身就跑。

刘拉被关在一间屋子里，终日哭得伤心欲绝。

才出狼窝，又入虎穴。她整个人快要崩溃了。

这天，傻子郝七又来纠缠刘拉："嘿嘿，老婆，咱们上床睡觉吧！"

刘拉直气得整个五官都挪了位。"啪"的一巴掌，重重地打在郝七脸上。

郝七捂着被打得红肿发烫的脸："老婆，你怎么打人？"

"你再敢胡说！"刘拉挥拳又要去打。

郝七赶紧跪地求饶："别打了，别打了！那，我该叫你什么？"

"就叫我姑……姑奶奶！"

"姑奶奶。"郝七又傻笑起来，"明天，明天我还上山给你捉山鸡吃！"说着，郝七又摸着脑袋："不过，你可别再把山鸡汤扣在我的头上了！"

看到郝七这副傻相，刘拉"噗嗤"一声笑了。她凑近郝七的耳朵："喂，你放我走行不？到了省城，我天天给你炖红烧肉吃！"

听到"红烧肉"，郝七馋得直流口水："姑奶奶，你怎么知道我爱吃红烧肉？不过，我爹、我娘不让放你走呀！"

刘拉故意问："为什么？"

"放了你，我们家那五万元钱就没有了！"郝七说着，干脆蹲在了地上。

"郝七！"这时，郝有志老汉在呼唤儿子。

郝七来到爹的房间，对爹说："老头子，别人花钱买老婆，你怎么花钱给我弄个姑奶奶？"

"呸！"堂屋里，郝有志责骂着儿子，"你这浑小子，吃屎都赶不上热乎的！我这是哪辈子作了孽，生下你这么个浑小子！"

十六

平阳交大。

刘拉和陈挚突然失踪的消息，在该校传得沸沸扬扬。

校方领导先后派遣三个小分队四处寻找其下落，结果却失望而归。

对此，平阳警方立案调查。可是，6个多月过去了，调查仍无进展。

陈挚所在的宿舍里，胖子大牛端详着挂在墙壁上的陈挚的照片，叹息着说："你说咱们帅哥带着校花，究竟去了哪里？这小子真不够意思，把一个美女拐跑，竟不辞而别，也太不够哥们了！"

瘦高个苏哲放下正在搓洗的衣服，手上还带着肥皂泡沫，走了过来："喂，大牛，帅哥他们会不会出国旅游去啦？或者是私奔？"

大牛摆了摆手，说："陈挚可是咱们平阳交大的高才生。为游山玩水，他能舍得荒废学业？不可能，甭瞎猜了。"

这个胖子大牛也曾经对刘拉有点意思。他倾慕她的黑发飘逸，皮肤白皙，眉如月牙，还有那一对水灵灵的大眼睛。

但是，他只是自作多情。经过几次接触，人家对他却是冷漠拒绝。这使得大牛心生烦恼……

如今，丘比特的爱神之箭，居然射中了好友陈挚。这令胖子彻底死了心！

这时，苏哲神秘地对大牛说："我听说陈挚的父亲陈一民遭歹徒袭击，至今还住在医院里，如今，陈挚又突然失踪……"

大牛先是一怔，随后又不满地捅了苏哲一拳："你甭胡说八道了。你怎么知道是陈挚的父亲？"

苏哲一本正经地说："信不信由你。这个陈一民是平阳市华宇集团老总，著名企业家，乃是妇孺皆知啊！"

大牛当场呆住了。

平阳省立医院的一块硕大的草坪上，戴芳推着身着病号服，坐在轮椅上的陈一民。冬日的阳光为深绿色的冬青树披上一层金辉。

她的这个老同学久居上位的气质，让她敬畏。

此时，面色憔悴的戴芳正望着陈一民说："老陈，你知道，这些年来我是怎么熬过来的吗？"

戴芳说到这里，泪水像断了线的珠子，扑扑簌簌地往下滴落。

女儿的离家出走，使她的心一下子跌进谷底。这些日子，她的的确确是在极度郁闷的心境中度过的，整个人也像散了架似的。

"拉拉，我的女儿，你究竟在哪里？"戴芳常常在噩梦中惊醒。梦里，她心爱的女儿不是被凶猛的野兽吃掉，就是从高耸入云的大楼楼顶摔落下来。醒来时，浑身是汗。

作为母亲，牵挂女儿的感觉，那真是肝肠寸断，痛彻心扉！

坐在轮椅上的陈一民，也有同感。其实，生活中的陈一民，是一个感情细腻、极富温情的人。身为有着两万员工的上市企业负责人，终日疲于奔命。儿子长这么大，并没有获得他多少父爱。

他深感愧对儿子，愧对死去的妻子周雅琴。

此时，周雅琴的音容笑貌又浮现在他的眼前。浓而黑的眉毛下，眼睛很亮，鼻梁高高地隆起，唇边始终是温和成熟的笑容。

记忆中她总爱穿一件黑丝旗袍，一头乌发挽成了一个发髻盘在头上，只有一缕刘海垂在额前，使她的面庞显得更加白皙。尤其是她说话的声音异常婉转动听。

要是有雅琴在，那该多好。他想。

陈一民抹了一把挂在眼角上的泪花，无限感慨地说："戴芳，难道是咱们错了？如果早点把那个秘密告诉孩子……"

未等陈一民把话说完，戴芳就打断了他的话："不，就让它永远成为过去吧！"

十七

又逢中秋。

可这年的中秋节夜晚却没有月亮。秋雨淅淅沥沥，刘拉的心就像这秋风秋雨，一片凄凉。

刘拉在这个昏暗的破房子里已被关了半年之久。她终日茶饭不思，夜不能寐，在恐惧、屈辱和懊恼之中，度日如年！

半年来，她就像一只被关在笼子里的小鸟，完全失去了自由，再加上郝七每天晚上的纠缠，她真想一死了之。

可怜呐！原先那个天真活泼的小姑娘，脸上早已失去了花季少女的童真，成了一个憔悴沧桑的妇人。

刘拉在苦不堪言的日子里倍加思念自己的男友陈挚。昔日，他们像一对快乐的小鸟，飞到西，飞到东，形影不离。如今……

为此，多愁善感的她，常常坐在孤灯下，暗自垂泪。不知多少个晚上，她静静地躺在床上，满脑子都是他的影子，他成熟稳重的气质和朴素善良的品质，在她心里荡起阵阵涟漪。这是她生平第一次对异性产生了一种莫名的牵挂和眷恋。

"陈挚，你是死了，还是活着？是我害了你呀，如果我们不去那个该死的森林……"

刘拉只感到内心有愧于那个爱她爱得发疯的傻小子陈挚。如果还能平安地回到学校，如果还能再次见到陈挚，她一定会以真心相许，并且大声地对他说："陈挚，我——爱——你！"

如今，还有这个可能吗？

刘拉不甘心就这样自生自灭。她发誓，一定要活着逃出去！

这一天下午，寨子里读二年级女生胡妞妞，正扒着门缝窥视着被关在屋子里的刘拉。小姑娘圆圆的大眼睛里充满了好奇和茫然。

此地的山里人谁不晓得，傻子郝七讨了个美貌如天仙的老婆。就连孩子们也像看西洋镜似的，一有空就跑到郝七家，隔着门缝瞧瞧这个女人。

"姐姐，你怎么老是被关在屋子里，为什么不出来呀？"胡妞妞同情地望着刘拉。她不懂，这么个漂亮的姐姐为什么会被囚禁在屋子里。

刘拉看着这个纯真无邪的小姑娘，心里很是羡慕，便冲她笑了笑。

突然，刘拉的眼睛一亮，摆着手，让胡妞妞把耳朵对着门缝。

"妞妞，好妹妹，我出不去呀！他们把我锁在这里，你可怜我吗？"刘拉小声对她说着，忍不住又哭起来。

胡妞妞同情地点点头。

刘拉让她从书包里掏出纸笔，飞快地写了一张小纸条，团成一个小团，塞给妞妞："好妹妹，快送给你们的老师，千万保密！"

胡妞妞很小心地接过小纸团，藏在衣兜里，还四处张望一下，转身跑走了。

十八

第二天，八岁的胡妞妞吃过早饭，像个小小地下交通员，独自一人走在去学校的山路上。

今天，胡妞妞没有跟要好的同学结伴去学校。因为，她在执行一项神秘的任务。

只见她时不时地摸摸衣兜，翻过一座大山，又过了一个山沟，小跑着来到学校。

她带着满脸的汗水，敲开了班主任张志玲的办公室，把一个小纸团递给她，已累得说不出话来。

张志玲生得十分清秀，一双大眼睛在阳光下显得格外清澈。

"呵，怎么了胡妞妞？"张志玲接过小纸团，笑眯眯地看了小妞妞儿一眼。随即，打开了纸条，只见上面写着一行很漂亮的字：

"救救我，去公安局。"

张志玲皱了皱眉头，把胡妞妞拉到自己身边，不解地问："这是怎么回事？你快跟老师说说！"

胡姐姐急得涨红了脸，带着哭腔说："老师，救救她吧，那个姐姐整天被锁在屋子里，太可怜了！"

张志玲沉思片刻，觉得问题有些严重，便带着一脸的严肃，拉着胡姐姐走出学校，快步下山去了。

冷岔口子镇派出所。年轻的警官许栋才接待了张志玲和胡姐姐。

许栋才仔细看着张老师递过来的那个小纸团，思索了许久，他问小姐姐："你说那个大姐姐在郝七家里一直被关着？"

胡姐姐认真地回答："我每天放学回家，都去看看那个大姐姐。她被大铁锁锁在屋子里，还经常哭。"

许栋才听罢，觉得问题重大，不敢擅作主张。他掏出手机跟派出所所长通了电话："喂，是董所长吗？我是麻雀，请您务必来一趟！"

不大一会儿，所长董新风尘仆仆地走了过来。

许栋才把张老师她们前来报案的情况向所长详细叙述了一遍。

三十多岁的董新，满脸都是粗硬的络腮胡子茬，看起来沉稳干练。他默默地听着许栋才的汇报，眼睛一刻也没有离开张老师和胡姐姐的脸。他极力想从她们的脸上或表情上捕捉点什么。

这，也许是警察的职业习惯吧。

"这是一桩典型的拐卖人口案。最近，拐卖人口犯罪团伙在我们河东市一带十分猖獗。上级指示我们要认真进行排查，发现一个，查处一个！"董新狠狠地扔掉烟蒂，拍着胡姐姐的小脸蛋说："谢谢你，小姐姐，你提供的线索很重要！"

张老师和胡姐姐报了案，仿佛放下了千斤重担，终于松了一口气，带着笑意走出了派出所。

董新立即掏出手机，招呼四个年轻民警火速赶到派出所，然后开着警车，沿着盘山路直奔东山洼村寨。

警车在弯弯曲曲的山路上颠簸了两个多钟头，好不容易赶到东山洼。因通往村里的路高低不平，车子无法进村，只好停在村口。

所长董新带着干警们直扑郝七的家。

根据胡妞妞提供的线索，干警们果然发现一间配房的门上挂着一把象鼻子大锁，但是整个院子空无一人。

在村干部的帮助下，公安干警打开房门，逐间搜索，结果却一无所获。

董新等人觉得奇怪："难道胡妞妞提供的线索有误？"

"这不可能！"许栋才自信地说，"胡妞妞不可能谎报案情！"

"给我再搜！"董新懊恼地大口抽着烟，下达着命令。

又经过两个多小时的紧张折腾，还是连个人影也没见着。

董新若有所思地说："莫非，我们派出所里出了内鬼？"想到这里，董新不由得出了一身冷汗。

干警们一个个哭丧着脸，无功而返。

十九

东山洼村胡庆东的豆腐坊里。

胡大牙一手端着酒碗，另一只手拿着一块凉山芋正啃着。看他一副安然自得的样，嘴里居然哼起了京剧《沙家浜》中，杂牌军司令胡传魁的一句唱词："想当初，老子的队伍才开张。总共才有十来个人，七八条枪……"在他旁边的床铺上，摆放着一沓钞票。

胡大牙的妻子董翠花正在磨着豆腐。石磨在电动机的带动下，飞快地旋转着，机声隆隆。热锅里散发出浓烈的豆汁香气。

董翠花不满地白了丈夫一眼，说道："得，得，甭唱了。赶快下村卖豆腐去吧。今天的豆腐要是卖不出去，岂不全坏在咱们手里？"

胡大牙正在兴头上，岂肯罢休？他很不高兴地冲老婆骂道："老娘们家，懂个屁！"他又指着床铺上的钞票说："你好好瞧瞧，就凭你我起早贪黑卖豆腐，能赚回来这些钱吗？这叫马不吃夜草不肥，人不得外财不发！"

董翠花放下手里的竹筐，捶了捶后腰啐了他一口，说道："依我看，你这是成心作死！咱们安安分分做点生意，钱来得正道。你参与什么拐卖人口，早晚要下大狱。连老娘都天天跟着你提心吊胆！"

胡大牙把酒碗重重地往饭桌上一摔，溅出许多酒来。他冲老婆骂道："给我闭上你的乌鸦嘴！说不定，哪天我一不留神走了运，你董翠花还不得跟着我吃香的，喝辣的？"

正在这时，传来一阵敲门声。胡大牙慌了神，迅速把那钞票藏在棉被里。

"二舅在家吗？"话音刚落，一个身穿警服的小伙子风风火火地推开了外门。

一见到他，胡大牙就心生不快。这个在冷岙口子镇当民警的外甥王彪，一进他家的门就没什么好事。这混小子不是向他伸手要钱，就是来拿豆腐，白吃白喝。

"舅舅，要出门呀。"王彪笑嘻嘻地走到胡大牙跟前，很殷勤地掏出香烟，递给舅舅一支，自己也点燃了一支。

"小彪子，又来干什么？"胡大牙点着烟，很享受地深吸了一口。

王彪神神秘秘地说："二舅，你把郝七一家藏在哪儿了？"

"在南山莲花洞里。"胡大牙随口答道。

王彪得意地说："要不是我给你通风报信，恐怕你早就在派出所里蹲着了！"

胡大牙默不作声，暗自盘算王彪此来的目的。心想，我这个外甥长得仪表堂堂，可就是嗜好赌博。这些年，两人合伙那事（贩卖人口），没少赚钱，可这小子全给扔在赌场里了。为此，胡大牙曾狠狠用皮带揍了他一顿，可这小子是狗改不了吃屎。

王彪见舅舅不理自己，心里很是不满，但又装作没事地说："二舅，能不能再给上两个（钱）？"

胡大牙鼻子一哼，忽然把脸拉长了："小王八羔子，我就知道你小子来这里准没好事！前两天刚给你5000元，这么快就花光了？再说，你小子怎么能吃着自己碗里的，还要看着别人锅里的？咱们可是按五五分的成呀！"

王彪低着头，喃喃地说："自家人，何必那么认真？"

看着这张瞬间变得陌生和麻木的脸，胡大牙怒从心生："败家子呀，多大的家业都能让你赌光！我没钱，你爱找谁要找谁要！"

"你真的不给？"王彪横眉立目。

胡大牙也来劲了："不给！"

王彪冷笑着说："那好，你要有事，我可就不管了！"说罢拔腿就走。

胡大牙慌了神，赶紧拉着他的衣服："哎哎，小彪子，有话好好说嘛，还当真翻脸？"胡大牙心疼自己好不容易到手的钱，不愿往外掏，但又怕得罪这个当警察的王彪。没有办法，只得又从屋里拿出一沓钞票塞到外甥手里："别他娘的再赌了，好好过日子。积点钱，早早成个家吧，我和你舅妈也就省心了！"

王彪高兴地把钱装进兜里，又叮嘱说："二舅，还是收敛一下吧，别再往枪口上碰了。现在上级正在开展严厉打击拐卖人口犯罪专项行动，当心！我走了。"

王彪前脚刚走，郝有志老汉就进了胡家的门。

"要出门呀，胡大兄弟？"郝有志看见门口放着两筐豆腐。

刚刚送走牛皮糖一样的外甥王彪，又来了一个郝有志，胡大牙的鼻子都快气歪了："我说老郝头，你不在山洞里躲着，干吗跑出来了？你就不怕被人看见？"

郝有志全身是汗，拿着一只碗到水缸里舀了一碗冷水，咕咚咕咚喝了个痛快。然后用衣袖抹了一下嘴巴，哭丧着干巴的老脸说："胡大兄弟，还躲什么呀？这样作贼似的日子，我郝有志这辈子还从来就没过过！我今天就是来向你说明，这姑娘我不要了。强扭的瓜不甜，总不能整天把她关在屋子里过日子吧？五万块钱你退还给我们，你爱将她许给谁我们不管！"

"退还？"胡大牙火冒三丈，"如今生米已煮成熟饭。你说退就退？"

"什么生米煮成熟饭？"郝有志生怕那五万元血本无归，也强硬起来，"我儿子压根就没有碰过那姑娘一下。再说，我儿子呆头呆脑，能配得上人家吗？咱可不能干缺德事，害了人家姑娘啊！"

"呵？想退钱——没门！"胡大牙弯腰拿起扁担，挑起竹筐，就要出门卖豆腐。

郝有志伸手把他拦住："胡大牙，我今天就是向你讨个说法！"倔犟的郝有志也来了劲，干脆一屁股坐在门槛上，挡住了胡大牙的去路。

胡大牙瞪着一双发黄的小母狗眼，气得呼呼喘气："郝有志，你想怎么着？"

"我想怎么着？你就看着办吧！"郝有志索性把头一低，像根木桩似的杵在了门口。

此时，已无计可施的胡大牙，一时焦躁起来，只得在屋里来回踱步。突然，他眼前一亮，想起河东市火凤凰娱乐城正在此地招聘山妹子当服务员。

胡大牙狡诈地笑了……

二十

平阳交大。

这是一个星期天。

胖子大牛手拿一封信，飞快地跑回宿舍，一把抱住苏哲，高兴得蹦起来："黑熊，告诉你一个特大新闻，咱们陈挚飞回来了！"

"飞回来了？"正坐在电脑前与女朋友聊天的苏哲一怔，不相信地骂了一句："你小子净胡说八道，莫非你想他想疯了？"

大牛急了，把那封信甩给对方："还能骗你，我的哥们？"

"是真的？我还以为这小子只顾游山玩水，乐不思蜀，把咱们给忘了呢！"苏哲迅速撕开信封，目不转睛地看起来……

我日夜思念的大牛、黑熊：

你们好！没想到我还能活着给你们写这封信。请原谅我当初的不辞而别。

你们怎么也不会想象得到。当初，我和刘拉本想去山区散散心，却鬼使神差地钻进了野兽出没的原始森林里。历经磨难，怎么也走不出那个是非之地。无奈之下，我们靠吃森林里的野果充饥。哪知，我误吃野果而致食物中毒，昏倒在山洞里。幸亏得老中医孙传山和他的孙子相救，我才大难不死。但是，我的声带受损，无法开口说话，至今还在山区进行调治。

但，我不知道刘拉去了哪里，也许她还活着，也许……

祝好

你们的朋友：陈挚

二〇〇七年十二月十五日

读着陈挚的信，大牛和苏哲早已泣不成声了。对陈挚、刘拉的担心和思念，刺痛着他们的心。

第二天，两个年轻人早早登上了南去的火车。

斜阳残照，橘黄色的光洒满平阳南部山区，金灿灿地映着，耀人眼目。

山里人家的烟囱正冒着袅袅炊烟。

伴着落日的余晖，踏在蒿草枯萎的崎岖山路上，一脸风尘的胖子大牛，即兴吟诵起诗来：

> 枯藤老树昏鸦，
>
> 小桥流水人家，
>
> 古道西风瘦马。
>
> 夕阳西下，断肠人在天涯。

"呵，咱们的大文豪诗兴大发啦！"苏哲对胖子大牛略加嘲讽，接着又说，"此地山高水险，确实有点像唐朝诗人马致远笔下的地方，咱们帅哥和校花怎么会到此一游呢？"

在八角寨村老中医孙传山的茅舍里，已是掌灯时分。山里人以特有的豪放和诚挚，热情接待了两位来自省城的大学生。

在孙传山家养病的陈挚，见到了大学里的同窗好友，激动得干张着口，却说不出话来，一个劲地"啊，啊"不停。

大牛和苏哲拥抱着陈挚，喜极而泣。

陈挚一会儿拉着两位同学的手，一会儿又摸摸他们的脸，如在梦中。他手拿圆珠笔在纸上写道："大牛、黑熊，没想到我还能活着见到你们！"

陈挚又是一阵哽咽。

苏哲说道："你吉人自有天相。大难不死，必有后福。咱们学校还等你在大青会上拿长跑冠军呢！"

陈挚无奈地摇摇头，心里涌起难言的酸楚。他知道，那已是不可能的事了。

暗黄色的灯光下，大牛认真端详着陈挚：只见这位帅哥头上缠着长长的青纱，嘴巴周围都是毛茸茸的黑胡子，英俊的脸上多了几分成熟和沧桑。此时的他，完全变成了地道的山里人。

老中医孙传山抽了一口山里人自制的老旱烟，喷出一团浓浓的烟雾，清了清嗓子说："陈挚这孩子，是误吃了森林里的有毒野果而导致的失声。待我给他慢慢调治。请你们放心，他会重新开口说话的！"

这时，孙阳端过来一竹筐热气腾腾的山芋："快尝尝我们山里的特产！"

二十一

平阳省立医院骨外科高级病房里，刚刚做完治疗的陈一民，已是大汗淋淋。秘书刘兵递过来一条热毛巾。

陈一民接过毛巾擦着汗。他感到很疲惫，只要一想到华宇集团、失踪的孩子，以及自己眼下的身体，就被一种难以名状的烦躁和不安所困扰。

正在这时，胖子大牛、苏哲拎着一袋苹果推门来到病房里。刘兵迎上前去问："你们是？"

"我叫童大牛，"大牛自我介绍说，然后又指着苏哲，"他叫苏哲，我们都是陈挚的同学，也是好朋友！"

陈一民"哦"了一声，忙招呼着他们："快请坐！"

苏哲说："我们受陈挚的委托来看望您，好不容易才打听到陈伯伯住的医院病房。"

陈一民听完豁然来了精神，方才的疲惫和烦躁也一扫而光。"你们最近见过陈挚？"陈一民问。

大牛、苏哲点点头。

接下来，他们向陈一民讲述了陈挚在八角寨村孙传山老中医家里养病的经过和在森林里的遭遇。

陈一民异常激动地听着，嘴唇也不由自主地抽搐起来。泪水在眼眶里打转，他极力控制，不让它流出来。

他真渴望马上就能看到儿子，无尽的牵挂让他的心隐隐作痛。

十天后，陈一民坐车赶往平阳西部山区的八角寨村，去探望儿子。

黑色奔驰在崎岖的山路上颠簸不停，傍晚时分，终于到了风景宜人的八角寨村。老中医孙传山一家，热情地款待了陈一民。

见到父亲的那一刻，陈挚突然发现父亲似乎苍老了许多，再看到父亲的双腿，一下子扑过去抱住爸爸，泪如雨下。

此时的陈挚，多想叫一声爸爸呀，有千言万语要对父亲倾诉，无奈自己不能开口说话。他焦灼地捶胸顿足，干张着嘴巴，"啊，啊"地叫着，把脸紧紧贴在父亲的受伤的腿上。

看到这一幕，陈一民也再也无法控制自己的情绪，眼泪很快滴落下来。

站在一旁的孙传山老汉和孙阳，眼圈也红了。

陈一民关切地对儿子说："跟我回去吧，去省城大医院治疗，那里医疗条件好，也可让你早点康复。"

陈挚一听就急了。他头摇得像拨浪鼓，赶紧拿笔在纸上写道："老爸，我不能跟你回去。孙传山爷爷在治疗失声病人方面有独到之处。我还是在这里再治疗一段时间吧。在这里，我觉得很开心！"

孙阳也极力劝说："陈伯伯，我们八角寨山水秀美，没有污染，没有喧嚣。据研究发现，优美的自然环境，可让人体细胞活跃起来，能增强免疫力，更有助于病人康复。"

孙传山在一旁也捋着银髯说："我看，还是让孩子留下吧。用不了多久了，这孩子就能开口说话！"

孙阳又说："陈伯伯，我爷爷治疗失声疾病是专家。这么多年，经他治愈的病人，不计其数！"

陈一民相信了。他沉思一会儿，说："那好吧，就有劳传山大叔费心了，救命之恩终生难以报答！"

孙传山摆摆手，说："救死扶伤，乃是行医人的天职。不必太客气！"

陈一民招呼秘书刘兵，从一个黑色皮包里拿出几沓钞票递给孙传山说："大叔，这五万元钱难表敬意，就当是泉水之恩，滴水相报吧！"

孙传山连忙推脱："使不得，使不得！折煞老朽了！"

陈挚接过钱，硬塞到孙传山的手里，并在纸上写道："孙爷爷，这点钱，您老人家一定得收下！"

二十二

河东市公安局小型会议室里，座无虚席。公安局长唐天明正在主持召开各县区公安局长工作汇报会。唐天明声音洪亮而又严肃地说："自公安部开展严厉打击拐卖人口犯罪专项行动以来，我市已取得显著战绩。据初步统计，已捣毁犯罪团伙十二个，抓获犯罪嫌疑人四十五名，解救受害妇女五十五名。但是，根据群众举报，目前仍有少数犯罪嫌疑人逍遥法外。为此，我们一定要采取'拉网式'和'地毯式'的排查战术，决不能让这些犯罪嫌疑人再祸害百姓！"

正在这时，唐天明的手机响了。他停止讲话，拿起手机接听电话："喂，我是唐天明。什么？你是哪位？你……"唐天明正要问话，不料对方却挂了电话。唐天明顿时疑窦丛生，却只能耐着性子把会开完。

散会以后，各县区公安局长纷纷离去，唐天明叫住了清峰区公安局长陈卫国："陈局长，请留一下。"

陈卫国刚刚走到会议室门口，又折回身来，坐回原处。他从棕色文件包里掏出笔记本和笔，准备听这位眉毛很浓、挺着将军肚的老局长指示。

唐天明神情严肃地说："老陈啊，刚才我接到一个神秘的电话。有人举报，你们区冷岙口子镇有一个名叫胡庆东的农民曾经拐卖一个女大学生。如今，这个女大学生又流落到了火凤凰娱乐城。"

陈卫国惊讶地瞪大了眼睛。

夜幕下的河东市山城。

繁华的街道两旁，闪烁着光怪陆离的灯光，折射出江南山城特有的现代文明。

坐落在河东市西郊的火凤凰娱乐城，十分气派，在霓虹灯和装饰灯所散发的绚丽色彩的包裹下，更显得富丽堂皇。娱乐城里的包厢陈设豪华而时尚，棕黑色的菲律宾幕墙，全套的欧式家具，地上铺着纯羊毛红地毯，在白昼般的灯光下，熠熠生辉。

在这个集歌舞厅、桑拿浴、咖啡厅、酒吧于一体的活动场所里，客人很多。一个个包厢座无虚席，男男女女们或推杯换盏，或轻歌曼舞。

灯火通明的大厅里，能听见舞池里传出的悠扬婉转的乐曲。

火凤凰娱乐城总经理任志刚，是一个身材发福的中年人，无论高兴或恼怒，都是一副笑脸。

此时，任志刚正在接待一位西装革履、身材修长的中年男子，看样子像个商人。任志刚频频点着头："嘿嘿，欧阳老板在哪里发财？是第一次到我们火凤凰娱乐城吧？里面请，里面请！"

名叫欧阳清的老板，手里夹着正在燃烧的雪茄。他五官端正，仪表堂堂，高高的鼻梁上架着一副金丝眼镜，一身笔挺的西装，整个人显得高雅而庄重。他微笑着回答："我从深圳来到贵山城，做点服装生意，多蒙关照，多蒙关照！"

"原来是深圳来的财神爷！好说，好说。"任志刚随即招来一位漂亮的女员工："小红啊，找一个最漂亮的姑娘陪陪欧阳老板！"

小红笑容可掬地点着头："任总，要不，就刚来的那个带点野味的姑娘吧！"

任志刚："行啊，带点野味，岂不更好？"

小红领着欧阳清来到17号包间，冲他点点头，微笑着关上了房门。

房间里坐着一位年轻貌美的女子。她的脸上挂着几多忧伤，却不失半分优雅。她秀发飘逸，恍若花中牡丹般娇媚。

欧阳清扫了姑娘一眼，坐在她对面的沙发上，淡淡地问："你到这里坐台有多长时间了？"

哪知，对方一双漆黑的大眼睛里突然喷出愤怒的火焰。很显然，这个陌生男子的话，触动了她那根最隐蔽的神经。

倏地，她从衣服里拔出一把闪烁着寒光的水果刀，充满杀气地说："哼，姑奶奶是被拐卖到这里来的，宁死不坐台。你要敢碰我一下，我就死给你看！"

欧阳清皱了皱眉头，眼前这个靓丽女孩的弥天愤怒是那样的令人伤感和无助！

欧阳清微微一笑，冲她摆摆手："把刀放下吧，我不会碰你的！"

姑娘仍然是一脸戒备，心存狐疑。

欧阳清点燃一支雪茄，充满善意地笑道："不要害怕，我是个好人。你能告诉我，你是怎么被拐卖到这里来的吗？"

姑娘无助的泪水，让欧阳清起了怜香惜玉之心。

他的女儿甜甜，已经十五岁了。如果，她不幸落到这种地步……他不敢往下多想，后背不禁渗出了汗水。

欧阳清再次向对方望了一眼，只见姑娘的脸正痛苦地扭曲着！

墙壁上的豪华康巴丝时钟"滴滴答答"走得那么沉重，让人揪心。

接着，便是长时间的沉默。仿佛，屋子里的空气瞬间被抽空了。

她不吭声，他也不问，空气沉闷得几乎要爆炸。

姑娘开始抽泣起来，已经有很长时间没有人这样关心过自己了。

多少日子以来，她在心灵的挣扎中度日如年。她的情绪也日趋偏狭激烈。这种难言的痛楚，时时如毒蛇一样啃噬着她的心！

她是被逼迫到这里当坐台小姐的。在这之前，她接待了两个彪形大汉。那两个混蛋像猛兽一样向她扑了过来，她以死相争，极力反抗，用嘴把一个男人的耳朵咬伤。结果，两个男人都没有得逞。

为此，她被捆绑起来毒打一顿，直打得遍体鲜血淋淋。

眼前这个男人对她十分友善，也没有粗野的举动，这令她心生一丝慰藉。

望着姑娘那凄凉的表情、那惊恐而警惕的眼神，欧阳清的表情也凝重起来。

就这样，欧阳清在17号包间默默地度过了两个小时，究竟喝了几杯咖啡，他也记不清了。

离开房间时，欧阳清掏出两张百元钞票塞到姑娘手里，默不作声地走了。

欧阳清来到服务大厅，结了账，对热情有加的老板任志刚说："17号我包了……"

任志刚谦恭地点着头："那是，那是。我们火凤凰随时恭候欧阳老板的到来！"

　　看着欧阳清钻进黑色奔驰里，任志刚对身边的员工说："你们都给我听着，今后一定要尽力满足像欧阳清这样的财神的要求，不可怠慢！"

　　"是！"员工们毕恭毕敬地齐声回答。

　　第二天，欧阳清照样来到火凤凰娱乐城17号包间。他不急于开口，依然默默地喝着咖啡。

　　第三天，第四天，一切如故。

　　到了第五天，这个冷艳的女孩对这个脸上总是带着微笑的男子，不再进行防范，反而主动给他冲了一杯咖啡。

　　"谢谢！"欧阳清冲她点点头，"这回，你总该知道，我不是个坏男人吧！"

　　冷艳女孩没有回答，只坐在沙发上沉默不语。

　　这时，欧阳清呷了一口热咖啡，掏出一个精致的警官证递到女孩面前："该相信了吧，我是警察！"

　　冷艳女孩脸上露出诧异的表情。

　　欧阳清坦然地问："你不想知道，我为什么知道你被拐卖到火凤凰娱乐城吗？"

　　刘拉瞪圆了困惑的眼睛。

　　欧阳清严肃地说："在冷岔口子镇派出所里出了个内鬼王彪。由于他的通风报信，致使在东山洼解救你的计划落空。后来，我们接到一个神秘的电话，才知道了你的下落。我还告诉你，拐卖人口的犯罪嫌疑人胡大牙已被抓捕。"

　　刘拉的眸子里出现了少有的亮光。

　　欧阳清点燃一支雪茄，深深吸了一口，说："如果你打算让我解救你的话，就请把你知道的如实告诉我。"

　　听了他的话，女孩心里一动。一种久违的暖意，不由得从心底泛了起来。

她的脸色出现一阵阵变换，眼泪荡漾在眼眶里。

"大哥！"女孩"扑通"一声跪在欧阳清面前，"我叫刘拉，是平阳交大的学生……"

接下来，刘拉满怀激愤地向警官讲述了她和男同学陈挚，在森林里的遭遇以及自己被胡大牙拐卖给一个傻子郝七，最后又被卖到火凤凰娱乐城，被迫当坐台小姐的痛苦经历。

听完刘拉的倾诉，欧阳清义愤填膺。挥起拳头，重重地砸在茶几上，把杯子里的咖啡震了出来。

欧阳清站起身来，对刘拉说："幸亏你遇上了我，要不然……"他没有往下说。

刘拉知道，那将意味着什么。

随着警官的到来，她心里多了一丝阳光。

欧阳清掏出手机，轻声对着话筒："喂，王队，可以行动了！"

没过多长时间，17号包间的门被推开了，七八个便衣警察涌了进来。

其中一个五大三粗的警察，对其他人员介绍说："这位就是前来卧底侦查的欧阳清副队长，刚从武警部队转业，就被我挖过来了。"

五大三粗的警察名叫王晓振，是刑警队长。只见他果断地下达命令："我们已经做好布控，抓捕行动开始，一举端掉火凤凰娱乐城这个卖淫嫖娼的黑窝点！"

"是！"干警们鱼贯而出……

"别动！"

"老实点！"

火凤凰娱乐城乱成一团。老板任志刚像个泄了气的皮球，耷拉着脑袋，被两个警察扭着胳膊押上了警车。

这个卖淫窝点一举被捣毁。那些寻欢作乐的男男女女们，先前的傲气荡然无存，一个个变得像腌制的黄瓜，目光呆滞。

二十三

省城平阳市牡丹花园第 118 号。

这是 20 世纪 90 年代建起来的一片居民住宅区，白墙红瓦，建筑布局错落有致。

女孩刘拉在干警欧阳清的护送下，回到了自己的家。

当她推开那扇熟悉的大门时，眼泪夺眶而出。

家里没人，妈妈不在家。欧阳清便安慰刘拉一番，起身告辞了。

不多时，戴芳进了家门，手里拎着西红柿和芹菜。

"妈！"终于见到久别的亲人，刘拉一头扑进妈妈的怀里，戴芳也紧紧抱住女儿，母女俩抱头痛哭，任凭泪水淋湿对方的肩膀。

"我的女儿……"戴芳激动地呢喃着。

女儿离家出走，使本来就多愁善感的戴芳，更加孤独与忧伤，让她看起来比同龄人要老上很多。不到 50 岁的她，已是满头白发，没有了往昔红润俏丽的脸庞和明亮清澈的双眸，她早已心力交瘁。幸运的是，女儿毫发无损地回来了。

就在刘拉母女相聚后的第五天，刘家的门被推开了，陈挚用轮椅推着父亲陈一民进来了。

"拉拉，我的女儿，你总算回来了！"一脸憔悴的陈一民，老泪纵横地伸出双手，展示出要拥抱刘拉的姿态。

刘拉一下子被喊愣了。

"女儿？这，这又是从何说起呢？"刘拉被叫得目瞪口呆，嘴唇微微抖动着。

戴芳这才反应过来，忙拉着女儿的衣服催促着："拉拉，快过去叫爸爸呀！"

"爸爸？"刘拉更感到疑惑不解。她看了看妈妈，又望着眼前这个她曾经指使人"修理"过的仇人陈一民，大张着嘴巴。

戴芳擦着悲喜交集的泪水，说："拉拉，快去叫爸爸啊，他才是你的亲生父亲呢！"

戴芳又说："你所爱慕的陈挚，是你的双胞胎哥哥呀！二十一年前，你的亲生母亲周雅琴，在你们七个月大的时候，于一次空难中去世了。你爸爸工作繁忙，无法照顾你们两兄妹。正巧，我也不能生育，你父亲就把你交给我抚养。本来，我们两家都想固守这个秘密。谁能料到，会是这样的结局！"

刘拉不相信这是真的，清冷的面孔上充满了不可思议："不可能，不可能！你们合伙编故事来欺骗我！"

戴芳用手擦着女儿脸颊上的泪水，说道："当妈的还能欺骗自己的孩子？"

陈一民满脸的凝重，慈祥地望着女儿。

刘拉的脑袋忽然变大了。想不到她一向视为仇敌的陈一民，竟是自己的生身父亲。这也太荒唐了，荒唐得令人发指！

刘拉处于极度矛盾之中，她的心在颤抖。她难以接受这样的变化，但又深知妈妈肯定不会骗她。

"爸爸！"毕竟是血浓于水，刘拉扑倒在轮椅前，一头扎进父亲的怀里。

陈一民嘴唇翕动，却一个字也没有吐出来。

过了许久。刘拉又抱住患难与共的陈挚，惊喜地说："陈挚，不，哥哥，你真的还活着？"

她无法想象，昔日的情人陈挚，居然是她的亲哥哥！

陈挚那些炽热的举动，亲切的话语，无微不至的关怀，历历在目。想起这些，刘拉一时羞得脸上发烧、发红。

陈挚也是这样。当他被孙传山和孙阳送回家里，父亲陈一民把家里的秘密和盘托出，把儿子惊得发呆。过了好几天，他都不敢相信，那个令他心荡神驰的美丽女孩，竟然是他的亲妹妹。

人世间难免有些巧合，且偏偏让他赶上了。

"妹妹，我还活着，只是你……受苦了！"陈挚悲喜交加，抚摸着刘拉的乌发，千言万语，难以言表。

戴芳拉过陈挚，关切地说："孩子，你终于又能开口说话了！"

"阿姨！"从未享受过母爱的陈挚，见到戴芳有一种说不出的亲切。

刘拉向陈挚解释说："在山洞里，你病倒昏迷后，我想方设法走出了森林，本想请当地人前去救你。哪知，我被人拐卖……"说着说着，种种复杂的情感交织在一起，又哭了起来。

陈挚掏出纸巾帮妹妹擦着眼泪，安慰道："山里的老中医孙传山祖孙俩上山采药，发现松树上扎的粉红色纱巾，为了一探究竟才走进森林，是他的孙子孙阳把我背回家，精心为我医病，我才得以起死回生……"

刘拉叹息着说："我跟着那群猴子在森林里转悠，怕再次迷路，就多了个心眼，撕烂自己的上衣，每走十几步就在树上拴个布条作为路标，想着也许也能引起过往路人的注意。"

"妹妹，谢谢你的布条，我才能大难不死！"

陈一民无限感慨地说："你们兄妹大难不死，必有后福。现在好了，一家人总算团聚了！"

正在这时，门被推开了，走进四位警察，其中有一位是刑警队副队长欧阳清。

欧阳清无奈地摇着头，郑重地说："刘拉，你涉嫌故意伤害他人，被逮捕了。真没想到，咱们竟是这样的见面！"

话音刚落，一个女警察上前给刘拉戴上了冰冷的手铐。

戴芳的脑子一下子就炸了，她怔在那儿，说不出话来。

欧阳清又对陈挚说："还有你，也因涉嫌故意伤害他人被逮捕！"

这位憨厚的帅哥也被戴上了手铐。

面对这种场面，陈一民的脑子也是"嗡"的一声，就像马蜂炸了窝。

"天呐，怎么会是这样？"戴芳哽咽了半天，终于哭出声来。

陈一民看看女儿，又看看儿子，心里只有彻骨的痛。

刘拉扑在陈一民怀里，哭着说："爸爸，我就是伤害您的凶手！我是个罪人，您白生养女儿一场。本来，我准备过两天就去主动投案自首的，没想到……"

欧阳清长长地叹了一口气，脸上露出极为复杂的表情。他对这个漂亮女孩的一时所为和遭遇深感惋惜。

陈挚强装镇定地跪倒在爸爸面前，不知该说什么，泪水猝不及防间就连串地往下滚落……

顷刻间，一对儿女化作两柄尖刀，在陈一民心里刺出了最深的伤。

"苍天呐，我究竟作了什么孽，你为什么这样惩罚我？这是为什么？为——什——么？"陈一民那沙哑、悲凄的呼喊，在房间里回荡，"我陈一民是一个成功的企业家，却是一个失败的父亲！"陈一民表情痛苦地大笑着，笑得是那样瘆人，那样悲凉。

此时，陈一民已陷入癫狂。他感觉自己正处在狂暴的大海中央，飓风咆哮，巨浪滔天，自己随时都会沉入海底。

刘拉用戴着手铐的手，把妈妈推到爸爸的轮椅跟前，央求道："妈，爸，女儿只求你们一件事，您二老结婚好吗？"

"拉拉！"戴芳紧紧抱着女儿，频频点头应允，任凭泪水往下滴落……

刘拉因参与两起故意伤害他人被判处有期徒刑 8 年，陈挚也因故意伤害罪被判处有期徒刑 4 年……

陈一民和戴芳终于结为百年之好。

再后来，刘拉、陈挚因在服刑期间认罪态度好，改造积极，分别被减刑一年。

在他们服刑期间，同窗好友大牛、苏哲曾多次看望他们。

一天上午，傻子郝七拎着两只山鸡在父亲郝有志的陪伴下，来到监狱里看望刘拉。

郝七举着山鸡隔着铁窗对刘拉说："姑奶奶你看，我给你送山鸡来了！"

郝有志打了儿子一巴掌，骂道："浑小子，连句话也不会说！"

接着，郝老汉满脸赔笑地对刘拉说："姑娘，真是对不起，我们上了胡大牙的当了，才……才……咳……孩子，是我偷偷给河东市公安局长打的电话，告诉他们你被卖到火凤凰娱乐城的。"胡有志老泪纵横，面带愧疚。

……

兄妹俩出狱后，重新焕发出做人的勇气。刘拉在南方某地自己创办了一家小公司，陈挚被父亲安排在华宇科技工作。先前被安排在华宇科技的孙阳，成为陈挚的得力助手。

在陈一民 60 岁生日这天，他语重心长地对子女们说了一番极富哲理的话："爸爸不指望你们能多么的光彩照人，但希望你们能够找寻到一个属于自己的天空。一个人的辉煌和成功，在这茫茫众生中算什么呢？一粒沙子，一颗划破夜空的流星而已。但是，无论追求什么，一定要让自己清楚地意识到，自己存在的意义！"

刘拉、陈挚频频点头。

又见秋风起，拂过刘拉那娇好的面颊，她舒心地出了一口气。

因为，抖落时间的尘埃，他们将重新开始一段精彩的生活……

黄雀背后

一

1944 年夏天，八路军青牛山独立旅新编三团的训练场上，三个日本反战同盟会的成员山田百信、田中太郎和大平中一正在手把手指导战士们的白刃格斗术，拼刺刀比赛搞得热火朝天，喊杀声响彻山谷。

团长陈连杰倒背着手，走到一个战士身边："你叫什么名字？"

"报告团长，我叫紫茄子。"那个战士立正回答。

陈连杰皱皱眉头，又问另一个黑大个："你呢？"

"报告团长，我叫青豆角。"

"你呢？"

"西葫芦。"

"什么黄瓜、茄子的？逛菜市呐。"陈连杰不高兴了，扭头对政委高志法说，"乱弹琴。这都是什么名字？这要把花名册报上去，人家还以为我们要购买青菜呢！"

"哈哈哈！"

战士们都大笑起来。

陈连杰没有笑，仍然板着脸："这有啥可笑的？必须马上把名字给我改了。这是政委的事。"

高志法点头。

陈连杰又对这些新入伍的战士们说："你们要好好跟山田、大平他们学本领，我们平时多流汗，战时就会少流血。要想多杀鬼子，要想不被鬼子消灭，你就得拼命去练！"

"是！"张大勇回答。

山田百信向陈连杰行了个军礼说："陈团长，我有一个请求，不知能不能说。"

陈连杰问："山田，你有什么请求？"

山田说："当着我们日本人的面，你能不能少说'鬼子'这两个字，你一句一个鬼子，我们听着不舒服。"

陈连杰看了看山田，说："那，就叫小日本吧，也真是的，你还忌讳这些！"

山田百信站在一排新战士面前，手握三八大盖（三八式步枪），在做示范。他说："拼刺刀，首先要讲气势，以气势压倒对方。其要领是，一手握前护木，一手紧握枪托前段弯曲部位，枪托稍下垂在支撑腿的侧面，半斜向面向对手，刺刀尖略与眉平。这样，枪从斜上方到斜下方，正好护住颈、胸、腹要害，而刺刀一甩就可以突刺。总之，日式刺刀术大致可以分为：突刺、刺左、刺右、刺下，防左刺，防右刺和欺骗刺。要眼疾手快！大家听明白了吗？"

"听明白了！"新战士们齐声回答。

"那好，关键是练习，熟能生巧。"山田说。

陈连杰见山田百信刺刀技术精湛，示范认真，满意地点点头，心里说，日本反战同盟会的人还是不错的！

正在这时，侦察连二排排长费二楞气喘吁吁地跑步来到陈连杰跟前："报告团长，到庞堂炮楼侦察的二班战士苏满囤不幸被捕，并被鬼子杀害，鬼子还将其首级悬挂在炮楼示众！"

陈连杰一听便气炸了肺，脑袋开始发胀。"他奶奶的，小鬼子，老子今晚要讨还血债！"他马上转身对通信员万大鹏说，"通知部队，今天夜里去端鬼子的庞堂炮楼！"

"是！"万大鹏领命到各营下达通知去了。

人称"陈大胆"的新三团团长陈连杰，是个说话粗鲁，没有多少文化的工农干部。但论打仗，他可是一员虎将。当年，无论是红军三进遵义，还是四渡赤水，或在长征路上，面对国民党反动派的围追堵截，他总是率先请缨，打起仗来不要命，专啃硬骨头。因此，他深受八路军领导的赏识，送给他一个外号"陈大胆"。但是，此人的缺点也很突出——我行我素，独断专行。驴脾气一上来，谁的话也听不进去。为此，他没少挨旅长崔中华和政委孟扬等首长的骂。

新三团政委高志法刚从旅部回来，警卫员就告诉他，陈团长为给侦察战士报仇，立马要端掉庞堂鬼子炮楼。他连口水也没顾得上喝，就急忙找到团长陈连杰。见他正在擦拭左轮手枪，便着急地问："老陈，听说你打算去庞堂端掉鬼子的炮楼？"

陈连杰头也不抬，像是在自言自语："不就是一个炮楼吗？老子根本就没把这帮龟孙儿看在眼里。哼，他奶奶的，你杀死我一个战士，我干掉你们一百个，这叫以牙还牙！"

"老陈，这可不行。庞堂炮楼是非同一般的鬼子据点，那里是青牛山矿区通往沿海港口的交通要道，有重兵把守。再说，他们将我们战士的首级悬挂于城墙，一定是想激怒我们，正设下圈套，等待我们上钩呢。你这个行动岂不是正中鬼子下怀，干不得呀！"高志法还想再往下说，却被陈连杰不耐烦地给堵住了。

陈连杰连连摆手："行了，行了！我的高大政委，你还有完没完？什么圈套？什么下怀？论打仗，你得叫我一声老师。当年我打仗的时候，你说不定还在哪个山沟沟里趴着呢！咱两个可有分工，你把部队的生活管好，不叫战士们饿肚子就行了。军事上的事，我说了算，就这样定了！"

高志法见陈连杰如此固执己见，也有些恼火，不由得提高了嗓门："我建议立即取消这次行动，必须先请示旅部再做决定！"

陈连杰仍然坚持自己的意见："等什么请示，黄花菜早凉了。"

"老陈，你可不准乱来。目前，我们还没摸清庞堂炮楼有几门迫击炮、几挺重机枪、几挺轻机枪、多少兵力，必须先摸清敌情再作决断。"

陈连杰狠狠地瞪了他一眼，气哼哼地走了。

这就是一个说话干脆，吐口唾沫砸个坑的家伙。回到自己的房间，他将两把刚从鬼子那里缴获的手枪别在腰间，冲着门外大喊了一声："警卫员！"

警卫员朱德山闻声快步跑了进来："团长，有什么事？"

陈连杰一边系着武装带，一边头也不回地说："传我的命令，集合部队！"

"是！"

很快，部队全副武装，集合完毕。轻、重机枪摆放在机枪手前面，还有一门九二式70毫米步兵炮和一门九九式105毫米山炮。这些都是陈连杰和他的战友们从鬼子那里夺来的战利品，尤其那两门炮更是被陈连杰视为掌上明珠。

陈连杰站在整齐的队伍前，一个一个地审视着这些朝夕相处、摸爬滚打，熟悉得不能再熟悉的面孔，不住地点着头。他很满意，用他的话说，经他陈连杰训练出来的兵，没有一个孬种，个个都能冲锋陷阵，以一当十，有万夫之勇。

"同志们，今夜，我们去庞堂端鬼子的炮楼，有可能是一场大仗、恶仗。不把这些炮楼一个一个地拔掉，我们的青牛山就有可能被小日本挖空。青牛山是我们中国的青牛山呐。同志们，这是老祖宗留给我们的家业啊，哪能容忍小日本把我们的家业夺走？你们都给我听着，愿意当亡国奴的、怕死的，给老子滚出来！我陈连杰要的是有血性的人，我要的不是怕死鬼！"

陈连杰的话铿锵有力，慷慨激昂，在夜幕下的山谷里回荡。

这时，高志法匆匆向陈连杰跑来，他决心要阻止陈大胆这次鲁莽的行动，这是他作为政委的责任。不打无把握之仗，不打无准备之仗，这是毛主席的教诲。难道这个陈大胆全给抛到九霄云外了？当他看到队伍已经集合完毕，一股怒气直涌脑门："陈团长，且慢，知己知彼，方能百战不殆。我们还没有向旅部请示，也没有进行细致侦察和制订作战计划，你就这么带着部队去端鬼子的炮楼，这不是贸然送死吗？不行，我坚决反对这么做！"

"老子没闲工夫跟你扯淡！"陈连杰狠狠瞪了他一眼，便大声命令警卫员王兰贵和马金柱，"把政委给我捆起来，先关他两个小时禁闭！"

"你敢！"高志法怒目圆睁，欲拔手枪，但很快被王兰贵和马金柱把他的手枪下掉了，并将他五花大绑。

"你们放开我，浑蛋！快放开老子！"高志法怒吼。

警卫员王兰贵怯生生地说："政委，你不要怪我们，我们是在执行命令啊！"

陈连杰来到高志法跟前，嘿嘿一笑，拍拍他的肩膀说："老伙计，我也没办法，这是你给逼的。等我把鬼子的炮楼给端了，你爱咋地咋地。撤职、法办、掉脑袋，由我顶着。你先委屈两个小时！"

"出发！"陈连杰把手一挥，骑上他的枣红战马，一溜烟似的消失在漆黑的夜幕之中。

然而，一张大网正悄然向他们张开。陈连杰的部队此去庞堂，无疑是深入龙潭虎穴。

就在陈连杰的队伍出发不久，日军松本师团师团长松本一郎就收到了情报。站在青牛山防御阵地的沙盘跟前，松本一郎从内心发出一阵阵奸笑："哈哈哈！这个陈大胆终于上钩了。中国有句俗话叫螳螂捕蝉，黄雀在后！这回，他入了我的圈套，就是长双翅膀，也难逃出我的手心！哈哈哈！"

独眼龙福田淳一也得意忘形地附和说："陈连杰就是个有勇无谋之辈，就他们那几条破枪，还想来端掉我们的炮楼。嘿嘿，殊不知，我们有两万多兵力正等着他们呢。"

皇协军李半斤也赶忙拍着马屁："蚍蜉撼树，不自量力啊！"

松本一郎对李半斤说："李司令，用你们中国人的话说，这叫姜太公钓鱼，愿者上钩，有什么法子呢！"然后，他摸了摸那一撮卫生胡，煞有介事地说："我命令，待陈连杰进入我们的包围圈之后，李司令的部队从左翼攻击，要狠狠地给我打，死死地拖住他！"

"是，我要打得他们个个哭爹叫娘！"李半斤像是胸有成竹，得意地回答。

"山本纠夫大佐！"松本一郎极其严肃地命令道，"你的部队一部从右翼攻击，另一部则截断陈连杰的退路。然后，把口袋给我扎紧，全部吃掉他！"

"嗨！"山本纠夫领命而去。

福田淳一见屋里的人一个个地都领命走开，不觉慌了神，心里很不痛快。暗自思忖，别人都能委以重任，怎么没有自己的份儿？松本这是看不起我！福田越想越生气，来到松本跟前，一个立正，问："将军，我呢？"

松本一郎看了看这个独眼龙，说："陪着我欣赏庞堂一带的夜景吧，今晚的焰火一定很美！"

福田淳一一愣，随即装作恍然大悟似的，也跟着心花怒放起来。

从济阴山到庞堂，其实并不太远，只有八十多里山路，如果抄近路，还可再近一些。经过三个半小时的急行军，陈连杰带领部队在距离庞堂三里路程的凹山驻扎下来，隐蔽在附近的青纱帐和草丛里。

农历七月的天气，酷暑难当。又经过几个小时的急行军，战士们已是大汗淋漓。身上的衣服全被汗水湿透。天气闷热得让人烦躁不安，再加上蚊虫叮咬，使得战士们难以忍受，不得不掰掉身边的玉米叶和蒿草驱赶着蚊虫。一匹匹战马，身上流淌着汗水，喘着粗气，不停地摇头摆尾，驱赶着那些讨厌的蚊虫。

陈连杰观察了一下地形，他想抽支烟平定一下心气。可刚刚掏出烟，正想划着火柴，却马上停住了，暗暗骂自己："真混，这不是故意把自己暴露给敌人吗？"

副团长赵东林凑了过来，心神不宁地小声说："老陈，我的眼皮直跳。我有一种不祥的感觉，怕是有诈。不然，咋会这么静呢？不是好兆头。"

陈连杰不耐烦地用鼻子哼了一声，骂道："你这个时候可别动摇军心，能有什么诈？这会儿，炮楼上的鬼子正做美梦呢！通知部队，火速靠近鬼子炮楼！"

高志法被陈连杰关了禁闭，急得七窍生烟。部队刚刚出发，他就急切对战士朱满仓说："朱满仓，我命令你给我开门！"

朱满仓望着门上的大锁，怯生生地说："政委，我不敢，团长怪罪下来……"

高志法压了压心里的火气，说："有我呢，你怕什么？"

"是！"朱满仓答应着，从衣袋里拿出钥匙，把门打开。

高志法立即操起话筒，把济阴山的军事行动报告给了旅部。

崔中华气得不停地用拳头砸着桌案："陈连杰简直是草寇。一头蠢猪，不知道自己吃几碗干饭！"他当即做出决定，增援陈连杰。随后，旅部作战命令下达："部队紧急集合，火速挺进庞堂！"

政委孟扬表示完全同意，并且十分担心地说："如果去晚了，恐怕是陈连杰的新三团就全给报销了！"

说话间，一个女机要员手拿一张电文跑来报告："二位首长，一号首长急电！"

崔中华大惊，急忙接过电报，迅速浏览一遍，随即如释重负地出了一口气，又把电报递给孟扬。

孟扬看后说："多亏我们这位在敌人内部的同志，冒着生命危险，把情报传了出来，也多亏一号首长的果断指挥！"

崔、孟说的一号首长，是八路军的军区司令员。接到夜莺同志的电报，正患病发着高烧的司令员，让警卫员把他从床上扶起来，十分着急地说："这个陈连杰简直是胡来，搞不清敌情，就敢去端鬼子的炮楼。一个建制团呐，让鬼子给包了饺子，这不白白送死吗！"随即，他对作战参谋说："传我的命令：一、命令东湖军分区司令员张增峰、观音山游击支队司令员邓德彦，第七旅旅长黄三权火速增援；二、命令青牛山独立旅崔中华全力营救！三、这次攻坚打援反包围战由第七旅旅长黄三权指挥，狠狠挫伤一下鹤城一带日伪军的锐气！"

作战参谋拟好电文，让司令员审阅并签字，匆匆离去。

待作战参谋走后，司令员又躺回床上，对警卫员小顺说："去，给我拿一支烟。"

小顺快要急哭了："首长，你都病成这样，还能抽烟？我不去！"说着，把脸扭到一边，直抹眼泪。

"快去！"司令员黑着脸，不怒自威。

小顺子知道拗不过首长，更了解他的脾气。司令员平时并不抽烟，不过，每次要打大仗、恶仗，或思考重大问题时，他总要点燃一支烟，时不时抽上几口。

陈连杰的部队刚刚向前推进二里多山路。骤然间，在他们的周围枪声大作，一发发炮弹划破夜空，轰鸣着飞向八路军阵地。

陈连杰的脑袋嗡的一声突然大了起来。他万万没有料到，鬼子果然有埋伏，并张起大网正等着自己往里钻呢。他打了一个冷战，后悔没听政委高志法的劝阻。事到如今，只能横下一条心，横竖不就是个死吗？跟鬼子拼了！

陈连杰大声命令战士们："快散开，隐蔽，卧倒！"好在凹山地形对陈连杰他们十分有利，有几个大小不等的山洞，可供部队隐蔽。

陈连杰骂道："松本老鬼也是一头笨猪，居然把这么有利的地形让给我们！"

一时间，山摇地动，草丛里的野兔、山鸡，树上栖息的小鸟和猫头鹰在炮火中像无头苍蝇一样乱蹿，有的被弹片炸死，抛向空中，有的折了翅膀，摔落在草丛里。

十几分钟的激烈炮火过后，凹山变成了一片焦土，却没有伤着战士们的一根毫毛。炮火停止，战士们从山洞里出来，利用有利地形抢挖掩体，构筑工事，准备迎接更为残酷的战斗。

在鬼子的前沿指挥所里，松本、福田等人以为这么一阵猛烈的炮火，已经把八路军的有生力量消灭得差不多了，一个个喜上眉梢。松本更指示福田朝八路军阵地喊话。

鬼子阵地的攻击停了下来，前方传来独眼龙福田淳一的声音："陈连杰团长，你们目前处在皇军的重重包围之中，已是四面楚歌。抵抗是没有用的，只能是死路一条。我劝你们还是投降吧，这是你们生存的唯一出路！皇军给你五分钟的考虑时间，你可要三思啊！"

躲在青纱帐里的陈连杰，狠狠地抹了一把脸上的汗水，又狠狠地甩了一下。他招呼着副团长赵东林说："老赵，看来我们是凶多吉少了。你快带一、四营突围出去，一定要活着给我把弟兄们带出去。这里由我带领二、三营和特务连、炮兵连顶着。"

赵东林一听，急忙摆手："团长，不行，我留在这里跟鬼子周旋，你带队突围！"

"我是团长，危急关头，我不先死谁先死？快！晚了就来不及了。记住，我要是光荣了，清明节别忘了给我送包烟抽抽。"

赵东林忍不住呜咽起来，使劲地点着头，果断地钻出了青纱帐。

很快，陈连杰的部队的左翼枪声大作，赵东林带领一、四营开始突围，与李半斤的皇协军交火。

陈连杰来到炮兵连，摸着九二式步兵炮，爱不释手，说："兄弟，今天就看你的了！"

新三团的干部战士都知道陈连杰有三件宝：马克沁、步兵炮、一把左轮别当腰。九二式步兵炮是1943年春天，他领着部队端掉刘家沟鬼子炮楼时夺得的。这种炮具有"一寸短，一寸险"的特点。口径70毫米，炮全长2.745米，炮高0.62米，而且带防盾，高低射角可达80度以上，最大射程为2788米，是日本大坂陆军兵工厂和名古屋陆军兵工厂共同研制的，可以说是理想的步兵营支援武器。它非常适合在复杂地形上使用，它全重量只有0.212吨，车拉、马驮、人抬均可。九二式步兵炮，曲射可以当榴弹炮使用，平射又能当加农炮使用，仰射还可以当迫击炮使用，是非常快捷有效的摧毁性武器。

陈连杰的第二件宝是马克沁重机枪，又称赛电枪，是全自动式机枪。口径为11.43毫米，水冷式枪管，射速每分钟600发，可连续射击几个小时，是英籍美国人海勒姆·史蒂文斯·马克沁于1883年发明的，故以他的名字命名。这挺机枪是1944年豫东战场上，陈连杰从一个国民党军队的营长张克冒手中得到的。那时，国民党第一战区面对日军的强势进攻,完全处于大崩溃状态。暂编第 25 师在溃退途中,营长张克冒险些丧命,是陈连杰带领八路军增援,救了他一命。为报答陈连杰的救命之恩,张克冒将一支心爱的左轮手枪赠送给他,可陈连杰并不满足,说:"把你们那挺马克沁重机枪借给我使用一个月如何?"

张克冒哭笑不得。面对恩人相求,又不便拒绝,只得答应下来。这一借,也就归还无期了。

陈连杰涨红了脸,怒目圆睁,像一头被逼急了的野兽,正在那里伺机反扑。他命令炮手曹小明:"给我朝鬼子喊话的地方轰他一炮!那里很可能是松本老鬼的指挥部。轰,轰,给我炸死这些小鬼子!"

"是!"曹小明早已把炮弹塞进炮膛,就等团长下达命令。只见他粗略计算了一下正前方的目标距离。"轰"的一声巨响,炮弹带着一条火龙,呼啸着向鬼子阵地飞去。

陈连杰猜得不错,炮弹攻击的目标,正是松本一郎的指挥部。炮弹爆炸,卷起一股裹着泥沙的巨浪,将松本等人掀翻在地。福田淳一赶紧将松本压倒在地,并用自己的身体掩护着他。

过了片刻,松本爬了起来,抖了抖身上的尘土,气得浑身哆嗦,脸色发紫,牙齿咬得咯咯响,从牙缝里蹦出一句:"陈连杰!把他的阵地给我炸平,我要凹山变成焦土,寸草不留的焦土!"

霎时,鬼子所有的炮火一齐向陈连杰的阵地倾泻而来。一团团裹着泥沙碎石的气浪,无情地肆虐着凹山。许多战士被气浪抛向空中,又重重地落了下来。一些战士的手臂和腿被抛到空中,挂在树枝上。受伤的战士或抱着血肉模糊的脑袋,或在地上打着滚,痛苦地呻吟着。

一番狂轰滥炸之后,炮火终于停了下来。

陈连杰趴在战壕里,被泥沙厚厚地掩盖了一层,他的耳朵嗡嗡直响。警卫员胡大海抖抖身上的尘土,把陈连杰拉起来大声说:"团长,你没事吧?"

此时的陈连杰像个泥人。他龇着牙，嘿嘿一笑，说："鬼子的炮火真够猛的！这回，轮到咱们了！"说着，他猫着腰，沿着战壕察看了一下部队的伤亡情况。二营长韩礼断了一只胳膊，浑身是血。他痛苦地说："团长，部队伤亡惨重，我们营有 44 名同志牺牲了！"说到这里韩礼难过得哭了起来。

陈连杰慢慢地脱下军帽，心情沉重。他又问："一营怎么样？"

一营长游德高的头上也挂了彩，满脸是血。他手提盒子枪走过来说："报告团长，我们营伤 38 人，亡 27 名。"

陈连杰铁青着脸端详着一个个战士，只见他们有的身上扎着绷带，有的血肉模糊，有的身上的衣服被烧焦。但是，从他们的眼神中，找不出丝毫的畏惧和沮丧。相反，他们也用坚定的眼神注视着自己的团长。几百双坚定的眼神聚在一起，形成一种坚定的力量，那就是要顽强地战斗下去！

陈连杰一拍脑门，忽然想起什么来，大声叫了几个神枪手的名字："曹明刚！"

"到！"

"胡三！"

"到！"

"牛月光！"

"到！"

……

一会儿，陈连杰叫出了十几名神枪手，并下达命令："你们几个给我听着，你们的主要任务：第一，专打拿指挥刀的鬼子，这些鬼子都是指挥官，这叫擒贼先擒王，懂吗？第二，专打鬼子机枪手和炮兵……"陈连杰正说着，借着一阵阵探照灯的亮光，他发现鬼子像蝗虫似的正朝八路军阵地扑来。

鬼子刚进入三八大盖有效射程，陈连杰喊了一声"打"！战壕里的战士们同时扣动了扳机。步枪、机枪、迫击炮喷出仇恨的火焰，一齐射向了扑过来的鬼子，前边的鬼子倒下了，后面的又扑了上来。

神枪手们这时发挥了特有的作用。只见几个挥着指挥刀的鬼子应声倒地，七八挺轻重机枪瞬间变成了哑巴。一时间，鬼子像潮水似的退了回去。

八路军青牛山独立旅正在急行军的路上，报务员紧握报话筒，急促地呼叫："济荫山，济荫山，我是青牛，我是青牛，听到请回答！"报务员呼叫了半天，对方还是没有回话。为此，他沮丧地对崔中华说："旅长，还是没有联系上！"

崔中华阴沉着脸，从地上拔了一根草放在嘴里，沉思片刻，说："继续联系，无论如何也要给我联系上！"

崔中华上了战马，走在队伍最前面。战士们背着各种弹药武器，全副武装急促地在山路上奔跑着。深夜，大地都已进入沉睡，唯有这支队伍在火速运动，战士们的脚步声和马蹄声交织在一起，发出很有节奏的响动声。

天气闷热得让人喘不过气来，不少战士干脆脱掉衣服，扛着枪炮奔跑起来。

"旅长，旅长，联系上了！"报务员骑着战马追了上来，把话筒递给崔中华。

崔中华手拿话筒："济荫山，我命令你部立即组织突围，立即突围，我正在增援，我正在增援！"

陈连杰抹了下脸上黏糊糊的东西，也不知是血还是泥，大声回答："是！"

放下话筒，崔中华怒气更盛，说："狗日的陈大胆，我要枪毙他二十次！"

桃花屿，赵东林的突围部队与李半斤的皇协军展开了激烈的战斗。桃花屿山高坡陡，战士们在密集的炮火之中，快速攀山越岭。皇协军司令李半斤拿着话筒，大声诉苦："松本将军，八路火力强大，我们顶不住了，请求增援！"

松本指挥部，松本一郎几乎带着哭腔说："李司令，无论如何，你要坚决顶住。我的部队正与八路军主力顽强战斗，我的压力也很大，你只有前进，决不能后退！"

松本一郎还没把话说完，福田淳一匆匆来到指挥部，打断了他的话："将军阁下，在我们部队外围，发现大批八路军主力部队！"

"什么？"松本诧异地看了看福田一眼，眼珠子瞪得溜圆，嘴巴张得好大，眉头也皱起来，连头发都抖动起来了。他定神一听，果然，在他的周围响起密集的枪炮声。

福田惊问："将军，你不是说，螳螂捕蝉，黄雀在后吗？我们背后，怎么还有黄雀？"

"黄雀后边出现了山鹰！高，实在高明啊！"松本终于明白了过来，这是包围和反包围啊。

在凹山西南侧，一个八路军指挥员手握话筒，正在向他的炮兵营下达着命令："袁营长吗？"此人正是八路军观音山游击支队司令员邓德彦。他长得很高大，往那一站，就像半垛城墙竖在那里。

对方话筒传来的声音："司令员，我是袁晨。"

邓德彦大声说道："袁晨，立刻给我开炮，给我狠狠轰炸松本老鬼的屁股！你轰得越猛，我们的兄弟部队陈连杰他们才能减轻压力，才有生的希望！"

"是！但是，"袁晨犹豫了一下，"司令员，我们把家底全搬来了，才一百五十多发炮弹呀。"

"这不用担心，我让崔中华给你补上三百发，外加五门大炮。我去缠着他，放心吧！"

"是！"

山本纠夫大佐正挥舞着军刀，命令士兵："给我冲，不顾一切地冲，抓住八路团长，重重有赏！"

鬼子们猫着腰，一边射击，一边如潮水似的向凹山逼近。

可他们万万没有料到，在他们屁股后边骤然响起了密集的炮火声。一个个火团在鬼子堆里开了花，鬼子们有的抱头鼠窜，有的鬼哭狼嚎，当场死伤了一大片，活着的鬼子纷纷从阵地上撤了下来。

看到眼前的这一幕，山本纠夫顿时目瞪口呆，过了好久，才大吼道："这是怎么回事？难道说，八路主力是从天上掉下来的？"

在凹山东侧，第七旅一个建制旅、东湖军分区两个正规团和八个县大队地方武装，共一万四千余兵力，同安藤固野的旅团交上了火。

黄三权的大刀连与张增峰的大刀队共五百勇士跟小鬼子展开了肉搏战。他们胳膊上都系着白毛巾，抡起大刀向鬼子们头上砍去。

鬼子们被突然出现的大刀队给杀蒙了。搞不清是敌是友，立时死的死，伤的伤。阵地上死尸东倒西歪，血流成河。

"报告！"一个日本士兵慌慌张张地跑来报告，"将——将军，我们——我们的大本营着火了！"

"着火？谁放的火？"松本怒火冲天。

这个面目狰狞的师团长像疯了一样，看谁都不顺眼，把军刀一挥："八嘎，滚，统统地滚开！"

二

在桃花屿附近的一片开阔地上，已突破日军重围的陈连杰、赵东林和他们的战友们，排队站立。只见他们一个个血肉模糊，衣衫褴褛，遍体鳞伤。

旅长崔中华表情凝重地在队伍面前，来回移动着脚步。此时此刻，他的心情格外沉重。他仔细检查着这些战士们的伤势，抚摸着他们的额头，擦去他们眼角的尘土和泪痕。他什么也没说——多么好的战士啊，他们连死都不怕，还有什么战胜不了的？只有这些敢于牺牲奉献的人，才是我们这个民族的脊梁，也只有他们，才是打败一切侵略者的中坚力量！

想到这里，崔中华饱含深情地向他们行了一个标准的军礼！

"陈连杰！"猛地，崔中华厉声喝道，"你给我出列！"

"是！"身上多处挂彩的陈连杰忍着伤口带来的剧痛，踉跄着走出队列。他脸色苍白，低着头，也早已做好准备：撤职、关禁闭、杀头。他倒不怕死，死怕什么？脑袋掉了碗大的疤。二十年后，咱爷们还是一条有血性的汉子，照样打鬼子。他感到剜心般疼痛的是，在这次攻打庞堂炮楼的战斗中，由于自己的鲁莽、草率，导致二百多名战友壮烈牺牲。他们个个都是血肉之躯啊，一个个鲜活的面容，在从济荫山出发的路上，还个个精神抖擞、活蹦乱跳，如今……如今却长眠于九泉之下。

崔中华脸色铁青说："陈连杰，都怪我当初瞎了眼，怎么会拿你这头笨猪当人才使用？知己知彼，百战不殆。一个指挥员，连这最起码的作战章法都不懂，你还配得上是一个指挥员吗？二百多条生命呐！"

崔中华说到这里，再也说不下去了，挺坚强的男人，竟失声痛哭起来。

在场的所有人全被感染了，都忍不住小声抽泣起来。

崔中华抹了一把眼泪，招呼两个警卫员："把他的枪给我下掉，先关他一个月的禁闭，听候处置！"

两个警卫员跑过来，迅速下掉陈连杰身上的两把手枪，将他带了出去。

"报告！"一个十四五岁的小战士跑到崔中华面前，"旅长，观音山游击支队司令员邓德彦、东湖军分区司令员张增峰和第七旅旅长黄三权到了！"

话音刚落，邓、张、黄三位首长已各骑战马来到崔中华面前。邓德彦一米八几的个头，像个黑铁塔，说起话来也是粗声粗气："老崔，我和黄旅长这回帮了你的忙，你小子该怎样犒劳我们啊？"

崔中华抬头一看，认识。他记得，红军长征时，他们三个都是中央红军同一个团的战士，自然混得很熟。不过，眼下有一点他不太明白，他们几个怎么会突然出现在这里？他连忙问道："真是山不转水转呐，老黄、老邓，有两年没见了吧，你们两个莫非从天而降？"

黄三权爽朗大笑起来："哈哈哈！崔中华，你以为你是在孤军奋战吗？"

邓德彦说："老崔呀，我们也是奉军区司令员的命令，昼夜兼程赶来增援呐！"

崔中华全明白了，也开心地笑起来，说："老战友，我请三位到我的青牛山一叙怎么样，牛肉大饼、猪头肉、老烧酒管够，你们使劲造！"

孟扬走过来，笑着自我介绍："三位老大哥，咱们认识一下，我叫孟扬，孟子的孟，扬鞭催马的扬！"

崔中华赶紧介绍："这是我们的政委，一个大秀才。"他又指了指邓、黄、张三人："我红军时期的老战友，邓德彦、黄三权、张增峰！"

孟扬十分感激地拉住黄、邓、张三人的手说："幸亏你们三位来得及时。要不然，陈连杰他们还不得全给报销了！"

黄三权说："松本一郎本来想来个螳螂捕蝉，黄雀在后，可他没有想到，黄雀背后还有黄雀！"

邓德彦打断他的话："确切地说，是猎豹，再加上松本大本营起了一把火，迫使他不得不撤退！"

崔中华无不感慨地说："像今晚这样的战例，恐怕以后很难再遇到了吧。"

鹤城日军大本营，一场突如其来的神秘大火，烧得日军营房和帐篷一片狼藉，黑云般的浓烟腾空而起，熊熊大火映红了鹤城的天空，仿佛要把天空的云彩全都烧化。

松本一郎手拄着指挥刀，呆呆地望着这场大火，脸上流露出绝望的表情。看了一会儿，那对充满血丝的眼睛里，突然射出两道凶光。他阴森着脸来到指挥部里，用极其复杂的眼神盯着李半斤："李司令，你帮我分析一下：第一，我们背后为什么会突然出现八路军主力？今天夜里的行动可是绝对的保密，究竟是谁透露出去的呢？第二，又是谁突然放了这一场大火？难道这些都是巧合？"

李半斤沉思许久，才说："我也闹不明白，怎么那么巧。"

松本一郎见李半斤这么回答，显得十分不满，这跟没说差不多，很是不悦地瞪了他一眼。他又把脸转向福田淳一："福田君，你对此有何感想？"

戴着墨镜的独眼龙福田淳一，似乎早有思想准备。他突然一个立正姿势，肯定地说："将军阁下，卑职认为，我们的行动，一定是走漏了风声。还有这场大火……分明是有内鬼在配合八路军行动！"

此时的松本十分光火。他那一对三角眼在每个人的脸上扫来扫去。他觉得谁都像内鬼，又一个一个被否定。他越想越后怕，额头上的汗珠不停地渗了出来。

这时，独眼龙福田淳一忽然想起什么来，神色紧张地说："将军，有个情况，我差点给忘了。有人发现，两天前，机要科长中村雄二夜里出过鹤城。"松本一郎像得到什么重大发现一样，心情一下子紧张起来，也一下子来了精神，说："中村雄二？他夜里出城干什么？"

李半斤摇着头，不相信地插了一句："皇军队伍中个别人夜里出城是常有的事。他们无外乎是到附近村庄找点吃的，解解馋。再不然，就是找个女人什么的。"

见李半斤这么说，松本一郎顿时有些失望。说实话，这些年来，中村雄二一直在他身边工作，他的敬业精神和对皇军的忠诚都是毋庸置疑的，莫非他变了？或者还有什么他不知道的情况。

"将军，卑职认为，有必要把中村雄二带到这里问一问，以防万一！"福田淳一打断了松本的思绪。

松本一郎又坐回到太师椅上，把手一摆："带中村雄二过来。"

有一支烟的工夫，中村雄二被卫兵带到指挥部里。

"报告松本将军，您找我？"中村雄二微笑着，表情平静而温和。

"中村君，"松本一郎像打量陌生人似的从上到下打量着他，过了好一会儿，才开口问，"两天前的晚上，有人看见你深夜出城，可是真的？"松本问话的时候，眼里闪过两道凶光，直逼中村。过去，他用这种眼神不知审视了多少可疑分子，无论多么狡猾的对手，都会在他那咄咄逼人的眼神下屈服。

中村雄二脸上并无异样，依然是那么平静。他说："将军，您的夫人这几天头疼病又犯了。我们打听到鹤城西郊的刘楼村有个老中医，医道高明，夫人差我前去请他。"

松本"哦"了一声，着实松了一口气，觉得他说的并没有什么值得怀疑的地方。他知道，这几天夫人的头疼病确实又犯了。想到这里，他反而对中村生出几分感激。

福田淳一可不是个善茬。他盯着中村，冷笑道："中村君，要请医生，为什么不在白天去请，干吗要在夜间？这又作何解释？"

中村雄二抬头望着他，暗骂道，福田，你这条走狗！可他还是不动声色地说："病人生病，可不分什么白天黑夜啊？将军夫人夜间差我去请医生，我岂敢拒绝？"

"这……"福田淳一被弄了个满脸通红。

松本一郎不满地瞪了福田一眼。转眼换了一副面孔，笑容满面地对中村说："中村君，承蒙关照，拜托了！没事了，你可以回去了。"

望着中村雄二离去的背影，福田淳一诡异地笑了笑。

三

中村雄二心情复杂地快步来到自己的房间，端起杯子喝了几口凉白开水，情绪稍微平静了些。

老乞丐目不转睛地注视着他，惴惴不安地问："中村先生，你没事吧，松本老鬼叫你过去干什么？"

中村想了想，说："他只是问我前天夜里出城干什么去了。我说给夫人请医生，他没再说什么，就让我回来了。"

老乞丐仔细地听着，脑子里飞快地分析着他的每一句话，总觉得哪里不对劲，可又说不上来。他把这种感觉告诉了中村。

中村顿时也有些不安："朋友，看来我不能再挽留你了。我这地方

187

也不安全了。那个福田淳一已经注意上我了。这是一个阴险狡诈的危险分子，又深得松本信赖，对我是一个潜在的威胁。你能帮我除掉他吗？前几天，我们有两个反战同盟会的成员被他杀害了。"

中村正说着，门"砰"的一声被人用脚踹开了。进来的正是福田这个独眼龙，后面还跟着一个卫兵。

福田一脸奸笑，说："中村君，我可是不请自来，不欢迎吗？"他说到这里，把目光转向老乞丐叶正龙。接着，话里有话地说："这位是什么人呀，想必是大有来头吧！"

老乞丐也冷冷地注视着他，暗自思忖：福田，迟早老子要一块跟你算总账！

见福田紧跟自己而来，中村就知道来者不善，心里怦怦直跳。但他依然心平气和地说："噢，这位是我的朋友。难道福田君对他也要怀疑吗？"

突然，福田淳一把脸一变，迅即拔出手枪，对准了中村："哼哼，中村雄二，你就不要再演戏了！"

这时，卫兵也用三八大盖对准了叶正龙。他将老乞丐的全身搜了一遍，但什么也没搜出来，卫兵一阵发愣。

福田凶狠地说："把他给我捆起来，我要让松本将军亲眼看一看，他一向器重的中村，是怎样背叛他的。"

卫兵掏出事先准备好的绳子，分别将中村和老乞丐捆了起来。

两人没有反抗，有福田在一旁用枪指着，反抗也没用，只得任由他们折腾。

卫兵打开中村房间里的立式衣柜，把里面的衣服全都甩了出来，然后把老乞丐塞进衣柜里，随即上了一把大锁。

福田叮嘱卫兵："千万给我看护好！"转身用枪逼着中村："咱们去见松本将军吧。"

中村冷哼一声，他的脑子飞快地运转着，想着该怎样应对这种被动局面。很快，他拿定了主意：只能一口咬定自己房间里的那个中国人，就是自己的朋友。既便是掉脑袋，也不能出卖朋友。想到这里，他悬着的心似乎又回到了原处，也平静了许多。

中村被福田用枪逼着又一次踏进松本一郎的指挥部。松本先是一惊，便表情僵硬地问："这是怎么回事？"

福田像个胜利者一样，十分得意地讨好主子说："将军。中村在他的房间里，正与一个中国人交谈，被我逮了个正着，人脏俱在，不怕他抵赖！"

望着中村坦然的样子，李半斤掏出一支烟点燃，默默地抽起来，他搞不懂这是为什么。

而松本一郎却铁青着脸，咬牙切齿地说："中村君，说你私通八路，背叛皇军，我不太相信，这些年我也一直很器重你。说吧，只要能跟我解释清楚，我们还是朋友。否则，哼！"

中村呵呵地笑起来："我认为福田是在血口喷人，说我私通八路，要拿出证据来！"

"证据？"福田更加得意了，"一个活生生的人，就塞在你的衣柜里，这可是活的证据！"福田把脸转向松本："将军，我就是来请你去看证据的！"

松本带着满脸怒气，从墙壁上摘下指挥刀，大步走出指挥部。

随后，众人也尾随而去。

很快，福田推开了中村的房间门。奇怪，卫兵哪去了？福田指着大衣柜，点头哈腰地对松本说："将军，证据就在这个衣柜里！"

尽管早有思想准备，中村雄二的心还是怦怦直跳，手心里都出了汗。他并不担忧自己的安危，而是担心那个中国朋友。他要是落入松本这个杀人不见血的老鬼手里，恐怕是必死无疑。怎么办呢？愿上帝保佑！

屋子里的气氛顿时紧张起来，也静得出奇，连每个人的心脏跳动声都能听得见。

松本盯了一会面前的这个大衣柜，又眼睛一眨不眨地注视着中村脸上的变化，然后命令卫兵："把柜子打开！"

"嗨！"卫兵有些紧张地望了望衣柜，两腿不由自主地抖个不停，两手哆嗦着打开衣柜，吓得赶紧趴在地上。

衣柜在人们的紧张视线里被打开，众人全傻了眼。柜子里哪有什么八路，分明是一个昏死过去的日本士兵。

"这，这——"福田有点不相信自己的眼睛，他使劲揉着眼睛，再一看，还是那个士兵。突然，他像疯子似的，哇哇怪叫起来："见鬼了，明明在里面，是谁搞的偷梁换柱？"

中村的脑袋也被弄蒙了。这是怎么回事？那个中国朋友哪去了？难道他会变魔术？

福田淳一彻底傻眼了，脸上一阵青一阵白，他如坐针毡，不停地用手帕擦着额头上的汗。

极度失望的松本一郎，勃然大怒，抡起巴掌朝福田脸上一顿狂扇："八嘎，大大的混蛋！"

"嗨！"福田被打得一阵发毛，脸上红一块，青一块，火辣辣的疼痛，可他还是弓着腰不敢有丝毫的退缩。

被狠揍了一顿的福田，窝着一肚子火，狠狠地盯着中村，他恨不得一口将他吞到自己的肚子里。他怀疑中村，断定是他预谋好的。不然，光天化日之下，怎么大变活人？那人一定是被人救走了！

的确，老乞丐叶正龙是被一个青纱蒙面的人救走的。就在福田押着中村刚刚离开这间房子时，就闯进来一个蒙面人。那人趁日本士兵还没弄明白是怎么回事的时候，就被他用手枪托击昏，然后捆了起来，接着打开衣柜，救出了叶正龙，帮他解开了身上的绳索。

"朋友，你受惊了。"蒙面人温和地说。

叶正龙一时也被弄得摸不着头脑。他愣愣地打量着这位蒙面人，试探着问："朋友，请问你在哪里发财？"

蒙面人笑了，说："这年头，山河破碎风飘絮，发财呀！一年三百六十日。"

叶正龙一听，一阵惊喜，是接头的暗语。孟扬政委曾经告诉过他，在鹤城小鬼子内部，有我们自己的同志，在关键的时候，他会与你取得联系，并告诉了他联络方式和接头暗语。

他赶紧回答："都是横戈马上行。"

"同志！"

"同志！"

两双大手，有力地握在了一起。

叶正龙激动地问："你是夜莺同志？"

蒙面人并没有摘罩在脸上的青纱，他摇摇头说："我不是夜莺。我是受夜莺的指示，暗中保护你的。"接着，他立即催促道："此地不是说话的地方，这里由我来处理，你赶快离开。最近，华北日军又向鹤城增兵一万二千多人，重点保护金矿开采，请你立即报告上级，及早采取应对措施。"

叶正龙若有所思地点点头。

蒙面人拿出一套日本军服，帮助叶正龙穿在身上。然后，两人握手道别，各自消失在夜幕里……

犟老婆

年初，在北京与一位朋友邂逅。席间，我问这位忘年之交，难得到首都一趟，因何未带夫人。朋友回答：甭提那头犟驴了，她早飞斯里兰卡去了。

犟驴？我深感意外。

朋友说："如果你有兴趣，不妨听我絮叨絮叨这是一头怎样的犟驴。"

我点头。

下面，便是这位"犟驴"的轶闻趣事：

老婆名叫王艳云，原是一家饮食公司厨师。当初，这家公司里的雪菜包子曾经名噪一时，每天清晨买包子的人要花费很长时间排队。2009年，不知为什么，员工一年没有领到工资。老板说厂地扩建，急需用钱，但向工人承诺工资年底补齐，还要多发一个月的薪水，算作利息。老婆早就做了计划，要把家里那台老掉牙的电视机给换了，再添一台立式空调和一套红木沙发。另外，再给全家老幼添上一身新衣服，风风光光过个年。单位红火，王艳云自然高兴，整天像一只勤劳的小麻雀，十分欢快，在公司与家庭之间飞来飞去。然而，到了腊月二十三，老板突然人间蒸发了。十七名员工辛辛苦苦干了一年，连一个子儿也没捞到。老婆像一朵枯萎的花，哭肿了眼睛。更惨的是那个安徽青年小张，就等着用这一年的血汗钱回家娶媳妇，可惜天有不测风云。绝望之际，小伙子举刀就要自刎，幸亏被人阻拦，才没酿成悲剧。但不知那位黑心老板这个年过得是否踏实。

这也难怪，市场经济时代，毒草与新笋一并出土，苍蝇与蝴蝶同时破蛹。对金钱的追逐，使一些人失去了理智，埋没了良心。

下岗那阵子，老婆在家闲了半年。买菜、做饭、做饭、买菜，天天机械地重复着那些琐碎而又毫不见功的家务事。她总会莫名地烦恼和不安，像犯了神经似的，不是冲着我发脾气，就是朝着孩子落巴掌。此女本来就风风火火惯了，尤其在这"非常时期"，辣味十足，呛得大人孩子都有点受不了。别的不说，只要我一下班回家，便冲着我没完没了地嘟囔：你就是个窝囊废，白吃这么多年干饭。谁家谁家老婆嫌厂子工资低，托人送礼办了调动，到学校管理图书，工资一下子涨到三四千；谁家谁家小姨子下岗后，找某某局长调到了县供电局……

我像受气的小媳妇，多说一字嫌多，少说一句怕错过。这日子过得真累，都快支撑不住了，真想一走了之。

有一天，我那八岁的小儿子毛毛放学回到家里，非要吃街头小摊上卖的馅饼。见别的孩子买着吃，他回到家就缠着妈妈去街上买，老婆见孩子哭个不停，捞起一只鞋朝孩子的屁股上抽了十几下。还不住腔地数落着："我让你这个小馋虫吃馅饼，吃个鬼！学费都快交不起了，妈妈不上班，你爸爸那点工资，爷爷奶奶身体又有病，还得省吃俭用给爷爷奶奶看病，哪来的钱买馅饼？"

馅饼？一提起馅饼，老婆忽然不打孩子了，把鞋往墙角里一扔，一屁股坐在沙发上，似乎悟出点什么道道来。

晚上，我下班回到家里，还没等坐下来，老婆就慌忙凑了过来。我瞪了她一眼，但咱还是得保持耐心听她没完没了地唠叨，反正已经习惯了，谁叫咱没本事给老婆找份好工作呢！谁叫咱有个刀子嘴、火辣辣的老婆呢！

"老公，跟你商量件事行吗？"嘿，看来太阳真的要从西边出来喽！这个刀子嘴怎么突然变得温柔起来了，谢天谢地！

我顿时也来了个阴转晴，问："什么事？"

"人们不是常说，天上会掉馅饼吗！"老婆眨巴着单眼皮的小眼睛，仿佛精神了许多，"这样在家待着，我实在受不了。我才三十七岁呀，就把美好青春献给三尺灶台？我不甘心！再说，五口之家就啃你那三千多元的工资？你睁开眼看看，人家都'五子登科'（指金子、票子、房子、车子、女子）了，咱还在贫困线上原地踏步，亏你还是个爷们儿，咋没点阳刚之气呢？咱活人还能让尿憋死。反正是东方不亮西方亮，黑了南方有北方。单位不行了，咱就干个体嘛！与其坐以待毙，不如去商海里闯一闯，说不定在这大海里还能捞到大鱼哩！"

呵，瞧她说得蛮带劲，好像万事俱备，只欠东风似的。我不禁捧腹大笑起来，说："眼下搞市场经济，物欲横流，有多少头脑精明的人在这浩瀚的商海里栽了跟头，翻了船。就凭你这连省城都没去过的山野小妇人，还想着去商海里游泳？不被淹死才怪哩！行了，别人心不足蛇吞象了。市场上的钱，能是那么好捞的？咱没那金刚钻，揽不了瓷器活，别胡思乱想了，还是在家待着过咱的穷日子吧！这回，我可不听你的！"

老婆腾地一下站起来，非常自信而又严肃地甩出一句："咱人穷志不短！不去闯一闯，你怎么就能断定我逮不住大鱼呢？"

真是一头犟驴，由她去吧。

我仰望夜空，喟然长叹。人的思想就像这广漠的夜空。要限制一个人的行动容易，但要捆绑一个人的思想，就如同捆绑这个夜空一样，可能吗？

办个体说起来容易，做起来难。干什么呢？搞烟酒批发？开饭店？

卖服装？这些生意得需要一大笔钱呀！少说也得十万八万的做本钱。要说十万八万的，在那些先富起来的大老板手里，也许算不了什么，可对我们这个五口之家，就是个天文数字。

后来，老婆瞒着我向在西藏工作的姐姐借了两万元。又求亲告友，筹集了五万元，开始做起豆芽生意。她听人说卖豆芽本小，风险小，而且一年四季都能卖。为此，老婆买了四个大水缸，买来了黄豆、绿豆、黑豆，起早贪黑地干。可是，也不知是她不懂技术，还是其他环节没掌握好，发出来的豆芽不是霉烂，就是根子太长，卖不出去。眼看做豆芽生意赔了本，她便改行卖豆腐，又砸了锅。尤其让人气愤的是，这个不碰南墙不死心的犟驴，见人家养蝎子，还说要回收，其价格怎么怎么昂贵，老婆又向亲戚借了一万多元，跟着别人养起蝎子来了。也不知是老天爷在故意捉弄这位倒霉女，还是她天生就不是做生意的料。王艳云含辛茹苦地终于把蝎子快要养成了，那个在电视台做广告要高价回收蝎子的人，不知何时已溜之大吉，杳无音讯。自知上当受骗的王艳云，发疯似的捞起铁锨，把那些在池子里爬来爬去的蝎子胡拍乱砸一通。她浑身的血液像沸腾着的开水，带着一股不能忍受的怒气，一直流到指尖。被欺骗的痛苦，使她的心在流血。想到自己的心血就此化为流水，她又像被激怒了的狮子，近乎癫狂地咆哮着：我叫你爬，统统见鬼去吧！混蛋！见鬼！这世上还有没有真事！

尔后，她捂着被子痛哭了一场，直哭得花容惨淡，憔悴不堪。这个不懂经营之道的犟女人，就像盲人骑瞎马，东碰西撞，不是碰一鼻子灰，就是血本无归。这便是无情的商海。

一连七天，老婆闭门不出。

这回我是真想朝她发一通火，太固执了。这都快进入不惑之年的人了，下岗就下岗呗，不好好在家待着料理家务，却整天想着做什么生意，非但没有赚钱，反而拉了十万多元的账。这不是没事找事吗？但是，一看到她那憔悴的面容，那哭肿的眼睛，我又心软了，也真够难为她的。于是我耐心地劝道，别再想着去闯什么商海了，还是在家操持家务吧！我早就说过，你不是做生意的料。

谁生来就是做生意的料呢？等待观望，不会有什么出路，我就相信那句话"要生存，先把泪擦干。挺过去，前面有个天"！

你呀，真是个犟女人。来年，我力挺你刷新吉尼斯世界纪录。

是啊，人身上潜藏的力量是巨大的，但远远没有被挖掘出来，远远没有把一切都发挥出来。这是为什么呢？这得取决于一个人是否有不断进取的精神和干劲。荷马史诗《伊利亚特》中曾经描写过一场战役，几十万大军在攻打卡夫丁峡谷时全军覆没。马克思曾把卡夫丁峡谷比作不发达国家向社会主义过渡的巨大障碍。老婆在茫然、困惑中苦苦挣扎，为摆脱困境、改变自己的命运，决心越过这个"卡夫丁峡谷"。

一天早晨，王艳云刚刚端起饭碗，忽然从收音机里听到省农科院伍高华教授帮助农民科学种植苹果树脱贫致富的事迹，这使初闯商海却接连碰壁的她，眼前豁然一亮，像哥伦布发现新大陆一般，喜出望外。连早饭也顾不上吃了，立即放下饭碗，拿着一个馒头，向我要了一千元钱，就去赶去省城的汽车了。

我那犟老婆来到省城，见到伍教授，"扑通"一声就跪在他的面前，半天没说出一句话来。听了王艳云的泣泪倾诉，伍教授对她所走过的坎坷之路深表同情，当即收她为徒，并向她传授了苹果树、梨树的育苗、栽培和管理方法。临回家时，伍教授又免费赠送她一斤苹果树种，亲自把她送上汽车，还说以后有机会一定要到她的苹果园来看看。

老婆兴冲冲地回到家里，眼角眉梢都挂着笑，一下子抖擞起了精神。唯恐那斤苹果树种发霉，赶紧将其晾晒在院内一块石头上。说来也怪，家里的两只老母鸡不知何时从笼子里钻了出来，将那些苹果树种给叨没了。老婆从外面回来，见此情景，生气急了，到厨房里拿起菜刀，就追赶那两只鸡。她一气之下，将两只老母鸡全给剁了头，然后从鸡嗉子里把苹果树种取了出来。她还租赁了县城附近一个亲戚家的三亩半地，每亩租金相当于一千二百斤小麦的售价。从此，她全心投入苗圃事业。

炎热的夏天，王艳云冒着骄阳，为幼小的苹果树苗施肥、锄草，昔日那白皙的脸蛋，被烈日晒得黝黑黝黑的，看她那操作锄头的娴熟动作，不知情的人，怎么也猜不出她竟是具有 12 年工龄的高级厨师。

隆冬，寒风怒号，飞雪如刀。羁老婆仍然穿梭在冬暖大棚之间。

有一天，下起了滂沱大雨，老婆担心她的苹果树苗被淹，眼睛盯着屋外的雨水，心急如焚，自言自语道："万一树苗被淹，可就完了，不行，我得去看看！"说着，拿着铁锨，披上雨衣就往外冲。

儿子毛毛哪里肯依，他拉住妈妈哭着阻拦："妈妈，别去了。雨停了再去吧！我怕打雷呀，好妈妈，别去啦！"

"乖孩子，不怕，啊！妈妈好不容易种的苹果树苗，万一被淹，岂不白费功！咱折腾不起呀，这回，妈妈一定要成功！"

孩子拦不住妈妈，只好看着她深一脚浅一脚地在茫茫雨雾中艰难前行。

雨，渐渐变小了，淅淅沥沥，但还是不肯停下来。到了晚上十一点多钟，天黑得伸手不辨五指。王艳云从外面回来了，浑身溅满泥浆，像个落汤鸡。她一屁股坐在椅子上，累得连湿衣服也懒得换。我特地给她做了一碗鸡蛋面条，劝她趁热吃下，可她苦涩地一笑，摆摆手，有气无力地说："我太累了，吃不下，有酒吗？"

望着她瘦弱的身躯、疲惫的脸庞，不知为何，她的形象在我面前突然变得高大起来。我鼻子一酸，眼泪夺眶而出。作为男人，这一刻我羞愧得无地自容。

"看你这个傻样，哪像个男子汉！难道你忘了：要生存，先把泪擦干……"

"嗯，可我……可我对不起你！"我哽咽着，把斟满酒的杯子递给她。老婆接过酒杯，一扬脖，干了。她如释重负地说："人，活在这世上，真难！人生苦短，我不求活得完美，只求活得实在。人活着，应该有人的样子，更应该有人的作用！我不愿自己的一生就这样无声无息地度过，总想干点落地有声的事啊！"

灯光下，我忽然发现老婆苍老了许多，透过那疲倦而又闪闪发光的眸子，我觉得她又成熟了许多。我痴痴地望着她，相比之下，似乎感悟到我身上缺少点什么。

天心不负人心苦，孤诣崛奇有大成。

没想到，倒霉到了极点的犟老婆，也有峰回路转的时候。她辛勤耕耘，精心管理的红富士、新红星苹果苗，第三年春天竟以每棵两元二角钱的价格走俏市场。她一连出售5万棵苹果树苗，收入十余万元。老婆点着她用血汗换回来的钞票，激动了，流泪了。是啊，春来秋往，寒冬酷夏。她餐风露宿，两肩霜花。有播种就有收获，有付出就有回报。幸福不会从天上掉下来，不是全凭自己干出来的吗？

此时此刻，我这位犟老婆，兴奋和激动如同决了堤的洪水，浩浩荡荡，哗哗啦啦地从她的心里倾泻了出来。人生如画，有了色彩的线框，便有了多彩的日子。因为，每一个人都有自己的路要走，不管是笔直的坦途，还是阡陌小道。人生，总有许多坎坷需要跨越，总有许多迷茫需要领悟。在你时运不济时，莫要忘记人定胜天、事在人为的道理。面对挫折，犟老婆的心没有冷却。她知道，一旦冷却，就熄灭了所有的希望之火。而正是这希望之火，支撑着她上下求索，艰难前行。

一位哲人说过，苦难是人生最好的学校。面对苦难，人有两种态度。一种是在苦难面前奋勇拼搏，敢于抗争，终于战胜了苦难，成功把命运之帆掌握在自己手中，驾驶着生活的航船奔向理想的彼岸。一种是消极等待，唉声叹气，最终走向沉沦，成为时代的落伍者，被生活无情地抛弃。

培育苹果树苗，获得了成功。王艳云也因此胃口变得越来越大。她的"再启航花卉苗圃有限公司"成立了。经营着包括果树苗和花卉在内的150余种产品，销往北京、广东、云南、天津等10多个省市，尤其是那些包装精美、颇具艺术造诣的花卉，备受客商青睐。

2011年7月，王艳云获悉有韩国客户要采购一大批花卉，便立即赶赴青岛。在五星级的蓝天大酒店商贸洽谈室，中方中介机构的一位男士见王艳云头发蓬乱，衣衫破旧，苦笑着直摇头："我们这是跟外商谈生意，又不是去庄稼地里干活！"

"哦，俺懂了！"王艳云二话没说，转身走出洽谈室。她又是去理发店，又是逛商店。两个小时后，还是那位男士环顾四周，不耐烦地喊起来："那位要洽谈花卉生意的王艳云呢？"

"我就是呀！"一位坐在他面前沙发上的一身时髦装束的女士站了起来。

"你？"那位男士瞪大了惊奇的眼睛，他怎么也不敢相信刚才那个土里土气的女人，一转眼竟变成了一位秀发披肩，穿着花格子连衣裙，浑身上下珠光宝气的靓丽女士。不是自夸，我家这头犟驴生得并不难看，瓜子脸，还长了一个精致的鼻子。收拾打扮一下，也是亭亭玉立，走在大街上，回头率不低。

"嘿，王艳云，还真有你的！"男士满意地笑了。在这次洽谈会上，王艳云与韩国客户达成出售4700余盆花卉的事项。此后，她进军国际市场，一批接一批的外国商人纷至沓来。

2015年3月，王艳云奔赴云南学习君子兰、赛波花、万代兰等名贵花卉的栽培管理技术。技术公司的大胡子老板不苟言笑，也不知是看她掂两捆山药作为礼物太过寒碜，还是肥水不流外人田，人家只是陪着她围着花卉场地转了一圈，就是不传真经。

翚老婆这回铁了心要取真经，在附近找了个简易旅店，过起寄人篱下的日子。每天，她提前半个钟头到该公司上班，成为编外清洁工。拖地、打扫院子、清除杂草等，干得一丝不苟，汗流浃背。头几天，大胡子老板只是用冷漠的眼睛扫视一下，淡然一笑。一天，两天，三天……

一连干了二十天，大胡子老板坐不住了，把这个远道而来的女人请到自己宽大的办公室，板着面孔说："我们是小打小敲，混口饭吃罢了，拜师学艺要选名家，你还是另选高明吧，甭在这里浪费时间了！"

王艳云听罢咯咯一笑，说："老板大哥，此次取经，我收获不小哇，贵公司优美的环境，员工们的素质和敬业精神，都是值得我学习的呀，怎么能说是浪费时间呢？"

大胡子老板先是一愣，胖乎乎的圆脸上旋即来个多云转晴，很开心地笑道："王女士，我对你的考验通过了。我就喜欢你这个翚劲儿。我收下你这个徒弟了！"

王艳云高兴得心里像绽开了朵朵鲜花，心脏都要蹦出来似的。能得到这样一位花卉大王的认可实乃幸事。

省农科院伍教授驱车来到了王艳云的"再启航花卉苗圃有限公司"。这位白发老人望着一片片滴青溢翠的果树苗圃和一盆盆姹紫嫣红的花卉，赞叹不已。教授风趣地跟艳云开玩笑说："海，喜纳百川；山，不拒尘土。改革开放，为每个有志之士提供了施展才华的机会。十年前还是一个拿着菜刀追赶老母鸡，杀鸡取树种的年轻女子，如今已是花红草绿鸟登枝，人杰地灵客满园的总经理了，不知前来观光者将有何感想呢！可我就认准这么一个理儿，花在黑暗中也是香的，种子在泥土中也是活的，黄金在废墟中也是亮的。"

你猜，我家那头翚驴是怎么回答伍教授的？她说："没有昨天的

'杀鸡取种'，哪有今天的辉煌？我也认准这么个理儿，敢闯才有路。当初，这个世界上原本就没有什么路，甚至奇峰林立，荆棘纵横，可有人从那边走来！"

"哈哈哈！"伍教授听罢拍手称赞，"太精辟了！嗯，大海般广阔、高山般严峻的生活，总是默默选择着自己的主人。生活的选择是无情的，唯有强者方有希望！"

此时，伍教授仿佛正面向大海。海面风高浪急，惊涛拍岸，波峰浪尖上正千帆竞发。老教授感叹道："再启航，这个名字取得好。祝愿我们的女强人，扬帆启航，乘风破浪，勇往直前！"

这就是我的犟驴老婆，她大智大勇闯商海的壮举，使我想起诗人但丁说过的话："我崇拜勇气、坚韧和信心，因为他们一直助我应付在我尘世生活中遇到的困境。"事实上，困难和困境，向来都不可怕，只要有了勇气、坚韧和信心，迈开奋斗的脚步，走向的必定是辉煌！

犟老婆追求着，即使生活一次次把她抛向幽壑深谷，她还是努力地追求着。从幽壑深谷往上攀，不断地跌倒又爬起，始终保持一股奋斗的精神，这就叫作追求吧。

捡妈

一

"五一"小长假刚刚开始，彩云之南的文山，天蓝气爽，游人如织。山水之间，绮丽的自然风光，到处都是生命的喜悦与美丽。

然而，在大石洞路口，围着许多人。人群中央，一位年近七旬的老太太正高声喊道："谁要妈？有谁肯收养我这个孤老太婆？"

老太太的话一出口，围观的人们便捧腹大笑起来。

这个说："这老太太是个疯子，在家吃饱撑的，跑到这里胡说八道。"

那个道："老人找不到家了，她的家人一定很着急！"

一个青年幽默地说："自己家里还有两个老宝贝呢！再添一宝，真招架不住。"

老人旁边，站着一位身穿正装、长相清秀的中年妇女。她是开旅店的，讲起话来如悬河泄水，滔滔不绝："这老太太也不知从哪里来的，姓啥叫啥，一概不知。在我的旅店里住了八九天了，她一分钱没有。

有哪位好心人肯收养她？"

人们这才相信，眼前的一切都是真的，立刻鸦雀无声，面面相觑。

"多么可怜的老大姐，咱们帮帮她吧！"一位六十多岁的老人从人群中走出来，很诚恳地对老太太说，"愿大慈大悲的观世音菩萨保佑你！"

"我要妈！"在人群中的王晓，拨开人群，来到老太太跟前，十分认真地说，"大妈，我来收养您老人家！"

"你？"老太太仔细打量着面前这位戴着黑边眼镜的小伙子，他肤色健康，五官清秀，帅气文静！

王晓已经在人群中观察了多时，老人穿着一件半新的服装，一头短发像罩了一层白霜，眼窝深陷，堆满皱纹的脸上挂满慈祥。他相信老人不是开玩笑，一定是遇到了难题，便拨开了人群，凑了过来。

老人先是一愣，又半信半疑地追问一句："小伙子，你真的肯收下我这个不中用的老太婆？"

"真的，大妈——不，妈！咱们就是一家人呀！"王晓郑重其事地看着她说道。不知为何，见到她，他有一种奇妙的亲切感。

"你要妈，那，你得先交200元钱！"老太太说。

"好，我交！"王晓答应着，从衣兜里掏出200元钞票递到老太太手里。

老太太接过钱，看也不看，又把钱转交给旁边那位开旅店的中年妇女："孩子，我住旅店的钱算清了，给你添麻烦了！"

"妈，咱们回家吧！"王晓搀扶着老太太离开了人群，开着黑色奥迪汇入车流中。

轿车驶进家门，王晓把车子停了下来。笑呵呵地对老人说："妈，您老人家先在车里待一会儿，待我跟您儿媳说一下，让她来接您。"

老太太慈祥地看着王晓："儿啊，你去吧。"

王晓来到家里，见妻子正在厨房做午饭，便笑着说："我找到妈了。"

"找到妈了？"李媛媛十分诧异，老公自幼父母双亡，哪来的妈？

"是！"王晓很认真地点点头。

李媛媛一脸错愕地看着丈夫，不知他是什么意思。等她来到门口，见到老太太，心里咯噔一下，又似乎悟出点什么。

见妻子站那发愣，王晓说："是我从大街上领回来的！"接着，他把事情经过详细对妻子讲述了一遍。

正巧，五岁的儿子小翔宇放学回家。小家伙，圆圆的脑袋，胖胖的脸，鼻子略有些翘，显露出一副淘气相。看到家里来了一位老奶奶，他怯生生地扯扯爸爸的衣角，问："爸爸，这是谁呀？"

王晓这才发现儿子回来了："我倒给忘了。翔宇，快叫奶奶，是你奶奶回来了。"

"奶奶？"小翔宇觉得这个称呼很陌生，愣愣地看着爸爸。

"快叫奶奶呀！"见爸爸再次催促，小翔宇大声喊了一句："奶奶！"天真的童音，震得洁净明亮的客厅"嗡嗡"作响。

"哎——"老太太乐得合不拢嘴，伸开双臂，高兴地说："孩子，快过来，让奶奶看看！多好的孩子，长得虎头虎脑，像个洋娃娃！"

"奶奶！"小翔宇又喊了一声，一下扑在老太太怀里，高兴地说，"我可有奶奶了。奶奶，你上哪里去了？你咋不来看我呀？"

二

王晓的这番所作所为，并非心血来潮，是有原因的。

他原来家住鲁西南一个偏僻的小村庄，父亲王玉贵会一手木匠活，不是为张家做套门窗，就是给李家打套家具。一年到头，几乎没有清闲的日子，收入不错。有了经济来源，一家三口，小日子过得其乐融融。然而，就在王晓四岁那年春天，父亲突发心肌梗死，送医院抢救无效而亡。失去相濡以沫的丈夫，犹如一声晴天霹雳，他那三十二岁的母亲孙秀花因为承受不了这样的巨大打击，终日以泪洗面，不到一年的时间，便积郁成疾撒手人寰。

妈妈去世后，天真的儿子并不认为妈妈已经死了。他固执地认为，她一定是赶集走失了，总有一天会回来的。

隆冬，北风肃杀。小王晓每天傍晚都去村西头那棵老槐树底下等妈妈回来。无论是刮风下雨，他都天天在这里等啊等，等了一天又一天，还是不见妈妈回来。

王晓的爷爷王怀山，七十二岁，默默地在不远处看着这个孤苦伶仃的小孙子。老人的心也和王晓的心一样在痛苦中煎熬着。

"孩子，走吧，你妈妈不会回来了。"王怀山伸手拉着小孙子，转身就要回去。

"我不，妈妈说不定一会儿就回来！"王晓站在原地，犟着不肯回家。

"走吧，傻孩子，你妈不会回来了！"老人无奈地摇着头，两行热泪不听使唤地从他那混浊的眼睛里流淌下来……

苦命的孩子哪里知道，斯人已去，盼来盼去，唯有泪千行。

自从王晓失去了父母，他就跟着七十多岁的爷爷一起生活。他的父亲排行老四，还有大伯、二伯、三伯。爷爷一个人不方便做饭，就轮流着在几个大伯家吃饭。现在，爷爷轮到谁家，小王晓也跟着在谁家吃饭。可是时间一长，有人就觉得他有点多余。他的一个堂哥，干脆给他起个名字叫"多余"。久而久之，"多余"就成了他的正式名字。

别人家的孩子六岁就入学了，有的四岁就入幼儿班了。可王晓没这个福气。终于有一天，爷爷提出来说："多余都八岁了，该入学了。没有文化，长大以后怎么能在社会上立足呢！"

多余的大伯母听了这话，便不耐烦了："上学，上学，你光想着让多余上学，谁来给他拿学费？"

多余的爷爷一听火了："你们家里的孩子为啥都早早入学了？他再多余，我也得送他去学校！"

没有办法，王怀山只能卖掉那只唯一的青山羊，才把多余送进学校。八岁那年，王晓入学了。

然而，命运多舛。十四岁那年，多余初中还没有毕业，与他相依为命的爷爷去世了。这对小多余来说无疑是雪上添霜。他的日子更难了，真不知该怎样才能把路走下去。有一年的中秋，当地走亲戚有送烧鸡的风俗。小多余今天应该在大伯家里吃饭。也巧，大伯家里来了亲戚。但等他挎着一篮子青草回来，家人早已吃完饭了。

一个堂兄狡黠地对他说："多余呀，饭在锅里，还给你留一只烧鸡腿呢！"

一听说有鸡腿吃，多余可高兴了。说真的，他可馋鸡腿了。一年到头，见不到肉腥味儿，他恨不得一下子把一整只烧鸡吞到肚子里。可是，等他洗完手，掀开锅盖一看，心凉了：哪里有什么鸡腿？只有一根鸡骨头。他拿起那根鸡骨头，放进嘴里嚼呀嚼，吃得津津有味，不时还砸吧嘴……

这一切，正好被前来串门的三伯母看在眼里。她鼻子一酸，两行清泪从眼眶里淌了出来。三伯母快步来到厨房，一把搂过小多余，嘴唇抽动着，什么话也说不出来。

"三伯母，我是多余的吗？"他摇晃着三伯母，"你说，我真的多余吗？"

"孩子，"三伯母慈祥地抚摸着小多余的头，心如刀绞，眼泪不住地流，"孩子，你不多余！从今以后，你就再用不着轮流上其他家吃饭了！"

"三伯母！"小多余也哭成了泪人，一种久违的温暖涌上心头，"那我从今天起，就不叫多余了。我还叫王晓，这是我爹我妈给我起的名字！"

下午，小多余来到学校，郑重其事地告诉老师，要求在学籍上把"王多余"变更为"王晓"。

从此，王晓靠三伯父、三伯母捡破烂供他读书。苦水里泡大的王晓，学习非常用功。1991年夏天，他以优异的成绩考入华东学院。在大学里，为不给三伯父家增加过多负担，他常常是三个馒头加一块咸菜，就是一顿饭。偶尔还干咽馒头。苍天不负有人心，几年之后，王晓又顺利取得了硕士学位。

"妈"从天降，一个陌生的老太太就这样突然闯进王晓一家的生活。像平静的水面扔进一颗石子，溅起几朵浪花，泛起一圈圈的涟漪。他每天一回到家里，就像小鸟似的守护在妈妈身边，把做好的可口饭菜端到她的跟前；晚上给她端洗脚水，帮她洗脚。日子一天又一天，一年又一年就这样重复着。

一天晚上，李媛媛把一碗热汤递给老太太，刚刚松手，哪知老太太没接好，"啪"的一声，一碗热汤撒在饭桌上。

"哎呀！"李媛媛像被毒蜂蜇了一下，没好气地冲着老太太吼道，"你是干吗啦？想把我烫死是怎么着？"她龇着牙，咧着嘴，揉搓着被烫红的手指头。

"我？"老太太被这突然的训斥吓傻了，干张了张嘴，然后伤心地哭了起来，"我真没用啊，对不起媛媛！"

正准备端起饭碗吃饭的王晓也不知所措了，极为不满地瞪了一下正发着火的妻子，说："你瞎咋呼什么呀，看把妈吓成这个样子！"然后又慌忙安慰着老妈："妈，烫着没有？不用怕，没什么，没什么！"说着伸手去给老太太擦眼泪。

七岁的儿子王翔宇也受到了惊吓，哭着问："妈，奶奶，你们烫着没有？"

李媛媛这下可不干了，连珠炮似的吼叫起来："没什么？你们都是好人，哼，我这是招谁惹谁了？咱们这不是没事找事吗？放着安静日子不过，老太婆当妈养，像这样的事人家躲还躲不及呢！可你倒好——就你觉悟高，你伟大，你了不起！不给你个省长、部长当当，那才叫真亏呢！"

"啪！"一巴掌重重落在李媛媛的脸上，"你是不是疯了？你说能把她送到哪里去？你还有人味吗？"王晓喝道。

小翔宇生怕奶奶被人抢走，哭着说："奶奶不走，我不让奶奶离开咱家！"

李媛媛狠狠瞪了儿子一眼，然后又幽怨地盯着王晓，说不出话来。

三

第二天上午，王晓来到公司上班，莫名地有些心神不宁。心里像打翻了五味瓶，想起昨天晚上发生的家庭风波，越想越心烦意乱。

他离开宽大的黑色真皮靠背椅，推开窗户，凝望着天空。秋雨刷刷地下着，细密的雨丝在天地间织起一张灰蒙蒙的幔帐。一阵冷风吹来，他不禁打了个寒战。

王晓关上窗户，走回靠背椅前，愈发坐立不安起来，第六感告诉他，今天会有什么不好的事情发生。忽然，他想到了什么，自言自语道："妈不会有什么事吧？不行，得回家看看。"

王晓想到这里，把秘书叫来交代了一下当天要办的事情，赶忙拿着外套下楼了。

王晓冒着雨回到家里，他首先推开妈的房间门，喊道："妈！"没人答应。他为之一怔，妈去哪儿了？

"妈呢？"王晓去厨房问妻子，"怎么没见妈？"李媛媛正在切菜，冷冷地回答："不知道。"

王晓全明白了，他厉声责问："是不是你把妈逼走了？"

李媛媛也不甘示弱，愤然扔下菜刀："你是要老婆，还是要那个毫不相干的老太婆？"

王晓顿时僵住了，他呆呆地看着眼前这个女人，这个一直以来与他相濡以沫的结发妻子，突然变得这么陌生。他脸色铁青："你？我王晓宁愿守住妈一辈子，也不要一个麻木不仁、没有爱心的老婆！"说罢，把公文包往地上一扔，转眼消失在雨雾之中。

"妈——"

"妈——你在哪里？"

王晓雨伞也没顾得拿，漫无目的地在大街上跑着，喊着。

雨越下越大，很快就像瓢泼的一样。

王晓被雨水淋得像个落汤鸡。偌大个都市，找人犹如大海捞针。

"兄弟，快来避避雨吧？"王晓来到开化中学公交站站台时，一位在站台雨棚下避雨的胖大姐向他喊道。

雨棚下挤满了等车或避雨的人。王晓气喘吁吁地挤上站台，抹了一把脸上的也不知是雨水还是汗水，很感激地对胖大姐说："谢谢大姐，我妈走失了，找了半天也不见人影。"说罢，又冲进雨雾之中。

"哎，哎，兄弟，给你伞！"见王晓走远了，胖大姐还在大声喊道。望着小伙子的背影，胖大姐感慨地说："多么孝顺的孩子，在当今这个社会，太难找了！"

其实，老太太就在这个公交站雨棚下避雨，也看见了被雨水浇得全身没有干地方的王晓。虽然感动得老泪纵横，但是她还是狠了狠心，把脸扭到了一边。她实在不想再给这个善良的小伙子添麻烦了，也不想拖累他充满温馨的家庭。

哪知，王晓在雨中找寻了四个多钟头，车站、公园、广场，他几乎跑遍了整个文山市，也没见妈的影子。他带着一脸的失望，带着像灌了铅的双腿，开始往家里走。

然而，当他再次走到开化中学公交站时，突然眼前一亮，那位坐在铁椅子上的老太太，不正是妈吗？

"妈！你让我找得好苦呀！"王晓喜极而泣，孩子似的扑跪在老太太的跟前，呜咽不止。

"儿啊！"老太太摸着王晓的满头湿发，心如刀割，微微地翕动干瘪的嘴唇，再说不出一句话来。

"妈，咱们回家吧！"王晓拉着老太太的胳膊说。老人没有动，摇摇头说："孩子，谢谢你了，你是个好人，好人会有好报的。我不能再连累你们了啊！"

王晓看出老太太似有难言之隐，只是没有说出口。他猜想，妻子一定对她说了什么，凉了老人的心。于是，他更加怨恨李媛媛的不仁不义，千不该万不该，背着他把妈赶出家门。

"妈！你想到哪儿去了，这是儿的家，也是你的家呀！"王晓泣不成声，硬是把老太太拉了起来！

"妈！"这时，一个女人的声音传了过来。

王晓定睛一看，原来是妻子李媛媛。

"妈，我错了！"李媛媛带了两把雨伞，喘着粗气跑了过来，她扑到老太太的怀里，直哭得雨打梨花。

王晓也不理她，把头扭到一边。

"妈，儿媳向您老赔罪了！千错万错，都怨儿媳！"李媛媛内疚、惭愧和真诚的样子，让老太太为之动容。

"孩子，快起来，都是我这个老太婆不好！"老人把李媛媛拉起来，心里涌起一股暖意。

自从老公冒雨冲出家门，李媛媛也觉得自己的所作所为的确有点过分，尤其看到儿子小翔宇回家哭着闹着要找奶奶，使她更觉得懊悔不已，浑身不自在。

她把儿子送到学校后，也冲进雨雾中一边找丈夫，一边找婆婆……

四

一天，李媛媛对丈夫说："妈妈是个失忆之人，咱又不了解她的身世，这可咋办呢？"

王晓沉思许久，说："自从妈妈来到咱们家，我都在想这个问题。为此事，我晚上经常失眠呀！"

正当王晓夫妇张罗着要去北京为老太太医治失忆病的时候，老人病倒了。昏昏沉沉，卧床不起。一连三天，不管王晓夫妇把怎样香喷喷的饭菜端到老人面前，可老人却懒得瞧上一眼，闭着眸子直摇头，只愿意喝点甜面糊糊，王晓昼夜守候在老人的床前，忧心忡忡。

于是，他把老太太送进文山一家医院。

在填写病历时，一个中年男医生问："病人姓名？"

王晓傻眼了，回答不上来："大夫，我不知道。"

医生又问："病人年龄？"

王晓支吾着："我真的不知道。"

医生火了："你这儿子是怎么当的？连自己母亲的名字和年龄都不知道，还谈什么孝顺呢！"

王晓并不生气，解释道："大夫，你听我说。"

这位医生火气未消："我不想听你诡辩，我一见儿女不孝顺老人的事就生气，哼！"说着，忙着给老太太做检查去了。

过了一个星期，这位大发脾气的中年医生，手拿一束鲜花和一兜瓜果、糕点，与自己的妻子一起来到王晓妈妈的病房，不好意思地说："小王，你可别生我的气呀，我从别人口中打听到你和你妈妈的故事，我很震撼！当今社会，在青年人当中，像你这样的人很少了！"他随即向王晓伸出了大拇指。

然而，经过 B 超、X 光透视、CT 等各种检查，发现老太太身体各个器官一切正常，就连血糖、血压都一直在正常范围，主治大夫韦广平百思不得其解："从各项指标来看，老太太没病呀，这就奇怪了。我行医这么多年，还没遇到过这种难题！"

为解开这个谜，在韦广平的建议下，医院的院长和一些资深大夫组成专家小组，接连两次对老太太的病情进行会诊，会诊结果却令专家们一筹莫展。

张院长翻了翻老太太的眼皮，又号号脉搏，叹息道："莫非老太太得了一种罕见的怪病？"究竟是什么怪病？他也说不上来。

在医院里住了十天，老太太的病情仍不见好转。韦广平大夫望着昏昏欲睡的病人，脑袋都大了。

"小王，老太太平时有什么嗜好吗？比如爱吃什么、爱穿什么样的衣服，等等。"

李媛媛抢先说："妈爱吃蒸牛舌、吹肝。可是这些都给她做了，她却视而不见，没有胃口。"

"妈不知是哪个地方的人，又不知啥时候失去记忆的，我们都不了解！"王晓一脸的无奈与焦躁。

病房里一片沉寂，仿佛能听见每个人心脏的跳动声。

"爸爸，我想起来了！"小翔宇从门口进来，大人们的谈话，他听得一清二楚，他忽闪着大眼睛十分认真地说，"我见奶奶摸了好几次客厅条几上的酒瓶。"

韦大夫一听，心里一动，摸着小翔宇的圆脑袋问："是你亲眼看见的？可不许撒谎！"

王晓和李媛媛都用期待的目光注视着儿子，小翔宇生怕大人们不相信，快急哭了，说："骗人，是小狗！"

韦大夫的眉头舒展了，嘿嘿傻笑了两声。

王晓夫妇被韦大夫的神态给弄蒙了，都大张着嘴巴看着他。

韦大夫却故作神秘地将嘴巴对着王晓耳朵低语了几句，然后笑呵呵地说："我这一剂良药，保准你妈药到病除！"

王晓脸上泛起了笑容，不住地点头。

看着两个男人神神秘秘，李媛媛和小翔宇也被弄蒙了。

王晓为妈办理了出院手续，回到家里，让妻子买来妈平时爱吃的菜，还特地烫了一壶酒。

王晓亲自给妈斟了一小杯酒，兴奋地说："妈，祝您老人家福如东海，寿比南山！"

闻到醇香的酒味，老太太苍老的脸上，渐渐地露出了笑容，人也似乎精神了许多。老人高兴地说："儿啊，这杯酒我一定要喝，这是儿子、儿媳、孙子的孝心酒！"

这一顿饭，老太太吃得特别香，与在医院里判若两人，好像她根本就没住过医院。

王晓这才知道妈原来有喝酒的习惯，这次生病难道是因为很久没有

213

喝酒？大千世界，真是无奇不有，只要妈的身体健康就好。

王晓夫妇一边坚持帮妈妈锻炼身体，一边四处寻医。他们只有一个心思，就是砸锅卖铁也要让妈妈恢复记忆。

一天早晨，王晓刚刚拎起公文包走出屋门，准备去跟客商洽谈业务，就听老妈喊道："儿啊，快来，我可能要拉肚子！"

"妈，您甭着急！"王晓放下公文包，立即来到妈妈跟前，帮老妈拿来马桶。

"孩子，这些年，可苦了你了！"说着，老太太眼泪就下来了。

"妈，"王晓安慰着老妈，"您老不要难过，要保重身体呀。这有什么呀，人常说，生儿育女防备老哩！"

"可我没有生你，也没有一天养过你啊！"

"妈，说明咱娘俩有缘分呀！有您老在身边，我高兴还来不及哩！"王晓一番肺腑之言，说得老太太心里热乎乎的。

五

一天，李媛媛心疼地对丈夫说："这几年你忙里忙外，头上都开始有白发了，也瘦了许多。不知何时，妈妈才能恢复记忆……"李媛媛说到这里，把脸扭过去，抽泣起来。

王晓冲妻子一笑："长几根白发算什么呀，我身体结实着呢，力壮如牛！嘿嘿！"说完，轻轻地把妻子揽入了怀里。

几年来，为给老妈寻医治病，他们花掉了家里多年的积蓄，磕干了家底不说，还借了七万多元。

这天，王晓从收音机里听到山东泰安有位老中医，对失忆病的治疗有独到之处。他立即带着老妈驱车前去求医。

王晓母子来到泰安，没费多大劲，就打听到那位老中医的家。

"老人家，开门呀！"王晓不停地叩着门。

那老中医开了门，见面前站着个陌生小伙，身上还背着个老太太。先是一愣，随即问道："你们这是……"

"大夫，我们是慕名而来的，是求您老治病的！"王晓笑容可掬地说。

老爷子面无表情，连连摆手："我哪有什么名气呀，你们放着大城市里的名医院不去，却来到这里……走吧，快走吧，我早已不干了！"老人说着，就把门关上了。

王晓无奈，只好在附近租了一间房子住了下来。过了几天，他又背着老妈前去老中医家，可比牛都犟的老爷子根本不肯开门。

老太太劝王晓说："孩子，我看算了吧。人家不愿看病，是不是有啥难处呢。"

可是，王晓也十分执拗。他说："既然来了，咱就耐心地等吧！"

王晓听村民说，这位老中医是个怪人，有不少外地人前来请他看病，都被他挡回去了，就是本村人求他也不易。

王晓没有灰心，又第三次登门求医，这老头果然还是不肯开门。说了一大堆好话，老爷子就是不理。没办法，王晓只好准备背着母亲回去。可是，刚一转身，老太太"哇"的一声，吐了王晓一后背。脏物顿时从衣服上淌了下来，散发出一股刺鼻的腥臭味。他只得停下来，赶紧帮着妈妈擦着嘴："妈，你这是怎么了？"

老太太面色焦黄，又蹲在地上吐了一会儿。王晓吓坏了，围着妈妈问长问短："妈，我们还是赶紧上医院吧。"这一切，被屋里的老中医，隔着门缝看得一清二楚。

"慢着！"老爷子打开门走过来，把一碗热水递给王晓，"让她漱

215

漱口，我给她扎两针就好了！"

老中医说罢，让王晓扶着老太太来到屋子里的床上躺下，取出银针，在她身上扎了几针。果然，老太太不吐了，脸色也由黄变红，精神了许多。

老中医对王晓说："看在你是孝子的份上，我就破例收下这位病人了！"

在为王晓母亲治病期间，老中医从老太太嘴里得知了他们并非亲生母子，更是感慨万千。

五个年头过去了，迎来烈日，送走寒冬。王晓夫妇精心照顾着这位素不相识的老"妈"，在为妈寻医的路上，历尽艰辛。

六

冬去春来，花开花落。

又是一年的"五一"小长假。

早晨，小翔宇像一只醒来的小麻雀，十分欢快。他模仿着动画片里的将军，开始下达命令："本将军决定，今天去盘龙游玩，明天去普者黑划船，后天嘛！"小家伙挖着耳朵想了一下，又说："去广南县坝美村！"

小精灵的滑稽表演，逗得全家人哈哈大笑。

王晓一家人来到了文山盘龙公园。公园里，造型古朴的彝族火把节大型壁画浮雕、兰花展厅、蘑菇亭、龙宫、舞榭、葫芦池分布其间，绿树丛中花枝摇曳，雕梁画栋掩映在红肥绿瘦间，美不胜收。

老太太久久凝视着一棵娇艳欲滴的仙客来，心里突然像开了一扇窗户，高兴地说："多美的花啊，在长沙，我姑娘家也有这种仙客来。"

"妈，你的家原来在长沙？"王晓听了又惊又喜。突如其来的喜悦，好像天上的黑云被风吹走了一般晴朗起来。

李媛媛也是万分惊喜，脸上露出久违的笑容："妈，这是真的？"

小翔宇蹦跳着扑到奶奶怀里，高兴坏了，说："奶奶恢复记忆了，奶奶万岁！"

老太太神采飞扬，仿佛一下子年轻了十岁，脸上也堆满了笑容："是啊，孩子，咱们这不是在文山吗？可我家在长沙啊！"

"咱妈恢复记忆了！"王晓心花怒放，兴奋地摇晃着妻子，接着又摇晃着妈，"妈，太好了，您恢复记忆了！"

凝重厚实的爱心，终于创造了奇迹，王晓一家能不高兴吗！

老太太说，她叫朱如娟，是一名退休的中学高级教师。丈夫叫赵广海，是长沙市一家化工厂的工程师，10年前就因病去世了。她有一个女儿叫赵萌，是一家私营企业老板，很多年前就已移民国外了。2006年3月，朱如娟因一次车祸导致头部受伤，失去了记忆。第二年三月，一次她上街散步，因迷失方向，找不到回家的路了，便在汽车站见车就上，辗转来到文山。

"我老太婆，真是上错了车，找对了儿啊！"朱如娟喜溢眉梢。

王晓认真地听着老太太的倾诉，那终日微皱的眉宇，终于彻底舒展开来……

侠女阿秀

一

古老的万福河，自西向东，绵延八百里，河水清澈见底，两岸垂柳如绿色的瀑布。

农历九月的一天，姑娘阿秀正在万福河畔为灵光寺方丈明空采药。抬头一看，但见河对岸有一团黄尘袭来。接着，便传来战马嘶鸣声和喊杀声。

很快，她看清了，前边有一位武士身跨一匹白色战马，从万福河北岸向南岸急驰而来，河水不太深，那战马溅起一路浪花。在他后边，有五十余名官兵紧追不放。

白色战马刚刚涉水来到南岸，武士背后就中了一箭，随即翻身落马，扑通一声，掉进泥滩里。

"抓住他，他中箭了，不能让他跑了！"

"冲呀，快给我抓住他，有赏！"

说时迟，那时快，阿秀放下背篓，冲了过去。走近跟前，只见那武士的后背已被鲜血染红，脸色发白。阿秀吃力地把他背在身上，一纵身上了战马。

"姑娘，不要管我，我……不行了。"那武士说着，便昏了过去。

这时，追兵赶到。其中一个大胡子嚷道："是个黄毛丫头，不能让他们跑了，抓住刘邦！"

"驾——"白色战马长啸一声，蹿出河滩。阿秀的前后左右，全是项羽的追兵。一个个横眉怒目，挥舞着长枪、大刀朝阿秀砍来。

"尔等休要猖狂，几个毛贼，还想拦住本姑娘的去路！"阿秀从身后拔出七星宝剑，一道道寒光电闪，追兵被杀得呼爹叫娘，纷纷落马。阿秀沉着稳重，剑剑见血，终于杀出一条血路，甩开了追兵，扬长而去。

二

"爷爷，此人可能是刘邦，要好生调治。师父命我采集草药，我得赶回灵光寺了！"阿秀急匆匆地回到自己家里，向爷爷交代一番，"爷爷，我去把追兵引开！"说完，像一只白色蝴蝶似的飞跑了。

七十多岁的一方名医廖安，见孙女走得远了，赶紧关上篱笆门。他看了一下昏迷之中的刘邦，然后洗洗手，扒开他的衣服，清洗他后背上的伤口，又从一个小木盒里取出两根空心银针，朝穴位上扎了下去。不多时，只见银针上面往外冒出黑血，那是毒血。老者又从木盒里取出小棉球，把银针顶端的黑血擦掉，等黑血冒出来，再擦。两个时辰过后，银针上的血由黑变红，刘邦的脸色也由煞白变得有了一丝血色。只听他呻吟了一声，廖安这才松了一口气，接着为刘邦的伤口涂上刀伤药。昏迷了整整一天，他才慢慢睁开眼睛，说："我这是死了，还是活着？"

廖安笑眯眯地望着他，说："将军，你受了箭伤，已经昏迷一天一夜了。不过，没事了，待我慢慢为你调治！"

"老人家，是你救了在下？"刘邦非常吃力地双手撑着床沿，就要下来，给老人磕头答谢。

廖安赶快把他按在床上："将军慢来，你刚刚脱离生命危险，还不能活动！"

刘邦听话地点点头，又问："救我的那个姑娘，她……"

"她是我的孙女，名叫秀儿，是她把追兵引走了！"廖安说着，把银针上面的血迹擦净，放回小木盒里。

"秀儿？"刘邦一愣，仔细打量着廖安。

三

再说阿秀甩开追兵后，回到了灵光寺。她的师父明空方丈站在寺院门口，手搭凉棚，望着她回来了，这才双手当胸："阿弥陀佛。阿秀，你出门采药，老半天没有回来，为师放心不下。这个世道，兵荒马乱。一个女子家，万一有个闪失，让为师怎么向你父母交代啊！"

"师父，没事的。"她指了指七星宝剑，说："有它呢，还怕什么？"阿秀跟随师父学艺一十八年，十八般武艺样样精通，号称江北侠女，且亭亭玉立，傲骨英姿。

明空将了捋银髯，说道："你呀，小马初行嫌路乍，大鹏展翅恨天低。这样吧，今后出门，由慧空来保护你吧！"方丈唤出慧空，"你今后就负责保护你师妹的安全吧！"

慧空，三十五六岁，父母双亡，自幼跟随师父习武，且武艺精湛，力大无比，一对亮银锤打遍天下。慧空一听师父安排他跟随师妹下山，高兴得手舞足蹈，嘿嘿地傻笑道："师妹，师父让我跟着你，那你得天天给我买大馅包子吃。"

阿秀也笑道："师兄放心吧，一定管饱！"阿秀又对师父说："师父，你猜，我遇到谁了？是刘邦。他被人追杀受了箭伤，险些丧命，是我把他救了！"

明空一惊："哦？善哉，善哉！"

这时，一空路过此处，听到这里，立即停止脚步："阿弥陀佛，阿秀呀，我把你的衣服补好了！""谢谢一空师叔，我这就去拿。"阿秀说着就要跟一空走。

"慢来！"明空一摆手，叮嘱阿秀，"徒儿，你尘缘未了，如今武艺也学得差不多了，还是早早下山去吧。在江湖上闯荡一下也好，遇见高人，不能交臂而失之，一定向他们学个三招四招的，取长补短，你的武艺才能长进。不过，闯荡江湖，要行侠仗义，除暴安良。切记切记！阿弥陀佛！"

"师父，我此次下山，一定要找到杀害我爹娘的凶手！"

"徒儿，不可报仇心切，不可草率行事，你好自为之吧！"

阿秀来到一空的房间取衣服，那一空早已等候多时，他十分关切地说："阿秀，师叔早就知道你想下山，特地让人为你做了一身新衣服，你试试合适不！"一空从一个黄布包袱里拿出一件青色上衣，递给阿秀。

"谢谢师叔，我在灵光寺长这么大，一空师叔是最疼爱我的人！"阿秀边说，边接过衣服穿在自己身上，高兴地蹦了起来："师叔，真好看！"

阿秀的眼眶湿了："师叔，我走后，您老人家要多保重。"

这时，一空忽然想起什么来，忙问："秀呀，你说你把刘邦给救了，可是真的？"

"千真万确！"阿秀肯定地回答。

"阿弥陀佛，真乃孽缘！"一空仰天长叹起来。

阿秀大为不解，问："一空师叔，您干吗叹气呀？"

"孩子！"一空心情十分沉重地抚摸着阿秀的乌发说，"你知道你救的那个刘邦，是你什么人吗？"

阿秀瞪圆了杏眼，呆呆地望着他。

"他就是杀害你爹娘的仇人呀。这是小僧亲眼所见，还能骗你不成！"一空又从包裹里取出一只黑色烟袋，递给阿秀，"这就是十八年前，你爹在万福河边留下来的！"

阿秀怔怔地看着这只黑烟袋，鼻子一酸，泪水夺眶而出，抓起七星宝剑跑到寺院里，朝那棵合抱粗的梧桐树上狠狠划了几剑。

四

廖家庄村头，阿秀和师兄慧空各骑一匹枣红马，进了村子。还没等进家门，阿秀就急匆匆地大声喊道："爷爷，那个刘邦还在吗？"

廖安走出茅草房，见是孙女，又惊又喜，说道："秀呀，什么事？看你风风火火的！"

"爷爷，我问你，刘邦还在咱们家吗？"阿秀着急地问。

"他已经走了，怎么了？"爷爷问。

"哎！"阿秀直急得捶胸顿足。

慧空插话："我们是来摘刘邦的脑袋的。师妹说了，只要摘了刘邦的脑袋，她管够我大馅包子！老爷子，你怎么把刘邦给放跑了？"

廖安看了看阿秀，又看了看慧空，更是一脸疑惑。

"爷爷，刘邦就是杀我爹娘的仇人！"阿秀咬牙切齿道。

"这？这不可能！"廖安直摇头。

"爷爷！"阿秀将那只黑烟袋递给老人家，"这是一空师叔在杀害我爹娘现场捡到的。"

廖安接过黑烟袋，禁不住老泪纵横："是你爹家轩的，还是当年我给他买的……"

阿秀扶爷爷坐在椅子上，着急地问："爷爷，你快告诉我，刘邦究竟去哪里了？"

廖安擦了擦眼泪："来了一队人马把他接走的，好像说是去安兴集一带。"

"安兴集？"阿秀望着爷爷，"就是梁山以北的黄河渡口？"

廖安点点头。

"杀父杀母之仇，不共戴天。不杀死刘邦，我誓不为人！"阿秀怒火盈胸，从牙缝里冒出这么一句，牵着马就要走。

廖安担心地说："孩子，刘邦拥有雄兵百万，就凭你一个小女孩子岂能杀掉他。再说，单凭一空给你的这个烟袋，就断定刘邦是杀害你父母的凶手，未免太轻率了吧！"

阿秀坚定地说："证据确凿，又是我一空师叔亲眼所见，还犹豫什么呢？爷爷，您老人家多保重，我们走了！"

慧空也说："再见吧，老爷子，等我把刘邦的脑袋给你摘回来。"

两人纵身上马，疾驰而去。

五

安兴集镇紧靠黄河渡口，居住人口达一万余人，是当地出了名的繁华重镇。

阿秀、慧空二人赶到时已是夕阳西坠。一片晚霞，把天空烧得通红。

好大的一个镇子，经商的招牌在街道两边挂得到处都是。卖吃的卖用的，琳琅满目。街道上人们来来往往，车水马龙。

在安兴集镇前后左右，都驻扎着刘邦的军营。青色大帐，接地连天，一眼望不到边。巡逻的军队骑着战马，一队接着一队，好不威风。

阿秀二人在一个卖大馅包子的商铺门口停了下来，店老板非常热情地迎上来："二位客官，想吃包子，里面请！"

"来三十个包子吧！"阿秀说。

"有包子吃喽，还是师妹疼我！"慧空馋得口水都流出来了。

"好嘞，三十个大馅包子！"老板把包子端了上来。慧空一手拿一个，直烫得龇牙咧嘴，他左右开弓，一阵狼吞虎咽。一大筐包子，不大一会儿，就被他吃光了。

趁天色还早，他们二人在街上随便溜达起来，顺便踩踩道，为夜间行事做着准备。

到了定更天，阿秀二人找到了刘邦所在的军营大帐。借着漆黑的夜幕，他们各自拿好应手的兵刃，慢慢靠近大帐。

军营大帐里，灯火通明，刘邦和他的谋士萧何、郦生、张良，武将樊哙、韩信等人正在商谈军机要事。

只听萧何说："沛公此次大难脱险，因祸得福，霸业必成！"众人随和："是啊，沛公是吉人自有天相！"

刘邦感慨地说："我大军在定陶以西与项羽激战时，不料出了内奸，他们来个里应外合，令我险些丧命，幸亏得一位老神医精心调治。对了，是一位名叫什么秀的女子奋力搭救，这才化险为夷。请诸位帮我打听一下，日后必有重谢！"

张良进言："沛公，我二十万大军对付项羽四十万大军。虽敌众我寡，但我军训练有素，兵不在多，而在于精！"

刘邦自信地说："是啊，这是一场扭转局面的战役，我们务必将项羽四十万大军消灭在黄河以北！"

正在这时，一个黑大汉一纵身跳进军帐，抡起大锤，一锤一个，砸死两个站岗的小兵，高声喝道："刘邦，爷爷在此，还不出来送死！"

夜深人静，冷不丁这么一嗓子，惊得刘邦等人慌忙吹灭蜡烛，几个武将也蹿出帐门。

阿秀也跟着跳进军帐："刘邦，杀父之仇，不共戴天，本姑娘今天非取你人头不可！"

"来人呐，有刺客！"有人大声喊道。

巡逻的士兵赶到，一时间，整个军营灯球火把，亮如白昼。

"呵，原来是个丫头片子，让我来会会她！"说话的是一个中年男子，只见他冲过来，挥动着一把藤条长枪，"丫头，俺乃'下山虎'黄龙江是也，先吃俺一枪！"说着，藤条枪直刺阿秀咽喉。

阿秀一转身，躲了过去，只几个回合，就将黄龙江拦腰砍成两截。接着，又上来一个，也被阿秀用七星宝剑削去了脑袋。阿秀的剑法干净利落，身上连一点血迹都没有，在场的人无不惊骇。

"黄毛丫头，真是吃了熊心豹子胆，竟敢深夜行刺我家主公。来来，我看看你们究竟有多大本事！"一个五十岁左右的老者站在人群中间说道，"我乃沛公的车夫，夏侯婴是也，请你们报上名来！"

"老东西，你少啰嗦！我管你什么下猴婴、下猪婴的，拿命来！"阿秀挥动七星宝剑，来个"拦腰锁玉带"，恨不得把这家伙一剑砍成两截。

哪知夏侯婴不慌不忙，使了个"旱地拔葱"，一纵身蹦出两丈多高。接着，他挥舞着一把大刀，两人你来我往，战在一处。阿秀力猛剑沉，上下翻飞，左突右冲，越战越勇。夏侯婴接架相还，不慌不忙。只见军营大帐里刀光剑影，喊声震天。两人战了八十多个回合，不分胜负。

再看那慧空，正咧着大嘴，挥舞着亮银锤，朝涌过来的兵丁砸去，嘴巴还不停地喊道："我叫你拦着爷爷的去路！我叫你不让爷爷去摘刘邦的脑袋！"只砸得众兵丁哇哇怪叫，不敢靠近。只一会儿，军营中缺胳膊断腿的、掉脑袋的，躺下一大片。

然而，毕竟是双拳难敌四手，好汉架不住人多。只见阿秀喘着粗气，累得汗流浃背，只有招架之功，已没有还手之力，其武艺敌不过夏侯婴。一不留神，后背挨了对方一刀。

"哎哟"一声，阿秀栽倒在地。疼痛钻心，鲜血染红后背。眼看她就要被捉，在这千钧一发之际，一个蒙面人像闪电一般冲过来，拎起阿秀，一阵风似的逃走了。

慧空见此情景，大声嚷道："爷爷不打了，肚子饿了，等吃饱了大馅包子再来摘刘邦的脑袋！"说着，跳出人群，几个起落，踪迹不见。

"抓住他们，不要让刺客跑了！"

"快追呀！"

刘邦军营乱作一团。

六

在安兴集镇的一条小河边，蒙面人放下阿秀，摘下头上的青纱，露出了本来面目。

"一空师叔？"阿秀揉揉眼睛，这才看清蒙面人，长出一口气。

一空厉声训斥道："你们犯了兵家之大忌，打不赢就要赶紧走，不可恋战，岂能硬拼？要不是师叔我及时赶到，你们焉有命在？"

慧空也气喘吁吁地赶来了，说："我还没打过瘾呢，师妹怎么跑回来了！"一看阿秀受了伤，旁边还站着一空，慧空内疚地说："都怪我，没有保护好师妹！"

"好啦，阿秀，先到灵光寺治伤。要杀刘邦，再另做打算吧！"一空说到这里，又轻声对阿秀说，"此次行动，你一定要保密，绝不能让你师父明空知道。他与刘邦是至交，如果让他知道你要杀刘邦，他会极力阻止的！"

阿秀回答："就依师叔，一切听师叔安排。"又叮嘱慧空："记住，要保密！"

慧空嘟囔着："保密，保密！"

阿秀等人来到灵光寺见了明空方丈。老方丈看了看她的伤口："是刀伤，幸亏没有伤及致命部位，是何人所伤？"

"是一个地皮恶霸，他光天化日之下竟敢强抢民女，我们本想为民除害，不承想此人武艺高强，我们不是他的对手。多亏一空师叔及时赶到搭救，才……"阿秀支支吾吾地撒着谎。

明空叹了一口气，给她的伤口上了药，说："先在这里调治一段时间吧！"

每天，明空都要给阿秀换药、煎药，并用气功为她疗伤。

就这样，经过三个月的调治，阿秀的刀伤得以康复。

一天深夜，明空正在打坐诵经，忽听阿秀求见。"师父！弟子拜见恩师！"

明空抬起头："阿秀啊，不去睡觉，来见为师意欲何为？"

阿秀恳求地说："师父，弟子武艺不精，这才吃了亏。我想再跟您学上几招剑法。"

明空站起身来，说："就凭你达摩剑法的造诣，对付三五十个人是不成问题的。你吃亏就在于心高气傲，过于轻视对方。"

阿秀点点头。

明空又问："我问你，那个恶霸使用的是什么招法？"

阿秀回想了一会，说："好像是峨嵋剑术！"

"哦？当今武林，南昆仑，北少林，西峨嵋，其武术各有千秋，高人比比皆是。但吃得千般苦，方为人上人。这样吧，为师再传授你六十四路"闭月羞光扫魔剑"。此剑法是一招变八招，八招变六十四招，只见剑光，不见人影。练熟此剑术，出手要快，先发制人，方能克敌制胜。这样吧，从今天起，咱们就开始练！"

每天夜间，明空都传授阿秀剑术，一招一式，十分认真。阿秀天资聪慧，一学就会，深得师父喜爱。

阿秀在灵光寺跟随师父学艺一月有余。其武艺大有长进，尤其学会了"闭月羞光扫魔剑"，更使她如虎添翼。这天晚上，明空对阿秀说："从明天起，你就不用来了。你尘缘未了，还是下山去吧。你切要记住，人外有人，天外有天。任何时候都不要骄傲，活到老，学到老。你闯荡江湖，遇到什么世外高人，一定要虚心向他们学习。我佛门弟子，练武是为了护体强身，除暴安良，切不可滥杀无辜。倘若你触犯佛门寺规，为师知道了，决不容你！"

阿秀饱含热泪地说："师父，我记住了。"

阿秀刚刚离开方丈的禅房，一空就来找她，并且压低嗓门说："秀啊，师叔听说刘邦灭了项羽，百万大军正云集定陶，准备在二月十六日举行登基大典。我们一定要在此之前，除掉你的杀父杀母仇人！"

阿秀点头答应。

一空又说："世人之仇，莫过于杀父杀母之仇，你与刘邦是一天二地仇，三江四海恨，成败在此一举。一旦让刘邦得了天下，你要报仇雪恨的事将永无机会，你懂吗？"

阿秀说："师叔，谢谢您两次救命之恩。您放心，我这就赶往定陶，不杀仇人，我誓不为人！"

七

在定陶县城西北十八里处的官固堆附近，刘邦在此安营扎寨。灭了项羽，大势已成。他正紧锣密鼓，准备举行登基大典。军营大帐里红灯高挂，旌旗猎猎。军营内外，官兵进进出出，人欢马叫，好不热闹。

这天晚上，刘邦的军帐里依然是灯火辉煌，刘邦和文武百官正在议事。忽见两名卫兵冲了进来，一个手握七星宝剑，一个挥舞着亮银锤，且高声喝道："刘邦，杀父仇人，还不出来送死！"

"刘邦，爷爷摘你的脑袋来了！"

霎时，营帐里一阵慌乱，有人喊道："快抓刺客！"

第一个冲上来的是夏候婴，武将樊哙、韩信等人也跟在后面。那两个卫兵不是别人，一个是侠女阿秀，另一个是傻英雄慧空。

夏候婴一看，鼻子都气歪了："又是你这个黄毛丫头，还有你这个傻秃驴！"

夏候婴手提钢刀正要过来应战。只见一个五十开外的，眉毛、胡子全没有的秃头老家伙说："夏老先生，杀鸡焉用宰牛刀？把这个黄毛丫头和那秃驴交给老朽。"

说着，秃头老家伙走到阿秀跟前："俺乃昆仑山无毛怪张大鹏是也！请你报上名来。"

阿秀亮出七星宝剑："本姑娘姓姑，叫奶奶，你就叫我姑奶奶吧！"

"啊呸！想占俺的便宜不成！"无毛怪亮出一根七节鞭，使出一个"追风雷鸣闪电劈"，朝阿秀双腿扫去，姑娘不敢怠慢，赶紧使了个"潜龙升天"，腾身而起，蹦出两丈高。她身轻如燕，招式灵活，将达摩剑法使得出神入化。只用二十多个照面，就将无毛怪的一只胳膊砍下。顿时，鲜血狂流，痛得无毛怪在地上直打滚。

"你们哪个还来？"阿秀刚用鞋底擦了擦剑上的血迹，只见两个身穿青布上衣的中年男子冲了过来："黄毛丫头，还真厉害啊，连昆仑山无毛怪都不是你的对手。知道俺们是谁吗？"

阿秀冷冷一笑："不知道，你们一起上吧！"

"俺们是辽东二圣，让你尝一尝亮银枪的厉害！"话不投机，辽东二圣各使一把亮银枪，来个"金鸡乱点头"，欲对阿秀下毒手。哪知姑娘根本不把他们放在眼里。打着打着，姑娘一抖手，甩出一支金钱镖，"嗖"的一声飞了过来，只听大圣江天明"啊"的一声，脑门上中了一镖，栽倒在地。

"哥！"二圣江天亮见同胞哥哥死于非命，哇哇怪叫着，"臭丫头，我跟你拼了，为哥哥报仇！"江天亮哭喊着对着阿秀的腰间就是一枪。阿秀躲了过去。那二圣哪是阿秀的对手，只见她一闪身，转到二圣背后，挥起一剑，将他的双腿劈为两截。

阿秀越战越勇，打着打着，仰天大笑起来："哈，哈，哈！我还以为刘邦手下的人有多威猛强悍，原来净是些酒囊饭袋！"

"黄毛丫头，真是狂傲之极，快给我抓住她！"刘邦气得五官都移位了，连声咆哮。

"沛公不必惊慌，待俺们去取这黄毛丫头的人头！"说话的是三个五十多岁的男子，各拿一根青竹竿，匆匆蹿到阿秀面前说，"丫头，今天俺要让你死个明白。俺们乃是东北三虎。今天，让你知道东北三虎的厉害！"

阿秀微微一笑，冷冷地说："什么三虎？我看你们是狐假虎威，本姑娘倒要看看你们这三只虎究竟有多厉害！"

说话间，第一个冲过来的是穿山虎高秉贵，挥动青竹竿，如闪电一般，直打阿秀的前脑门。姑娘把头一歪，闪转腾挪，两人战在一起。这次，阿秀使用了刚学会的六十四路"闭月休光扫魔剑"，一招变幻成八招，八招变幻成六十四招，到处都是剑光，却不见姑娘的人影。穿山虎看得眼花缭乱，一个没注意，被阿秀把耳朵削去一只。

"哎呀！"穿山虎疼痛难忍，哇哇怪叫起来，青竹竿也扔在地上，败下阵来。

"老大，练武四十年，竟败在一个胎毛未退，乳臭未干的黄毛丫头剑下，真丢人现眼！"说话的是抓地虎王豹。他用手一指阿秀："丫头片子，真看不出，你小小年纪，还真有两下子。今天叫你知道这根青竹也不是吃素的！"他舞动着青竹竿，朝阿秀后背砸去。

阿秀莲足轻点，身躯连连晃动，犹如鬼魅行空，随即舞动着七星宝剑，两人打斗到四十多个回合，不分胜负。这时，追风虎薛宝兴见抓地虎招式散乱，知道他难敌这黄毛丫头。当即高声断喝："二哥，不必惊慌，待三弟助你一臂之力！"说话间，来了个"二虎"斗侠女。

阿秀此刻已经消耗很多体力，身上已冒出了汗。她心里清楚，恶仗还在后边呢？为了节省体力，在战"二虎"的同时，顺手从百宝囊里摸出两颗飞黄石，一抖手弹了出去。一声尖啸，分别打中了追风虎的鼻梁骨和抓地虎的前脑门。二虎大叫一声，受伤不轻，败下阵去。

"饭桶，都是些饭桶，连一个黄毛丫头都对付不了！"刘邦这下真沉不住气了，拍案而起。

"沛公，少安毋躁，待老朽将她的人头取下，"夏候婴脚尖轻点，来到阿秀面前，"丫头，好身手，年纪轻轻武艺能练到如此地步，难能可贵！不过，你仔细看看，到处都是我们的人，你们插翅难飞，还不速速跪下求饶！"

阿秀满脸怒气，冲到那老家伙近前，上去就给他一个"力劈华山"："老东西，先吃姑奶奶一剑再说！"

夏候婴见一道寒光扑来，一个转身躲过这一招。紧接着，阿秀使出六十四路"闭月休光扫魔剑"，左一剑，右一剑，剑剑不离夏候婴后脑勺。夏候婴大吃一惊，几个月不见，这丫头武艺大有长进。于是，夏候婴不敢怠慢，全力使出峨嵋剑法予以应对。两人打到一百五十余个回合，仍未分出胜负。

再说傻英雄慧空，挥舞着一对亮银锤大战樊哙，嘴里还不停地喊道："你是哪里来的毛贼，敢挡爷爷的去路，爷爷非砸死你不可！"

樊哙大怒，正要拼命。突然跑过来一个六十多岁的小老头，尖脑袋，整个人瘦小枯干，脸上的狗油胡七根朝上，八根朝下，瓮声瓮气地说："樊将军，让老朽来对付他！"

慧空见状又大笑起来："我说你怎么长得这样小，多少年没吃饱饭了，干巴成这样？我不跟你打，你的脑袋太小，不禁揍。"

小老头名叫马金镖，手使一根链子枪，说："浑小子还会装傻，我们比的是武艺，又不是比脑袋，先吃俺一枪。"说着，一弯腰，将链子枪刺向对方。慧空脚尖点地，蹦起两丈多高，跳出圈外。然后挥动亮银锤，两人战至三十回合，小老头被慧空一锤将脑袋打飞。接着，又上来几个人，各使刀枪剑戟，大战慧空。面对强敌，慧空面不改色，抡起大锤，砸得对方血肉横飞。

一时间，军营大帐内外，杀声震耳。

但毕竟是好汉架不住人多。很快，阿秀就撑不住了，汗水直淌，呼呼喘着粗气。一不小心，脚下一滑，摔倒在地，被夏候婴生擒活拿！

慧空也落入众武将之手。

经过一阵骚乱，营地又恢复了平静。刘邦一拍桌案，带着怒气喝道："大胆狂徒，竟敢三番两次刺杀本王，拉出去砍了！"

一声令下，四个彪形大汉把阿秀、慧空二人捆绑在两棵大槐树下。只见一个满脸络腮胡子的黑大汉高举明晃晃的大刀，对准了阿秀的脖子。阿秀面无惧色，哭着仰天喊道："爹，娘，你们的冤仇，女儿今生是报不了了。求你们在天之灵别散，女儿这就随你们去了！"

傻英雄慧空破口大骂："狗日的刘邦，爷爷没有摘成你的脑袋，你小子倒把爷爷的脑袋给摘了。来呀，砍呀，随便砍。爷爷但说一个不字，就是孬种！"

正在这千钧一发的紧要关头，大营外有人高喊："刀下留人！"话音未落，只见一个叫花子模样的老者飞也似的赶到近前："沛公，杀掉这么美的一个弱女子，岂不可惜。再说，这又能算什么本事？"

刘邦怒目而视："这位叫花子，莫非你来为那女狂徒说情不成？莫非你们是一伙的？抓住他，一并砍了！"

众武士呼啦一声全涌了过来，各举刀枪要擒此叫花子。只见此人心不惊，肉不跳，仍然笑嘻嘻地说："慢来，慢来，我有几句话要对沛公说。"他指了指刘邦："我说小四，我是你三哥刘安啊，十几年不见，你小子如今混出个人模狗样来了，难道就不认故友了不成？！"

"什么小四小五的，哪里来的疯子，别听他胡言乱语，抓住他给我砍了！"刘邦厉声喝道。其实，他早就认出了刘安，这不是那个疯疯癫癫的刘三哥吗。但一看他那副尊容，刘邦不肯相认，唯恐在众将士面前失掉威严，才决定要杀他。众武士又涌了上来。

那叫花子也不甘示弱："我看你们哪个敢过来。"又对刘邦说："小四，你听我把话说完，要杀要砍，随便！"

"你快说！"刘邦怒不可遏地盯着他。

"嘻嘻，刘邦呀，刘邦！当年我们弟兄五人，八拜结交，冲北磕头，难道你忘记了！我们给张员外家里干农活。那一天，到了过午，我们五人骑着麦垄锄地，管家给我们送来一罐子稀粥，里面还放有几颗黄豆。当时我们又渴又饿，就去抢罐子。结果争来抢去，罐子落地打碎了，稀粥全泼在地上。谁也喝不成了，大家都快急哭了，就去捡地上的黄豆吃！小四，这些事难道你全忘了？"

"呸！不要听他一派胡言，本王自幼习武，哪干过如此低贱之事！抓住这疯子，杀了！"刘邦气急败坏，一屁股坐在椅子上。

众武士七手八脚地抓住那个名叫刘安的叫花子，手起刀落，刘安的人头落地！

刘邦又吩咐部下："把这女狂徒还有那个秃驴，一并砍了！"

那络腮胡子高举大刀，准备杀阿秀，忽听帐外又有人高喊："刀下留人！"

刘邦十分恼怒："本王要杀一个黄毛丫头，竟有这么多人跟着捣乱，真是岂有此理！"

只见一位六旬左右的老者，像一阵风似的奔来，手捻银髯，说道："故友求见，沛公一向可好？"

"阁下是？"刘邦离开桌案，来到近前，左一眼，右一眼地打量着这位面如晚霞、慈眉善目的老者。

"沛公，"老者笑呵呵地说，"想当年，你我兄弟五人，号称沛县五虎，却同室操戈。有一天，我们身骑青鬃烈马，手拿弯弓长柄大刀，打破罐粥城，活捉豆将军，沛公曾记否？"

刘邦暗自发笑，心想这二哥张贵说的跟刘安叙述的还不都是一回事吗？不过，同样一件事，二哥说得好听，让人心里痛快。于是，他哈哈大笑起来："原来是二哥深夜造访，这边请！"

张贵来到刘邦近前，叹道："沛公，沛县一别，一十八载，我们兄弟五人各奔东西，廖家轩大哥也死于非命。"

"廖家轩？"阿秀听得真切，杏眼圆睁，怔怔地打量着这位陌生老者。

张贵又问："沛公，为何要杀这位姑娘？"

刘邦答："她三番两次刺杀本王，正要杀她，你就来了！"

张贵看了看那个叫花子刘安的尸体，心中一阵难过，暗骂刘邦太不近人情了！但他强忍悲痛，故作轻松地又捻银髯："凡事都有个定数，你是否问清其中缘故？"

"这？"刘邦恍然大悟，一语惊醒梦中人，于是，一挥手，"把那女子带过来，本王要问话。"

众人把阿秀带到帐前，刘邦压了压怒火，问道："你这女子，我们有何冤仇，令你一而再，再而三地前来刺杀本王？"

阿秀看了看张贵，又盯住刘邦："呸！十八年前，是你在万福河边，把我爹娘杀害，难道你还想抵赖不成？"

刘邦惊问："你爹是……"

阿秀答："廖家轩，我娘陈兰英。"

"啊？"刘邦、张贵二人同时惊叫起来。

刘邦来到阿秀跟前，亲自为她松绑："孩子呀，本王非但不是你的杀父杀母仇人，本王还是你的救命恩人呢！"

阿秀不信："这不可能！一空师叔才是我的救命恩人呢？他有证据

证实你就是杀害我爹娘的仇人！"阿秀说着，把那只黑烟袋拿给刘邦等人观看。

刘邦看后直摇头，脸上的表情极为复杂。他知道，那的确是家轩大哥的黑烟袋，可又不清楚一空是何许人。

刘邦让夏候婴打开一个小红布包裹，取出一小块青布说："这是你娘当时留下的血书，你拿去看吧！"

阿秀接过那块青布，展开仔细辨认，是血书，可惜只有一半。不明白是怎么回事，忙问："怎么只有一半？另一半呢？"

刘邦笑道："你使用的是不是一把七星宝剑？""是又怎么样？"阿秀不解地望着刘邦。

刘邦说："是你爹留给你的，你打开剑柄顶端就清楚了！"

"哦？"

阿秀大惊，这把宝剑跟随自己多年，从来没有发现这剑柄竟藏有母亲的血书。她将剑柄顶端三拧两拧，果然发现有个小洞。抽出半截血书，与刘邦手里的那块一对。立时，她脸色大变，只见上面血迹斑斑，歪歪扭扭地写道："阿秀，杀你父母的仇人是王洪金。你长大成人，要报仇啊！"落款是："母亲陈兰英！"

"王洪金？谁是王洪金？"阿秀发疯似的问。

张贵回答："此人早已出家当了和尚，听说在什么灵光寺，法名一空！"

"这？"阿秀简直不敢相信，十八年来，她一直把一空当成救命恩人，没想到他才是自己不共戴天的仇人！

刘邦沉思良久，才缓缓说道："十八年前，本王和你父亲，还有张贵等人在沛县衙门供职。我们八拜之交，义结金兰。老班头陈振东的女儿陈兰英样貌出众，陈振东有意想把女儿许配给王洪金。未等成婚，陈振东却发现王洪金曾多次干出奸淫邪盗之事，劣迹斑斑。一怒之下改了主意，把女儿许配给廖家轩成了亲。对此，王洪金怀恨在心，硬说廖家轩夺了他的爱妻，多次寻机滋事。在你刚满一岁那年，他们二人相约在万福河边决斗。待本王闻讯赶去时，他们已打得天昏地暗。你娘制止不住，在一旁直抹眼泪。打来打去，发了疯的王洪金一剑将你爹刺死。你娘找王洪金拼命，结果又挨了他一剑，倒在血泊中。接着，王洪金又要把你铲除，本王拔剑朝他屁股上刺了一剑。他咆哮起来：'刘邦，你等着，我定要报这一剑之仇！'说罢，他穿过树林逃之夭夭。"

"你娘临死前，从身上撕下一块青布，蘸着身上的鲜血，写下这份血书。

"后来，本王把你托付给灵光寺明空长老抚养……"

扑通一声，阿秀跪在刘邦跟前："四叔，我错怪你了。多年来，我竟一直错把恩人当仇人，把仇人当恩人。不分青红皂白，是非颠倒，我真浑！"她哭成了泪人，恨不能顿生双翼，飞到灵光寺亲手将王洪金那秃驴千刀万剐。

"孩子，快起来！"刘邦将阿秀扶起来，十分担心地说，"那王洪金武艺高强，十八年前就能凭着一把蓝光大刀纵横天下，何况今天呢，他的武艺必定大有长进。"

张贵捻着银髯说："秀啊，你四叔说得对，恐怕你不是王洪金的对手。不过，人无完人，武功再高强的人，也有他的弱点，我们要找准对方弱点，来个出其不意，攻其不备！"

阿秀眼前一亮，紧握拳头，点点头说："对呀！"

八

灵光寺，乃千年古刹，坐落在梁山以北的低洼处，苍松翠柏掩映，十分壮观。古刹终年香火缭绕，前来烧香拜佛的人络绎不绝，是方圆百里的著名寺院。

阿秀、慧空二人回到灵光寺，见过师父明空后，又去拜见一空。

一空惊喜地问："秀呀，你回来了，事情办成了吗？"

阿秀直摇头，叹息不止："师叔，那刘邦兵多将广，又有武林侠士相助，我们不是他的对手。"

一空把脸一沉，口诵佛号："阿弥陀佛，罪过罪过。如此看来，为你父母报仇的事儿是没什么指望了！"

阿秀手抹泪水，说："一空师叔，你说该咋办呢？"

一空目光阴沉，扫了阿秀一眼，又安慰说："办法终归是有的。让师叔再想想，你先别着急，咱们从长计议吧！"说完，一空冷冷地坐在蒲团上，手捻佛珠，诵起经来。

灵光寺又恢复了以往的平静。在这里，阿秀表现得镇定自若，好像什么事情都没有发生过。她除了每天练武以外，还经常找一空切磋武功，拉家常，为他洗衣送饭，表现得十分热情。

老天下着蒙蒙细雨。寺院内因下雨而无人练功，显得十分清静。

突然，禅房西侧的一间卧室里，传出鬼哭狼嚎般的惊叫声。

众僧闻讯跑过去一看，但见一空大师脖子上缠着一条红花蛇。他的床上、家具和门头上，全是蛇。有的盘成一团，有的昂着头，口吐红舌，令人毛骨悚然。一空几乎是在蛇窝里挣扎着，他瘫软在床上，口中大喊着："救命啊，救命呀！"

一空努力想要站起来，一看地上全是蛇，便又瘫软了下去。

"一空，不，王洪金，没想到吧，你也有今天！"阿秀站在他的卧室门外，厉声喝道，"多年来，我一直把你当成恩人，却原来，你才是杀我父母的仇人！"

慧空也赶来了，扯开嗓子，大笑起来："哈哈！一空，你这只白脸狼，今天怎么与蛇共舞了！"他又对阿秀说："师妹，我说呢，你天天催着我上山捉蛇，原来是对付这白脸狼啊！这胖子，天不怕地不怕，一见蛇就怕得要命。真是一物降一物呀！"

这时，只见王洪金抓起一条白花蛇就往嘴里塞，弄得满脸是血。"嘻嘻，真好玩，真好玩！"他忽然站起来大笑着走出屋门，裸着上半身往山上跑去。

一连几天，王洪金不停地在山上跑来跑去，嘴里高喊着："救命啊，蛇，蛇！"

"他疯了，一空被蛇吓疯啦！"众僧人见王洪金整天不停地跑，也跟着他看热闹。

再说王洪金，完全被蛇吓疯了。他傻笑着，拼命地胡乱往前跑着，不知不觉中来到了恶狼谷的悬崖前，一纵身，跳了下去。

众僧人走到跟前，也被惊呆了。

慧空咧着大嘴对阿秀说："师妹，一空跳进恶狼谷喂狼了！听说下面有上百只狼哩！"

阿秀望着恶狼谷，回答道："这是他应得的下场！"

众人回到灵光寺时，阿秀看见刘邦、夏候婴等人也在寺院门口等着他们，便跪在刘邦面前说："四叔，王洪金已经跳进恶狼谷了！"

方丈明空口诵佛号："阿弥陀佛，善哉善哉！善有善报，恶有恶报，一空落此下场，也是他的造化！"他又对刘邦说，"沛公乃一代明主，如今霸业已成，实在可喜可贺！"

刘邦抱拳施礼："十八年来，本王戎马倥偬，未曾前来拜谢方丈，望请海涵。当年本王托付方丈抚养家轩兄之女一事，有劳方丈费心，本王有礼了！"

明空以礼相还："应该的，应该的，不足挂齿，沛公鞍马劳顿，何不进禅房歇息片刻，吃顿素斋？"

刘邦再次施礼："本王有要事在身，就不必了。方丈，如今阿秀已长大成人，又足智多谋，武艺高强。本王且带她在身边，共扶汉室，你看如何？"

明空又诵佛号："阿弥陀佛，就依沛公吧！"

"师父，十八年养育之恩，终生难忘，日后必有报答！"阿秀跪在地上给师父磕了三个响头。

明空又说："莫谈什么报答。只要你跟随沛公多做善事，造福苍生，为师也就知足了！"

慧空缠着方丈说："师父，我也随师妹去了。跟着师妹，她管我吃饱大馅包子！

众人都笑了起来。

"再见，方丈！"

"保重，师父！"

"驾！"阿秀打马扬鞭，跟随刘邦众人迎着朝阳，踏上了新的征途。

山杏，山杏

一

山杏早早起床，推开窗户，她一下子僵住了：鲁西南平原，窗含曹州千堆雪。银色世界里，一群麻雀落在高压线上，像五线谱上脱落的音符，叽叽喳喳，胡乱叫嚷。

她早起是为了赶路，却偏偏碰上这漫天飞舞的大雪。

"这可怎么办？"山杏急得差点儿哭出声来。

她必须赶路，一刻也不想停留。

昨天下午，跟年迈的父母和满脸郁闷之色的丈夫于建华告别后，她再次轻轻抱起来到这个世界上才四十五天的女儿糖豆。作为母亲，她再也控制不住自己情感，任凭泪水奔涌而出。毕竟母女连心，相处四十五天就不得不分开，此时的山杏柔肠寸断。

疫情来势凶猛，每时每刻都在吞噬着一条条鲜活的生命。身为医生，她必须逆水而行，与战友们并肩与瘟神搏斗。

山杏的父亲含着泪拍拍女儿的肩膀："孩子，你放心去吧，目前正

241

是用人之际，咱们只有舍小家而顾大家了！而且泉城医院正组织精兵强将全力驰援 K 城呢！"

山杏妈正给糖豆喂着奶，抽泣着说："杏，不用担心，俺会照顾好宝宝的。"

丈夫于建华帮助妻子推着自行车，送了一程又一程，千叮咛万嘱咐："老婆，你在抢救病人的同时，千万要顾及自身的安全，咱们全家期待着你平安而归！咱们的糖豆将来长大了，一定会盛赞自己的妈妈千里走单骑的壮举！"

生活中的于建华，是个情感细腻、极富温情的男人。于建华苦笑着又说："三国时期的关羽千里走单骑，人家骑的是马，如今你骑的却是自行车，我担心你这个单薄的小女子会吃不消的。"说到这里，丈夫爱怜地叹了一口气。

"没事，老公！"山杏拍着胸脯，反倒轻松快活地说，"放心吧，本女子就是要来个巾帼不让须眉！"作为妻子，此时的她只能故作莞尔，满不在乎。但想到家里还有一个嗷嗷待哺的婴儿，作为母亲，此时的山杏就像打开了五味瓶，苦辣酸甜，在胸腔里翻涌。

她一头扑进他的怀里，泪如雨下。

"老公，你真好！我感激红尘中有你同行。"她笑了，碎玉一样的牙齿，晶莹剔透。

情难舍，爱难分……

二

山村小路上，一个小黑点，正一点一点地向前蠕动着，迎面蠕动过来另一个小黑点。

那是一个早起捡粪的老汉，沟壑纵横的瘦脸上最突出的特点，就是那一绺花白的山羊胡。

山羊胡看着这个推着自行车、满头是汗的弱女子，十分诧异。这冰天雪地，大过年的，这闺女却急着赶路，莫非有啥急事？

"闺女，大冷的天，你这是到哪里去？"山羊胡主动走向前搭讪。

"大爷，俺去 Y 城上班！"山杏停下脚步，跺跺脚，又擦擦脸上的汗回答。

"去 Y 城？我的娘哎，一千多里地呐，你不是跟大爷开玩笑吧！"老汉以为这女孩子在说胡话。但又打量一下自行车上的水壶和大包小包的东西，唏嘘不已。

未等老人说完，山杏打断他的话说："大爷，我是医生，我得去县城搭火车，Y 城那里正需要人，多一个人就多一个帮手啊！"

山羊胡一时无语，认真地点点头，内心升起对山杏的敬佩之意。老人手搭凉棚朝远方看了看，又对山杏说："闺女，就让俺送你一段路吧！"说着，放下粪筐，就去推自行车。

"大爷，使不得。俺能走，去县城也就几十里地，没事的！"山杏不肯把车子交给他。

山羊胡固执地说："Y 城遭了灾，咱们要是看着不管，那还算人吗？"说着硬是夺过自行车推起来就走。

山杏激动得眼圈发红，多么善良而热心的一位老人。

"大爷，那你的粪筐？"山杏问。

"放心吧，小偷偷这偷那，就是不偷屎！"山羊胡回答。

一句话，逗得山杏"噗哧"一下笑出声来。

山羊胡吃力地推着自行车在雪地上走了一段路，沧桑的老脸上冒着热气，有点上气不接下气了。

老人停了下来，把车子往雪地上一扎，对山杏说："闺女，你先等会儿。"老人边说边往回走。

山杏不明就里，刚想张嘴说些什么，见山羊胡已经走远了。

一个多小时过去了，山杏心急火燎，不时抬腕看表，心想：这老头让我在这干等着，也不说去干啥，心里有些不耐烦了。

山杏正胡思乱想着，忽听背后传来喊声："闺女，闺女，你别走，等一会儿！"

她扭头往后看了一眼，不禁怔住了：只见山羊胡挥着鞭子赶着一辆驴车，扬起一片白雾，朝这边飞奔而来。

"大爷？"山杏全明白了，再也无法控制自己的心情，任凭泪水奔涌而出。

"吁——"山羊胡喝住毛驴，把车停了下来，从车上端起一个小瓷罐，递给山杏，"闺女，你还没吃饭吧？这是你大娘刚煮的饺子，趁热吃吧！"

山杏又仔细打量一下眼前这位老人，嘴唇微微颤动。

"闺女，快吃吧，别凉了！"山羊胡又催促道。

"哎，大爷，俺吃！"山杏吃着热气腾腾的饺子，心里像吃了蜜似的那么甜。

小毛驴四蹄翻飞，嘴上喷着热气，在茫茫雪地上留下了两道深深的辙印……

临近天黑，山羊胡还要继续赶路，可山杏说什么也不肯了，再走下去老人回去时太危险了。她深深给老人鞠了一躬，说："大爷，等到抗疫胜利了，山杏一定会回来看望您老人家！"山杏鼻子一酸，感动的泪水飘洒在刺骨的寒风里。

"中啊，中啊，闺女，俺盼着你回家！"山羊胡手捻胡须，呵呵笑着，脸上写满无限的幸福。

山杏点点头，咬着唇，推着自行车继续向前走去。

三

山杏继续做着蜗牛，一步一步向着县城前行。她也在实现理想的路上越走越远，越走越坚定。

突然，她两眼一阵发黑，一头栽倒在地，连人带车一起滚到了路边的沟里。

说来也巧，从后面驶来一辆四轮拖拉机，驾车的是一个二十多岁的青年小伙。车灯照耀下看到这一幕，小伙立即停车，跳下车来。

小伙跑到路边，大吃一惊，只见一辆自行车砸在一个女子身上，这女子昏迷不醒躺在沟里，前额上还沾沾冒着鲜血。不由分说，小伙抱起女子吃力地爬上深沟，一手捂着女子的伤口，拼命地向前面的小山村跑去。

等到小伙把昏迷的女子抱进村卫生室，已经累得满脸是汗，张着大嘴，喘着粗气，说不出一句话来。

村医是个黄胡子老头，正在给病人打点滴，看见小伙抱来个伤者，惊得手忙脚乱，赶紧把受伤的女人平放在床上，先给她处理伤口，然后为她号脉。

这时，名叫秋生的小伙也缓过劲来了，他急着问村医："赵大伯，她没事吧？"

村医为她号着脉，又翻翻眼皮，说："她这是急火攻心，再加上身体虚弱所致昏厥。增加点营养，打两瓶葡萄糖点滴，应该就没事了。"

秋生这才长长出了一口气。

"这是咋回事？"秋生的妈妈史春秀慌慌张张地跑来，见村医正在为一个漂亮女子打点滴，儿子秋生站在一旁，一时被弄糊涂了，不解地问儿子。

"妈，刚才在路上，大老远俺就看见她摔在沟里，昏了过去，俺就把她抱回来了。"秋生解释道。

村医看了秋生一眼，问："原来你们不认识？"

秋生点点头。

史春秀眉梢眼角都是笑，这闺女真俊。俺秋生正没媳妇呐，莫不是天上掉下来个仙女，给俺秋生做媳妇的？

山杏从昏迷中醒来时，她已经躺在陌生的床上，身边还有两个陌生的人：老太太五十多岁，白皙的圆脸上有着细细的皱纹；小伙二十四五岁，高鼻，瓜子脸，模样英俊。

两个陌生人都在望着她微笑。

"我这是怎么了？"山杏一阵紧张，挣扎着就要坐起来。

"闺女，别动，你可醒过来了！"史春秀揪着的心总算落地了，如释重负地说，"我的娘哎，把俺吓死了！"

"姐，你好好休息一下，很快就会好起来的。"旁边的秋生微笑着安慰道。

山杏怔怔地打量着这两个陌生人，又看看身上的大红花被子和软乎乎的被褥，一时糊涂了。

"俺这是咋了？"山杏怯生生地问。自己不是正推着自行车赶路吗？怎么会出现在一个陌生的地方？还有，眼前这善良的一老一少又是谁？莫非自己是在做梦？

"闺女，你昏倒在大路上，连人带车滚到了沟里，是俺家秋生把你救回来的。"见女子一脸的疑惑，史春秀解释道，还有意指了指身边的儿子。

听大妈这么说，山杏想起了自己晕倒的那一幕。

"怎么会这样？"山杏自言自语着，泪水也不停地往外涌出。

秋生见山杏泪流满面，认为她有啥误会，慌忙解释道："这位大姐，我可没敢碰你，俺对天发誓！"

山杏见面前这个腼腆的小伙误会了她，很是愧疚，忙说："好兄弟，姐姐没有怪罪你，感激你还来不及呢！"

这时，史春秀端着一碗热气腾腾的小米粥和几个鸡蛋来到山杏的床前，笑呵呵地说："闺女，喝碗小米粥暖暖身子吧。"说着，把碗放在茶几上，扶着山杏坐了起来。

"谢谢大妈，给你们家添麻烦了，俺真不知该咋谢你们。"山杏抹着泪说。

"闺女，看你说的。能来到俺们家，就是缘分。像你这样的俊俏闺女请都请不来呢！"史春秀剥了一个鸡蛋放进山杏的碗里。

喝了一碗热粥，又吃了一个鸡蛋，山杏顿感精神了许多，额头上微微冒出汗来。

见这女子脸上泛起了红光，史春秀母子十分开心。

史春秀问："闺女，你叫啥名？这是到哪去呀？"

秋生也用期待的目光注视着她。

"俺叫山杏。"放下碗筷，山杏把自己急着去 Y 城抢救病人的事详细说了一遍。

"俺叫秋生，山杏姐，Y 城已经封城了。那地方疫情严重，俺真佩服你这个逆行人的勇气。"秋生是个高考落榜生，说起话来，十分斯文，也很可爱。

秋生说话时看起来云淡风轻，眉宇间却隐藏着一丝淡淡的忧虑。那里，毕竟是个疫情肆虐的城市。

打了点滴，又吃了饭，山杏提出马上赶路。

史春秀极力劝阻道："山杏呀，你身子骨虚弱，大妈再挽留你一天行不？大过年的，你还怕把大妈吃穷喽？不是有个古人说，别笑农家酒有点辣，丰年留客鸡呀鸭的也不少吗？"

此话一出，把山杏笑得前仰后合，小小的屋子里像敲响了一串银铃。

秋生不乐意了，说："妈，不会说甭瞎说。这是大诗人陆游的诗句：莫笑农家腊酒浑，丰年留客足鸡豚。"

史春秀不好意思了，红着脸说："俺没啥文化，说不上来，闺女可别笑话俺。"

"大妈，看你说的！"山杏亲切地拉着史春秀的手。说实话，对眼前这善良而热情的母子，山杏除了感动，还真有点依依不舍。

山杏执意要赶路，史春秀见挽留不住，只好让秋生开着拖拉机载着山杏，向着白衣天使要去的目的地疾驰而去。

四

疫情笼罩下的东湖医院，早已是风声鹤唳，草木皆兵。一个个穿着防护服的白衣天使和志愿者们进进出出，一辆辆救护车载着生命垂危的病人，鸣着急促的笛声驶进医院。

医护人员奇缺，年过花甲的老院长赵立成急得团团转，不得不亲自推着呼吸机跑步进出病房，抢救病人。一旁的护士长郑诗敏自言自语道："要是山杏姐在就好了。"

另一位女医生接过话茬："山杏是呼吸科的骨干医生，能以一当十。不过，人家在休产假呀！"

赵立成不满地瞪了她们一眼："快别说了，即使产假满了，山杏也一时半会儿来不了啊，相隔一千多里路呐！"

两人点头称是，转身干活去了。

在同事的眼里，山杏就像鸟儿一般轻盈，像小鹿一般活泼。她回家生孩子，虽然没有带走一块云彩，而大家却像少了点什么似的。

这时，赵立成又为一个病人做了一番检查，大声吩咐："赶快给他上呼吸机！"

"院长，来了！"一个身着防护服的女医生应声奔来。

赵立成转身要走，却停住脚步，觉得这声音咋这么耳熟？

"是山杏？"赵立成有点不相信地问。

"院长，俺回来了！"山杏大声回答。

随即，院长的眼圈红了，伸出大拇指，由衷地赞许道："山杏，你真勇敢，好样的！"

女医生和郑诗敏走过来拍了拍山杏的肩膀，大家又能并肩作战了。此时此刻，这轻轻的一拍胜过了千言万语。

"山杏，山杏！"几乎所有的人都向她伸出了大拇指，笑容在每个人的脸上绽放。

山杏说："我们大家都很勇敢！"

山杏说得多好！朴实无华，实实在在。

是啊，疫情来势凶猛，并且张开血盆大口，每时每刻都在吞噬着鲜活的生命。只有勇敢和意志坚强的人，才能直面生死，无所畏惧。

看吧，一个个白衣天使、解放军战士、武警、民警和志愿者，不都是这个时代最勇敢的人吗？

沧海横流，方显英雄本色！

白衣天使山杏"千里走单骑"的故事，像长上了翅膀，飞进医院里的每个病房，飞遍这个古老文明的国度……

洋博士

一

20世纪初，一对美国夫妇远渡重洋，辗转来到中国唐山传教，还分别为自己起了个中国名字——阳鸿基和阳平驹。这对美国传教士亲眼目睹了中国军阀混战，百姓饱受战乱之苦的悲惨遭遇，他们省吃俭用，把节省下来的钱物用来帮助那些饱受饥寒的穷苦百姓。

1920年，他们生下了第三个孩子，是个女孩，他们为她起了个中国名字——阳佳佳。佳佳不仅生得漂亮可爱，而且同她的父母一样心地善良。她和中国小朋友一起玩耍，经常从自己家里拿些好吃的东西送给那些吃不上饭的中国孩子。在唐山，她走在大街上，看到许多逃荒的中国人，他们衣衫褴褛，有些婴儿面黄肌瘦，饿得"哇哇"直哭，佳佳也跟着哭。她哭着跑到家里问爸爸："爸爸，那些孩子怎么这样苦呢，他们为什么吃不上饭呀？"

天真的童言，问得父亲一时也难以回答，只能连连摇头，仰天长叹。

一次，阳佳佳和姐姐出去玩，在回家的路上，听到一个婴儿在啼哭，姐妹俩四处寻找，终于在一堵土坯墙后找到了这个婴儿。婴儿躺在一个簸箕里，盖着一件破衣服，佳佳赶紧跑回家叫来爸爸，把这个婴儿抱回家里喂养。婴儿需要吃奶，阳鸿基就从一位中国老乡家里买回一只奶水充足的白山羊，挤奶喂给婴儿吃。小佳佳天天围着婴儿和白山羊跑前跑后，还外出找青草给白山羊吃。有一天，佳佳实在找不到青草，急得团团转。回到家里又渴又饿，拿着一个苹果正想啃，忽然发现那只白山羊望着她"咩咩"直叫，于是佳佳把自己要吃的苹果喂了白山羊。从此，嘴馋的白山羊天天围着佳佳要苹果吃。直到半年后，婴儿被一位好心的中国商人领养，佳佳家里仍然饲养着这只白山羊。

10岁那年，佳佳一家搬到山东鲁城生活。邻居家有一个叫周青山的男孩，与阳佳佳年龄相当，他们经常一起去学校学习或到田间挖野菜，很快就成了好朋友。

周青山家里养着一头黑毛驴，是用来耕田、拉车的，小青山也常常骑着这头驴进城或到田间干活。对此，佳佳觉得好奇，跃跃欲试，便从自己家里拿来几个熟鸡蛋，塞给周青山："亲爱的周，犒劳你一下。不过，你得教我骑驴！"

"教你骑驴行，可这鸡蛋我不能吃。"周青山把手缩了回去。"你真有意思，咱们不谈学骑驴，先把鸡蛋消灭了再说。"阳佳佳把鸡蛋剥好，硬是塞进周青山的嘴里。

为了教阳佳佳骑驴，周青山找来一个木凳子，让她站到上面，再骑在毛驴身上。他牵着毛驴，让她骑着毛驴在大街上行走。正巧，迎面过来一对走亲戚的年轻夫妇，也是男的牵驴，女的骑在毛驴身上，说说笑笑，好生开心。阳佳佳目送着他们走过，羡慕不已，便对周青山说："将来咱们两个要能像他们一样该多好呀！"

周青山说："那我就给你牵一辈子驴好啦！不过，那应该是不可能的事！"

"怎么不可能呢？"阳佳佳不解地问。"因为，你是洋人，我是中国人，我们能成亲吗？"小青山一本正经地说。

"能，一定能。"两个孩子幼小的心中从此有了一个如游戏一般美丽的梦想。虽然他们还不太清楚，成亲意味着什么，但至少有一点他们知道，那就是可以永远在一起，一个骑驴，一个牵驴。

苦水里长大的孩子往往过早地成熟起来，鲁城的萋萋芳草和淙淙清泉，不仅把家庭困窘的周青山养育得浓眉俊目，也赐予他常人所不具备的天赋。从六七岁时起，他就跟父亲学得一手修理钟表的精湛手艺。小青山修起钟表来十分认真，从不偷懒。阳佳佳也常常到钟表店里看周青山修表，觉得很有意思。但是不久，周青山的父亲身染重病，撒手人寰，一家人的生活变得更加困难。在阳佳佳的要求下，她的母亲把小青山招到自己家里帮助干一些家务活，以便给他些钱物接济家里。小青山为人厚道，手脚勤快，深得阳佳佳一家人的喜爱。尤其让阳佳佳父母感动的是，她家里有一个"西洋钟"损坏了，已摆在屋里多年，曾经找过几家钟表店，都没有把它修好。有几次，阳鸿基看着心烦，想把它当废铁卖掉，都被阳平驹制止了。然而，自从周青山来到阳佳佳家里做工以后，这钟就不翼而飞了。起初，阳鸿基觉得奇怪，但因为不是什么珍贵的东西，也就没有在意。

"阳伯伯，你过来看看！"几天以后，周青山突然来到阳家，对阳鸿基说，"我把你们家的钟修好了！"

"是吗？"正在伏案看经文的阳鸿基吃了一惊，抬头看着那个"滴滴答答"走得正欢的钟，高兴地说，"哎哟，我的孩子，你真给了我一个惊喜！"

正巧，周青山的母亲也来这里串门。

"孩子，跟你妈妈合个影吧，做个纪念！"阳鸿基说着便举起相机，"咔嚓"一声，留下了一个珍贵的镜头。这张照片，此后被阳佳佳保存了60多年。

阳佳佳虽然不知道"郎骑竹马来，绕床弄青梅"这句唐诗的具体含义，但诗中的意蕴被她深深领略了。

在两小无猜的嬉戏中，两人渐渐长大。

一天上午，阳佳佳觉得有点奇怪，周青山怎么到现在还没来？她来到周家，发现周青山在床上滚来滚去。

"青山，你怎么啦？你先忍着点，我背你去医院看医生。"看着周青山疼得直冒汗，阳佳佳不容分说，从床上拉起周青山，就要往外走。

"佳佳，不用了，你帮我到药铺里拿几片药就行了。"周青山吃力地说着，说啥也不肯去医院。

不容周青山再说下去，阳佳佳背起他就拼命奔向医院。周青山家离医院有两里路，要是在平时走走也许算不上什么，可背着一个比她重许多的男孩子，对阳佳佳这个从没有干过什么重活的弱女子来说，的确有点力不从心，她显得那么吃力，还没有走多远，就两眼直冒金星。

"哎哟！"阳佳佳突然惊叫一声。原来她一不留神，脚下一滑摔倒在地，双膝被磕破了，殷红的鲜血顺着裤脚流了下来。痛得昏迷过去的周青山也被摔醒了，他看着佳佳流血的膝盖，赶紧脱下他母亲刚为他做的蓝布衣服，从上面撕下几块布条，忍着肚子剧烈的疼痛，动作麻利地为她包扎伤口。

"青山，不碍事的，咱们快去医院，快，我来背你！"阳佳佳蹲下身子就要背周青山。

"还背？"周青山生气地一把推开她，"你不要命了，我不去医院了。"他捂着肚子，刚向前迈出几步，便疼得实在支撑不住，又蹲在了地上。

阳佳佳也来了倔脾气，一下子将周青山背起来，咬着牙往前走。坑坑洼洼的青石路上，一个 16 岁的美国女孩，背着一个比她重的中国男孩，艰难地往前走……

经过医院诊断，周青山患的是急性胃肠炎，需要马上住院治疗。在医院治疗的一个多月时间里，阳家为他支付了全部的医疗费，而阳佳佳则一直陪伴着他，为他取药、煎药。周青山家里生活困难，拿不出钱来买营养品，阳佳佳每天都从自己家里把做好的可口饭菜送到病房里。

同室的病友见一位外国姑娘对周青山百般呵护，便经常拿他们开心。在阳佳佳离开病房时，一个大胡子问周青山："小伙子，这个洋姑娘是你什么人呀，咋对你这么好？"

周青山自豪地说："一位朋友！"大胡子啧着嘴说："小伙子，你可真有福气啊！"这句话把周青山说得如坠云雾，却又似有所悟。

二

1937 年，阳佳佳的父亲决定举家回国，让孩子回美国接受教育。阳佳佳一听说全家要回国，犹如晴天一声炸雷，世界刹那间在她的面前变得灰暗起来。她缠着父母说："我不要离开中国，我要在这里生活一辈子，我舍不得离开这里的好朋友！"

要启程了，可传教士一家人却怎么也找不到阳佳佳，阳鸿基急得团团转，便到周青山家里来找。不料，周青山也不在家，周母告诉他："这会儿呀，他们说不定又去了黄河边。"

古老的黄河，像一条黄色的带子，穿过平原，绕过山川，浪花追逐着浪花。黄河岸边，站着一对年轻人，他们虽然肤色不同，但都是喝着黄河水长大的，他们深深地爱着这条恩泽大地的母亲河。

"佳佳，回去吧，你的家人会着急的！"周青山催促着，然而，他又何曾舍得让阳佳佳走呢？"让我再看一眼黄河吧！"阳佳佳目不转睛地凝视着奔腾不息的黄河水，此时此刻，她的心里也像这黄河水一样，久久不能平静下来。7 年了，她和周青山在这里放牧、割草、玩耍、唱歌，他们生活得那般快乐、幸福。可现在，自己要到另一个国家去生活了，她依依不舍地又一次拉着周青山的手说："要等到什么时候，咱们才能再见啊！"黄河无语，周青山亦无语。

或许，理解"爱"这个字对这两个年轻人来说，未免太早，但那种朦胧的感觉却在如此情境下化作满城花絮，离别的愁绪也如烟般在两人的心中缭绕着。

阳佳佳要回美国了，怀着惜别的惆怅，她特地约周青山到黄河岸边散步。她说："不知为什么，想到就要离开中国了，我心里很不是滋味，你能多陪我一会儿吗？"

周青山"嗯"了一声，点点头。此时此刻，他心里是多么想把心爱的人挽留住啊！

两人漫步在黄河滩区，长吁短叹着，望着浑浊的、滚滚东去的河水，他们各自的心里都像河水里一个接一个的漩涡一样，此起彼伏。

在松软的草地上走了很长一段路程，阳佳佳深深地叹了一口气："要是没有战争该多好呀，我们就可以永远在一起过着和平、安静的生活！"

"是呀，要有和平的那一天，我一定把你从美国接回来，娶你为妻！"

"亲爱的周，我也是这么想。中国的梁山伯与祝英台，牛郎织女等，他们的爱情流传千古。我想，我们的爱情也会地老天荒的，我们不要他们那样的结局，我们要过幸福生活，白头到老！"

阳佳佳说到这里，从怀里取出一个精美的小花手帕，说："周，我赠给你这个小东西！"

周青山接过来，展开一看，只见上面绣着"永远爱着你的阳佳佳"几个大字。

周青山十分激动地把手帕装进衣兜里，对阳佳佳说："我没啥东西送给你，就把我那只画眉鸟赠给你吧，见到画眉，就如同见到我了！"

阳佳佳惊喜地一把拉住他的手，她知道，那是周青山最喜欢的小鸟，他一有空就逗它玩。她激动地说："太好了！我会珍惜它的！"

这时，周青山下到河水较浅的地方，摸了一条黄河鲤鱼，很熟练地除去内脏，然后生火。不大一会，就把鱼烤熟了，一股香气扑鼻而来。他挑了一块最好的鱼肉递到阳佳佳的手里："给你，多吃点。也不知何年何月才能再次吃到。"

阳佳佳那深深的眼窝里泪花闪动，接过鱼肉咬了一口，细细地品尝着。嘴里喃喃地说："我的周，你放心，无论我走到哪里，我一定会回来吃黄河鲤鱼的！"吃着吃着，她凝视着周青山："亲爱的，我给你朗诵一首诗吧——《如果你定要爱我》。"

为爱情而爱吧。

如果你定要爱我，

让你的爱不要为了什么。

不要说："我爱她美貌出众，我爱她温柔的语调和笑容，

因为她的癖好和我的一样，她会让日子过得愉快和安详。"

亲爱的，由于这一切都可以改变，

为了这一切的爱也会时过境迁，

也不要用你的怜悯擦干她的泪花，

把你的情意恩赐给她。

对你的安慰，她可以长记心怀，

也许忘记哭泣，却因此失去你的爱，

为了爱能像永恒的山河，

求你只为爱情而爱我！

阳佳佳如泣如诉地朗诵到这里，突然问道："周，你知道这是谁写的诗吗？"

周青山摇摇头。

"是英国诗人勃朗宁夫人写的呀，真像写的是我们两个人！"阳佳佳说着，一把搂住周青山的脖子，热烈地亲吻起来。

阳佳佳终究还是走了，只留给周青山一个惜别的眼神、一个永远的背影……

回到美国后，阳佳佳仍然保持着在中国的生活方式，吃饭用筷子，和家里人谈话尽量使用汉语，金色的头发扎着小辫子，身上穿着从中国带去的土布衣服。如此装束的她行走在加利福尼亚的大街上，引来不少行人异样的目光。阳佳佳的父母经常搂着她的脖子打趣地说："我的宝贝，你简直就快变成一个中国人了。看来，你的中国习惯是不愿意改了。""是的，妈妈。"阳佳佳认真地说，"我认为中国的生活习惯很好！我想永远保持下去。"

数年后，阳佳佳从医科大学毕业，她留在了加利福尼亚的一家儿童医院工作。正值青春的她，充满活力，蓝宝石般的双眸，永远闪烁着星星的光辉。一些豪门子弟，开始对她展开疯狂的追求。一个星期天的上午，父亲在教堂做过礼拜后回到家里，异常和蔼地对女儿说："孩子，你已经到了该找丈夫的时候了，如果有必要的话，我就为你找一位称心如意的丈夫。"

"不，爸爸，我的心上人并不在加利福尼亚，他在黄河岸边，我和他生活在一起，会幸福的。"

"你是说周青山？"阳鸿基瞪大眼睛。

"对，是他！"

"周青山的确是一个好小伙子，可是中美两国既不通邮，又不通航，这几年都无法得到周的消息，况且那里正进行着一场战争，周也不知是死是活。孩子，这里有许多地位显赫的小伙子拼命追求你，我劝你还是面对现实吧！"

"现实，什么现实？不要说这些人地位多么显赫，今天他们追你，恨不得把心掏给你，来显示他的虔诚，一旦不需要你了，他就会把你当成垃圾甩掉。"

"但周青山是来不了美国的，这是上帝的旨意。"

"不是这样的，爸爸，上帝不会把这样的旨意强加于人的。"

"你，你给我滚出去！"性格刚烈的父亲气坏了。

又是几年过去了，年老的父亲病入膏肓，老人希望在他闭眼之前，看着女儿步入婚姻殿堂。在家人及亲友们的极力相劝下，为了不让老人失望，阳佳佳和一名医生结婚了。婚后，阳佳佳把全部热情投入事业，和丈夫一起攻下了医学博士学位。由于阳佳佳工作干得十分出色，很快就升任为加利福尼亚儿童医院院长。

阳佳佳人在美国，她的心却在中国，她一直想用自己所学的知识来为中国的老百姓做点什么。她的丈夫霍尔顿一直把妻子视为掌上明珠，对她体贴入微，关爱有加，但在妻子一直要求到中国工作这件事上，却极力反对并且大动肝火。

第一次是 20 世纪 60 年代，阳佳佳向丈夫郑重提出到中国工作。那是圣诞节的第二天，沉浸在节日氛围里的阳佳佳和丈夫一起来到加利福尼亚的中国餐馆，要了四个中国菜，阳佳佳给丈夫倒满酒，有意无意地问了句："亲爱的，下一个圣诞节，咱们能否在中国度过呢？"

"你说什么？"霍尔顿把端到嘴边的酒杯重重地放下，"让我和你一起去那个遥远的地方，去找你的周青山？去继续你们那神话般的故事？何况，你想去也去不成了，现在连总统都去不成。"满腔怒火的霍尔顿腾地站起，拂袖而去。

望着丈夫悻悻而去的背影，阳佳佳失望地摇着头，端起酒杯，一饮而尽。她为丈夫不能理解自己的想法而陷入深深的痛苦中。

1972 年，尼克松访华，中美两国关系走向正常化。阳佳佳抓住这个新契机，再次提出到中国工作，又遭到丈夫和家人的阻拦。对此，阳佳佳并没有灰心，她加入了当地的中国友谊协会，为发展中美贸易、增进中美两国人民的友谊终日奔波。

这位性格倔强的美国女子，她的心中一直藏着一个中国梦。然而，她的这个中国梦，一做就是 60 年。

三

1997 年，阳佳佳的丈夫去世。悲痛过后，阳佳佳毅然决定——变卖家产，到中国定居。消息传开，各种劝阻也随之而来。孩子对她说："妈妈，你这么大年纪了，还远渡重洋到中国去生活，那可怎么行呢？"亲友对她说："亲爱的，你在这里有别墅，有汽车，真想不通，中国有什么东西把你的魂勾去了？"

但阳佳佳决定的事是不会轻易改变的。她打电话追问在洛杉矶工作的大儿子："我的签证，你究竟给我办妥了没有？"儿子说："还没有，妈妈，到中国去的名额有限，再等几天吧！"阳佳佳一听就火了，说："什么名额有限，如今中国是一个开放的国家，到中国去参观、旅游的人多着呢，你要等到何时才给我把签证办好？"老人说到这里，"嘭"的一声扔掉了话筒。

阳佳佳终于悟出她托儿子办理出国签证的事为什么一下子拖了几个月：儿子是想用这种方法来阻止自己的行动。

我不能这样没完没了地等下去！阳佳佳亲自去了洛杉矶，求助她在医科大学的同学，曾经在旅游部门工作的温格帮忙，很快办好了出国手续。

儿女和亲友为了达到不让她到中国来的目的，把小汽车的钥匙藏起来，甚至阻止别人买她的小别墅。但阳佳佳始终坚持着，最后终于踏上了前往中国的飞机。

1998 年 11 月 25 日，年逾古稀的阳佳佳终于横跨重洋，来到了她阔别 60 年的山东鲁城。鲁城早已今非昔比，但山还是那座山，萋萋芳草还是那么迷人，山涧清泉也还是那么淙淙汩汩，如诗如画。

但是，几十年过去了，她魂牵梦萦的心上人周青山早已去世。

经多方打听，阳佳佳找到了周青山的儿女，也找到了周青山的坟墓。周青山是在 1965 年因病去世的，弥留之际，他嘱咐儿女们将来有一天，如果阳佳佳回来了，就将当年阳鸿基临去美国时赠送给他的那口西洋钟交还给她。因为它是他和阳佳佳那段倾心相爱历史的最好见证。

捧着那口钟，阳佳佳在周青山坟前久久伫立。

黄河仍旧奔流，那追逐的浪花如一组组记录往事的镜头，显现出周青山欢乐的笑脸，魁梧的身影。

"周青山！"面对滔滔黄河，阳佳佳大声呐喊，"你知道吗，我回来了，我回来了！"

第二天，她就托人到集市上买来一只画眉鸟。多年来，她一直有饲养画眉，不过究竟换了多少只，她也记不清了。

阳佳佳在王庙村住了下来。到这里之后，她就为村里和当地中小学做了许多有益的事情，先后捐出 3 万美元和 35 万元人民币用于帮助学校发展教育事业和改善村容村貌。

阳佳佳准备把美国的一些优质蔬菜品种引进来，以帮助当地农民提高农业科技含量，发展优质高产农业。

在阳佳佳的院落后面，有一个占地约0.3亩的小菜园，里面种了白菜、胡萝卜、甜玉米等。每天，当田野在晨光熹微中醒来时，村里的人们就会看到早起的阳佳佳正在为庄稼施肥、浇水、锄草……

在一个80岁老人的心中，国界并不重要，重要的是那个地方有她的爱！

陶朱公巧点鸳鸯谱

一

一天，陶朱公从外地贩马归来，路过张家洼东北角的一片坟地。时逢农历七月，骄阳似火。陶朱公和伙伴们热得汗流浃背，身上全湿透了。他们口干舌燥，饥肠辘辘，正想找片树荫乘凉，歇歇脚，顺便吃点东西。

"嗯？不好！"陶朱公刚想坐在道旁休息，一抬头，突然发现前面一棵歪脖子槐树下，一个女子正在上吊！

"快，快去救人！"陶朱公一吼，几个箭步蹿过去，飞起一刀割断绳子。扑通一声，那女子落地，嘤嘤啜泣起来。

众人把绳子从姑娘的脖子上解下，把她扶起来，陶朱公等人这才看清：姑娘一身蓝色的翠烟衫，绿色的百褶裙，身披淡蓝色的薄纱，肩若削成，腰若约素，肌若凝脂，气若幽兰。眸含春水清波流盼，头上倭堕髻斜插一根镂空金簪，缀着点点紫玉，流苏洒在青丝上。玉面芙蓉，明眸生辉。

262

"姑娘，为何行此短见？"陶朱公不解地问道。

"几位恩公，你们不该救我呀！你们今天救了我，明天我还得去上吊，不如现在就让我死了吧！"女子哭得像个泪人。

"姑娘，你有什么难处，不妨告诉我，你有什么想不开的？"陶朱公劝解道，"普天之下，道路千万条，何必走寻死这条路呢？"

"恩公。"姑娘苦苦地摇着头，"即使跟你说了，你也救不了我。恩公，求求你们了，还是让我去死吧！"

"可别这么想！"陶朱公连连摆手说，"这位姑娘，天下的事，只有想不到的，没有办不到的。只要姑娘说出来，兴许老夫能为你解围呢！"

女子瞪大了一双杏眼，重新打量着面前这位白净、慈祥、相貌非比寻常的男子，随即掏出手帕擦擦泪水，说："恩公，看你们都是好人，给你说了也无妨！"

接着，女子抽泣着，娓娓道来。

女子姓张，名叫巧云，年方二十四。她爹是本村大财主，名叫张喜贵，人称张员外。家有良田千顷，房舍百间，虽有三妻四妾，可膝下只有一个女儿。巧云自幼聪慧过人，饱读史书，琴棋书画，样样精通。巧云与在她家做长工的高三情投意合，两小无猜。高三打七岁就来张家做长工，聪明机智，手脚勤快，深得张员外喜爱。为此，高三更是感激不尽，拼命给张家卖力。巧云见高三面目温和、心地善良、遂生爱慕之心。一次，高三的母亲患伤寒病，险些丧命。幸亏巧云几次给高家送去私房钱，使得高母能够及时医治，才保住这条老命。对此，高三默默记在心头。

在张巧云二八妙龄那年。三月的一天深夜，张巧云打发丫鬟约高三在后花园里会面时，姑娘有意要把自己的终身许配给他，问高三愿不愿意。

高三一听，心中暗喜，却又不敢表露分毫，只得怯生生地说："小姐，这可不行，我家境贫寒，配不上你呀！"

张巧云凑到他跟前，压低嗓门说道："巧云也是个有骨气的女子，不论富贵与贫贱，只要情投意合，即便吃糠咽菜，心里也是甜的。反过来，虽富贵荣华，心不相投，虽吃山珍海味，可心里也是苦的呀！高三哥哥，我这辈子相中了你，也就铁了心，你就带我远走他乡，过清静的日子去吧！"

可说来也巧，巧云跟高三私下约会的事，很快便被张员外知道了。于是，他派出二十几个家丁，把一对情人抓个正着。

随即，张员外喝令家丁把高三捆绑起来，关进牢房。又派众家丁专门看住张巧云，不许她离开闺房半步。

高三家里六十多岁的老母亲刘氏，听说儿子被张员外关进牢房，吓得差点没背过气去，好半天才缓过劲儿来。刘氏拄着拐杖，步履蹒跚地来到张家欲找张员外评理，哪知被张喜贵破口大骂一顿："你这刁老婆子，我不找你就算便宜了你，可你倒找上门来了。看你生的好儿子，平日里缺少管教，坏我门风，不给你们点颜色看看，你们不晓得锅是铁打的！念你偌大年纪，暂且饶了你这条老命。哼！"说着，张喜贵一招手，众家丁蜂拥而上，把刘氏老太太轰了出去。

当天夜里，恼羞成怒的张喜贵又指使家丁，一把火把高家的两间破草房烧了。幸亏刘氏老太太晚上起夜，拉起肚子来，半天没有离开茅房，才幸免于难。

张喜贵火烧张家的消息很快传到女儿巧云的耳朵里。善良的姑娘气愤至极，捶胸顿足，她哭着对贴身丫鬟桃花说："我爹爹真缺德，竟对高三哥家下此毒手！苍天啊，这叫我如何是好呀！"

站在一旁的桃花劝道："小姐，你快别哭了，还是想想办法，救救高三哥一家吧！"

张巧云擦掉眼泪，说："桃花妹妹，你快给我想个办法呀！"

足智多谋的桃花定睛思索了一会儿，低声对巧云耳语了几句。张巧云茅塞顿开，喜出望外，立即唤桃花说："就这么办吧，你快去把家丁二愣叫来！越快越好！"

"嗯！"桃花开门四处张望一下，见院子里静悄悄的，便蹑手蹑脚一阵风似的消失在夜幕里。

不大一会儿，桃花带着二愣来到张巧云的闺房外。二愣见了张巧云躬身施礼："小姐，您唤小的有何吩咐？"

张巧云正欲张口，眼泪又涌了出来，泣不成声地说："二愣哥，求求你，帮我放了高三，眼下我爹又派人烧了他家的房子，叫他娘如何安身呀！"

"这？"二愣一惊，不知如何是好，面带犹豫。

"二愣哥，事情办成，我绝不会亏待你的！"巧云说着，指使桃花用托盘端出一盘白银，"二愣哥，一点薄礼，不成敬意，你就收下吧！"

二愣平生哪见过这么多白花花的银子？简直看傻了眼，半天才说："小姐，这么多银子，小的可不敢当！"可说着还是把银子收下了。不多时，桃花又拿出一个蓝布包裹，巧云接过来，递给二愣，哀求道："二愣哥，这一百两白银，请你带给高三哥，让他远走高飞，快快逃命去吧！"

二愣别了张巧云，跟随桃花，拐弯抹角，从后门出了小院。此时，三更已过，远处传来打更的声音。

天刚蒙蒙亮，张员外已经起床，正准备上厕所。这时，一个家丁慌慌张张地跑来："老爷，不好啦，高三那小子跑了！"

"跑了？"张员外一愣，随即训斥家丁道，"谁把这小子放跑的？嗯？真是狗胆包天！还不赶快去给我追！"

　　为追赶高三，张家几乎倾巢出动，可追了半天，连个影子也没见着，这事就这样不了了之了。

　　高三跑了以后，一心想着攀龙附凤的张员外日夜张罗着要把独生女儿嫁出去。风声放了出去，前来说媒提亲的人能踏破门槛。毫无疑问，张巧云一个也没有看中。可固执的爹爹不死心，还是变着法儿为女儿说亲。老东西什么招数都用上了，哄、骗、吓、逼，可一点也不奏效，巧云就是不见。就这样，八年过去了，巧云宁死不嫁。

　　这一天，张员外摆了一桌丰盛的酒宴，他苦苦哀求道："好闺女，这回我给你说的这门亲，保证你满意。小伙子家有良田千顷，宝马千匹，他的舅舅在朝为官，我已经收下了人家的彩礼。明天，我把这小伙子请来，你瞧瞧，肯定成！"

　　第二天上午，果真有个陌生男人进了张家大院。楼上的张巧云隔着窗户观看，只见那男人狮子鼻，血盆口，一双三角眼冒着贼光，面如锅灰，满脸横肉，大腮帮子鼓鼓的，如同凶神恶煞一般，让人一看就恶心。

　　当天下午，爹爹又来逼婚："闺女，你觉得那小伙子怎么样？"

　　"呸！"巧云气急了，脸色铁青，"我好狠心的爹呀，你这不是把我往火坑里推吗？那是小伙子？起码五十了吧，要嫁，你嫁给他吧！"

　　"你！"张员外压了压心中的怒火，说道，"女儿，那人年龄是大了点，可人家有钱有势。你跟着他有享不尽的荣华富贵，你咋不明白呢！"

　　"我看你是财迷心窍！整天算计着钱，钱，钱！反正，我死也不嫁！"

　　"死丫头，你嫁也得嫁，不嫁也得嫁，就这样定了！"张员外心一横，气红了眼，拂袖而去。

二

"就这样，我被逼无奈，只有走寻死这条路了！"巧云姑娘从头到尾将她的不幸遭遇讲述一遍，使得在场的人同情和感慨不已。

"孩子，地上的路千万条，你年纪轻轻，聪明漂亮，又何必走这条路呢？我想办法总会有的！"陶朱公安慰着张巧云。然后，长长舒了一口气。

"是啊，这位姑娘，你见到我们老爷，就算有救了！"马倌王贵兴插了一句。

陶朱公将了将花白的胡须，眉头一皱，又微微一笑，说道："巧云姑娘，既然碰上了，说明咱们有缘分。如果你相信老夫，就听老夫安排如何？"

张巧云听罢喜出望外，跪在地上连磕三个响头，说："恩公，小女子遵从便是！"

"哈哈！"陶朱公站起身来，擦了擦额头上的汗，胸有成竹地说，"好，咱们一言为定！"

夕阳西下，满天云锦。张员外正在书房看书，一个家丁气喘吁吁地跑来报告："老爷，门外有一位贩马的老者求见！"

"贩马的老者？"张员外推开竹简，不耐烦地瞪了家丁一眼，"一个小小贩马的有什么好见的？大惊小怪。不见，把他轰了出去！"

"老爷，"家丁急了，"老爷，轰不得呀，那马贩非要见您老人家不可，说有要事商议！"

"噢？"张员外一惊，抬起头来，不解地说，"有要事商议，一个贩马的，我与他素不相识，能有什么要事商议？"

"老爷，小的给轰了，可轰不出去呀。来了五六个人，还有几十匹宝马良驹在门口恭候呢！"

"噢？"张员外又是一惊，"那好，会客厅有请，看茶！""小的明白。"家丁从地上爬起来，一溜烟似的跑了。

不大一会儿，陶朱公等人跟随家丁来到会客厅。但见会客厅中央的太师椅上坐着一位老者，冰蓝色对襟窄袖长衫，衣襟和袖口处用宝蓝色的丝线绣着腾云祥纹，靛蓝色的长裤扎在锦靴之中，鼻宽口阔，面色阴沉。这时，家丁向陶朱公等人介绍："客官，这位就是我们张员外！"

陶朱公擦了擦额头上的汗水，然后一揖到底，说道："陶某拜见张员外！"

张员外打量着面前这位客官，一身蓝色的锦袍，手里拿着一把白色的折扇，腰间一根金色腰带，威风凛凛，果然与众不同。他耷拉着眼皮，打着哈欠，说道："这位客官，非要见老夫，意欲何为？"

陶朱公举目望了一眼对方，见这位身材矮胖的张员外如此傲慢，目空无人，心中很是不悦。但他把火气往肚子里压了一压，依然微笑着说："老朽此去东北贩马，见天色已晚，想借宝宅安歇一晚，明日即可登程，不知员外大人允许否？"

"嘿嘿，这点小事，何必非要见老夫呢。让家丁安排一间房子住下就是了，下去歇息吧！"说着，张员外头也不抬，起身便走。

"员外大人留步，老朽还有一事相求。"陶朱公摆摆手，又问，"大人贵庚？"

张员外十分不快："你只管下去歇息，管我贵庚不贵庚干什么？你我萍水相逢，这与你有何相干？"这老头说来也怪，还是没有正视对方一眼。

陶朱公仔细打量着对方："老朽平时懂得一些卦术，也常给人相面，可知吉凶祸福。我观员外大人面色发青，阴气满面，近日必有大难临头！"

张员外闻听勃然大怒："你这老东西，好不知趣！提出要在我家借宿一晚，念我今生心善好德，允许尔等住下。不料，尔等得寸进尺，满口胡言！老夫如今如日中天，哪来的祸凶？气煞老夫也！"说着，呼唤家丁："把这等不知好歹的东西乱棍打了出去！"

话音刚落，站列两旁的家丁举起棍子就要开打。

"慢来，慢来！"陶朱公见此情景，不慌不忙，捋着花白胡须，叹了口气说道，"想不到我范蠡叱咤风云，纵横天下，乐善好施，今天算是看错人了！"

话音未落，张员外突然打断他的话："等等，你说什么？你说你是范蠡？就是那个协助越王勾践卧薪尝胆，最后灭了吴国的上大夫范蠡，又称陶朱公吗？"

陶朱公微微一笑："正是在下。"

"哎呀呀！老夫真是有眼不识泰山！"张员外听罢，突然来了个一百八十度的大转弯，态度马上缓和下来。当即喝退众家丁，然后来到陶朱公面前，大礼参拜。

陶朱公随即还礼，说："员外如此大礼，在下不敢当，不敢当呀！"

张员外又吩咐家丁："给范先生等人看茶，要上等香茶！"他拉着陶朱公的手，重新打量着对方，说："范先生有经天纬地之才，决胜千里之韬略。不知哪股香风把你刮到寒舍来了，真是满院添锦，蓬荜生辉呀！哈哈哈！"

"哪里，哪里！"

"先生，在下是尊称范蠡范先生，还是陶朱公陶先生？"

"老夫如今是个商人，陶朱公是也。"

陶朱公跟他客套一番，接着说："员外膝下可有个女儿？"

"是啊，范先生怎么知道的？"张员外又是一惊。

这时，陶朱公指着躲在马倌中的张巧云："姑娘，出来吧！"

女扮男装的张巧云走出人群，来到张员外跟前，低头不语，泪水直往下落。

张员外大惊失色，疑惑地问："你？这是为何？"

陶朱公站起来，对张员外说："员外，你甭着急，听我慢慢给你解释……"

张员外闻听，不禁老泪纵横，说道："丫头，想不到你性情这么刚烈。休怪爹爹逼婚，二十多岁的大姑娘，嫁不出去，爹爹能不着急吗？再说，那胡大人是丑了点，年纪也大了点，可人家是这一带方圆百里的首富！有享不尽的荣华富贵，你怎么就不明白呢？"

陶朱公接过话茬："有道是鸟随鸾凤飞腾远，人伴贤良品自高。我先问员外大人，是巧云嫁人，还是你嫁人？"

张员外随口答道："当然是巧云嫁人！"

"这就对了！"陶朱公进一步开导他，"既然是巧云嫁人，俗话说嫁鸡随鸡，嫁狗随狗，难道你就不让她作一点主吗？你能把一个黄花大闺女，许配给一个五十多岁的老头吗？"

"这个？"张员外无言以对，顿了顿又说，"可我已经收下人家的彩礼，这又如何是好呀？"

"这有什么为难的，退了彩礼就是了！"陶朱公说，"倘若退了婚，我倒认识一个小伙，此人学识渊博，才高八斗，貌似潘安，熟读兵书，日后必成大器！不妨给巧云姑娘介绍一下如何？"

"这个？"张员外若有所思，"退婚？退不得呀！那胡大有权有势，咱得罪不起呀！"

陶朱公又说："自己的女儿，自己不能作主，天下哪有这个道理呀！老夫倒有一计，保你心想事成。"

张员外急不可待地说："陶先生，你快说说，有何高见？敬请先生教我。"

陶朱公对张员外耳语几句之后，说："你只需……即可退婚，而且还能使那胡大满意，何乐而不为呢？"

张员外闻听大喜，急忙点头称道："高！高！好一个金蝉脱壳！哈哈……"

三

王良洼的员外胡大现年52岁，因为他右手比别人多一个手指头，人送外号"胡六指"。他依仗着舅舅在朝为官，横行乡里，欺男霸女。为此，别人又给他起了外号"胡一霸"。

这一天，胡六指正在家里庆贺他52岁生日，邀请亲朋、名人、乡士无数，一下子摆了上百桌宴席。

正在这时，管家侯春慌慌张张地对胡六指说："老爷，张喜贵的老管家张星求见。"

胡六指一怔，把举起的酒杯放在桌上："张星来了有啥大惊小怪的，你小子接待一下不就行了吗？张星是不是来报喜的？问他何时把美人张巧云送过来！"

管家倒地便拜："不是，老爷，张家是来报丧的，那张巧云上吊死了！让咱们派人去吊孝呢。"

"死了？"胡六指大惊，"妈的，真扫兴，老子今天庆贺生日，他却前来报丧。真会凑热闹！"这时，胡六指似乎又悟出点什么来，赶忙追问一句："你说什么？张巧云上吊死了？这怎么可能呢？前两天还好好的。"

管家肯定地回答："老爷，千真万确！"

胡六指有点半信半疑："早不死，晚不死，偏偏在这个时候死了！"他把酒杯一放，对众人说："诸位，尽情地喝，尽情地吃，待我处理点小事，立马回来！"

胡六指来到后院，牵了一匹"小白龙"，在四十几个家丁陪伴下，打马扬鞭，直奔张家洼。

胡六指来到张家洼村西头，只见一片坟地里围了黑压压一片人，身穿重孝，哭声不止。

这时，张喜贵号啕大哭着来到胡六指跟前，招呼着："胡爷来了，我的女儿死了！家门不幸……"

"人死了还这么美。哎，不能跟我胡某成亲真扫兴！"胡六指嘟嘟囔囔，把脸一沉，冲着张喜贵道，"连个女儿都看不住，怎么能让她上吊呢？没用的老家伙，把彩礼退了！"

"是是是。"张员外吩咐家人把彩礼退了。

胡六指和下人接过彩礼，打马扬鞭，一溜烟似的走了。

望着胡六指等人远去的背影，裹在人群中的陶朱公与张员外相视而笑。

接着，张员外大摆筵宴。席间，张喜贵又提起为女儿说媒的事来。

陶朱公端起酒杯，抿了一口，说道："这门亲事就包在老夫身上了！"

张喜贵又问："那彩礼何时送来，不然，老夫还是寝食不安啊！"

陶朱公笑了："员外大人，彩礼马上就到。"说着他拍了拍手掌。

不大一会儿，陶朱公随从对他耳语几句，陶朱公笑着对张喜贵说："大人，你朝门外观看！"

张喜贵等人把眼睛投向门外，无不惊叹起来。

门外一匹匹高头大马，头上戴着大红花，白的一队，青的一队，红的一队，每队五匹，共有五队。

张喜贵惊叹着不知说什么好，一个劲儿地唏嘘不已："哎呀呀，哎呀呀，这么多的宝马良驹，这彩礼够重的，够重的。"他招呼手下人收下彩礼，高兴得眼泪都流出来了。

四

农历八月的天气，秋高气爽，鲁西平原上的稻谷已经到了收获的季节。

陶家大院东南角，那棵合抱粗的老银杏树上，喜鹊登枝。不多时，一顶花轿拥进院子，迎亲队伍吹着欢快的曲子，显得格外热闹。在堂屋门口，花轿落地，人们抬出新娘。新郎董三胸戴红花，显得特别精神。接着，新郎、新娘开始拜天地，在拜高堂时，由于董三父母双亡，他着急地拉着陶朱公的手说："陶伯，您老坐在前面，就做我们的高堂吧！"

陶朱公忙摆摆手："这可不行，我怎能做你的高堂呢！"

董三急了："今天，你就是我们的高堂，是你收养了我，没有你，哪有我董三的今天！来来来，请接受我们一拜吧！"

在众人要求下，陶朱公见难以推辞，只好坐在前边："那我就做一回高堂吧！"

酒席散去。新婚洞房，董三用小棍挑开新娘的红盖头，瞬间欣喜若狂："巧云，原来是你？"

张巧云也惊喜得不得了："高三？真的是你吗？我不是嫁给董三了吗？怎么会……怎么会是高三哥，你还活着？我这不是在做梦吧？"

说着，她咬了一下自己的小手指，发觉很疼，这才明白过来，这一切不是在做梦。她哭了，是喜极而泣。她一下子扑在董三怀里……

董三也哭了："巧云，从今天起，我就是高三，再也不叫董三了！"他又一想，忽然说："巧云妹子，天下的事怎么会这么巧呢？还得感谢上苍啊，老天爷有眼啊，让天下有情人终成眷属。"

张巧云望着高三，说："高三哥，快说说，这些年你是怎么过来的，怎么又到了范先生家里的？"

"……那天夜里，二愣把我放出来后，我和我娘无处可去，抱头痛哭了一场。心想，天下之大，哪儿有我们穷人的活路呀！于是，我背着娘，没有目的，一步一步往前走，沿村乞讨为生。一次，我们娘俩来到一个大户人家，主人姓范，他见我们母子可怜，又见我要到饭时，先给娘吃，他感动了。说我真是个孝子！问我愿不愿意在他这里干点零活儿什么的。我怕再被张员外抓去，就隐姓埋名自称董三。一听这家主人要收留我，我和娘连忙跪地给他磕头感谢……就这样，我在陶朱公先生家住了下来，给他做了马倌。几年后，我娘去世了，是陶先生厚葬了我娘，先生的大恩大德，我今生无以为报啊！"

张巧云又问："高三哥，八年前，我托二愣哥带给你一百两银子，你收到了吗？"

"这个？我不曾见过呀！"

"这个二愣……"

半年过去了，小日子平静如水，高三夫妇百般恩爱，如糖似蜜。

一天晚上，陶朱公把高三夫妇叫到自己的会客厅里，为他们沏了一杯茶，说："我说，高三啊，你们成亲已有半年多了吧？"

高三点了点头。

"你这只雄鹰如今翅膀也硬了，不能总在我这只笼子里趴着呀，应该冲上蓝天，振翼高飞了！"

高三一惊，不解地望着陶朱公，说："陶伯，我不想离开你，我想永远跟着你！"

"这哪成啊！好男儿志在四方，你善骑射，熟读兵书，日后必成大业。我岂能永远把你关在笼子里啊！你和巧云姑娘走吧，到发挥你们作用的地方去吧！"说着，陶朱公从抽屉里拿出事先写好的书信递给高三，"不必说什么了，明天就启程吧！"

第二天一大早，陶朱公为高三夫妇准备了两匹快马，把他们送出城去。

高三和张巧云依依不舍地向陶朱公拱手道别："陶伯，您多保重！"然后挥马扬鞭，绝尘而去。

望着他们远去的背影，陶朱公长叹一声，捋着胡须，自言自语道："美哉！妙哉！天下有情人，终成眷属……"

若干年后，高三成为齐国的一位上将军，为协助齐王完成霸业立下汗马功劳……

送礼

下岗职工马玉山的儿子马箫箫大学毕业后，分配到 W 市工作。而他的女友则在北京。为解决两地分居的问题，女友为他联系好了对调单位。然而，马箫箫所在单位的王局长就是不肯放人。

小伙子愁坏了，三天两头找局长磨调动的事，常常被局长大人批评一通："小马呀小马，叫我怎么说你才好呢？你是高才生，如今是我们单位的顶梁柱，怎么天天闹着要调动呢？不安心工作，怎么行呢？"

小马撅着嘴说："王局长，你还是放我走吧。我和女友两地分居，也不是长久之计啊！再不放行，女友就要跟我分手了！"

"不行，我说不行就是不行！"王局长不肯松口。小马只能干着急，常常暗自垂泪。

"哎呀，小马，你可真是榆木脑袋。这年头，不送点礼，什么事能办成？"单位的一位好友见小马整天垂头丧气，提醒他道，"上个月，咱们单位的小谢为啥就调走了，人家没少往王大头（局长）那里塞礼！"

小马一怔，眼前豁然一亮。可是，脸上又马上愁云密布起来：送礼？咱送不起呀，我刚刚参加工作，哪来的积蓄呢？再说，父亲下岗，妈妈身体不好，常年抱着个药罐子，没钱给王大头送礼！

小马把自己的满腹心思向老马一五一十地倾诉一番，马玉山大口大口地抽着烟，叹息着，眼睛直直地望着窗外。此时，老天正淅淅沥沥地下着雨，他的心思正像这秋天的雨一样，真是秋雨秋风愁煞人！

忽然，他望见了被雨水打得啪嗒啪嗒响的两个空酒瓶子。这是他前几天捡破烂时，捡回来的茅台酒瓶子。他眼前一亮，一拍大腿："有了！"

"有了？什么有了？"老伴李贵英望着他，以为他又在说酒话，因为平时老头子只要喝点酒，话就多。

又过了一个星期，马箫箫提着两瓶茅台酒进了王局长家，送这礼能不能起作用，连他自己心里也没底。

"原来是小马啊，"身体发福的王局长挺着将军肚，眼睛瞥了瞥小马手里的两瓶茅台，笑呵呵地说，"哎哟，小马，你看你，有事在办公室里说嘛，还破费这些干什么呢？"

"局长，就是为我调动的事，你就放行吧！"小马放下酒，开门见山地说。

"我已经考虑好了，还是放你走吧，小夫妻分居两地的滋味是不好受的！明天，明天你就去办调动手续吧！"王局长回答得也很干脆。

出了王局长的家门，小马高兴得不得了，心里别提有多痛快了。第二天，他很顺利地办理了调动手续。

两个月后，王局长的儿子结婚，宴席上高朋满座，酒过三巡。这位局长大人非常高兴，特地派人将家里那两瓶茅台酒拿来，到有头有脸的单间里一摆，立即引得众人喝彩："还是人家王局长讲究！"

王局长眉飞凤舞地亲自为来宾斟满茅台酒。带头举杯一饮而尽。又喝了两巡，其中一位来宾说："这茅台就是与众不同，怎么颜色发白呀，还黏糊糊的！"

"大概是陈年老酒吧！"

"嗯？怎么还带着臊气？"

另一个早已谢顶的来宾品着茅台，突然吐了出来："不对呀，我看这不是纯酒，分明是用驴尿勾兑的！"

"啊？"众人大惊。

一个来宾"哇"的一声，把吃进肚子里的东西全吐了出来！

"呕——"

"呕——"

屋子里一片呕吐声，所有人乱作一团，一股浓烈的带着酒气的腥臭味，从屋子里涌了出来。

见此情景，王局长也傻眼了。他掏出手机，正想打电话，又无可奈何地把手机放下了，像个泄了气的皮球，瘫软在椅子上，额头上布满了豆粒儿大的汗珠……

"二牛"救母

二牛的父亲张宝生患了伤寒，已病入膏肓。因家境贫寒，无钱医病。望着骨瘦如柴的丈夫，妻子陈莲花心如刀割，她还是狠下心来向本村有名的大地主黄三虎借了一斗谷子，换成钱为丈夫抓药医病。但是，张宝生的病情仍然一天天地加重，半年后便撒手西去，那年他还不到 40 岁。

张家没了顶梁柱，就像塌了半个天，孤儿寡母在苦水中煎熬，日子过得十分艰难。看到才 30 来岁的母亲终日以泪洗面，眉头紧锁的样子，已经 16 岁的二牛扑进母亲怀里，伸手为她擦去挂在眼角上的泪水，一遍又一遍地安慰道："母亲，您一定要放宽心，儿子能撑起这个家，俺会砍柴、打猎、种田……日子会一天天好起来的，儿子一定会让您过上好日子！"

"好懂事的孩子。"陈莲花抚摸着儿子的头，看到了希望，便转忧为喜。从此，母子俩靠着一亩薄地，勤于耕作，相依为命，日子虽说过得清苦，倒也舒心。

这年隆冬的一天，大地主黄三虎带着几个家丁突然闯进张家。此人拥有良田千顷、房舍百间、妻妾成群，他心狠手辣，看到有点姿色的女子，便会绞尽脑汁地占为己有。因他横行乡里，欺男霸女，作恶多端，人称"活阎王"。黄三虎见陈莲花虽一身粗布衣裙，头发也只是随意挽了一个松松的发髻，显得几分随意，却仍难掩姿容。黄三虎看得两眼发直，心想这女子若略施粉黛，定是一个美人儿无疑。这时，他凶巴巴地对陈莲花说："你男人生病时借老夫一斗谷子，已满一年，连本带息一共是八斗半。念你们孤儿寡母，也怪可怜。这样吧，黄某有好生之德，乡里乡亲的，就减去一半，还给老夫四斗谷子吧。今天就把谷子送到老夫家。"

一听这话，陈莲花的脑袋"嗡"地一下，只觉得两眼发黑，险些栽倒在地。

一旁的二牛，一把拉住母亲，关切地问："母亲，您这是咋了？"

过了好一会儿，陈莲花才缓过神来，扑通一声跪倒在黄三虎面前，难以置信地问道："黄老爷，俺借你一斗谷子，咋就变成了八斗半了呢？"

黄三虎瞪起贼眼在陈莲花清秀的脸上扫了一下。心想，这女人咋这么水灵呢？虽已三十多了，却仍然眉清目秀，神韵迷人。那个水灵劲儿，有哪个男人见了不眼馋？他开始懊悔自己有眼无珠，美人就在身边，为什么早没有发现呢？自己虽说家财万贯，有着享不尽的荣华富贵。咋就没这个艳福呢？自己讨了八个老婆，没一个能跟眼前这个女人相比的。据说她是从外地逃难来的，还能识文断字。如果把她弄到手……活阎王心里美滋滋的，脸上却现出一副道貌岸然的样子，说："陈莲花，你是真糊涂，还是假糊涂？利加利，利滚利，老祖宗定下的规矩，难道你都忘了？八斗半就是八斗半，我黄某人是个有头有脸的人物，还能骗你不成？"

陈莲花明知道活阎王手毒心黑，却只能哭着恳求："黄老爷，你大慈大悲，就再宽限些日子吧，来年收了谷子，一定还给你。"

黄三虎冷哼一声："欠债还钱，天经地义。不过，既然你有难处，黄某就宽限你几日。"说着，脸色一变："限你十日之内还清谷子，否则就用你来抵债！"说罢，带着一脸的狞笑，扬长而去。

事隔五天，陈莲花天不亮就起床，准备到南地打柴卖钱，因为年关就要到了，她想攒点钱，准备点年货，顺便给儿子添置一件棉衣。陈莲花叫醒熟睡中的儿子，拿着砍刀和扁担就要出家门。突然，她发现院子东南角的柴垛上放着一个十分醒目的大红包袱。陈莲花很是诧异地走过去，拿下包袱，打开一看，里面是一件青色裘皮大衣。

"这不是活阎王穿的那件裘皮大衣吗，怎么跑到咱们家里来了？"陈莲花越想越觉得蹊跷，禁不住心惊肉跳起来。

二牛也觉得奇怪。他突然想起活阎王离开他家时那副阴森狞笑的模样，预感不好，似是要有大祸临头。但他还是表情平静地安慰着母亲："母亲，咱又没有跑他家里去偷，不做亏心事，不怕鬼叫门，您就放心吧。"

可是，陈莲花还是惶恐不安地对儿子说："看来，活阎王是存心要找咱们的茬啊，这几天，我眼皮老是跳，这可如何是好啊？"说着，陈莲花又无奈地啜泣起来。

这时，二牛拍着胸脯坚定地对母亲说："母亲，父亲走了，儿子就是家里的顶梁柱，天大的事，有儿子撑着，您就放心吧！"说罢，他又对母亲耳语了几句。

陈莲花不住地点头，心里亮堂了许多。

一个上午，倒也相安无事。母子俩正要吃午饭时，忽然听见院子外有人吵吵嚷嚷，不大一会儿，黄三虎带着一群家丁冲了进来。只见这帮恶奴，一个个横眉竖眼，摩拳擦掌，大有兴师问罪之势。黄三虎板着脸，说："是哪个穷鬼偷了老夫的裘皮大衣？居然敢在太岁头上动土，我看他是吃了熊心豹子胆了！"

一看这阵势，二牛就知道来者不善，一股怒火油然而生："大胆狂徒，光天化日，竟敢私闯民宅，你们究竟想干什么？"

"老爷，"一个恶奴跑来对黄三虎报告，"您老人家的裘皮大衣找到了，是二牛这小子偷的，就藏在他家的柴垛里。"

众人顺着恶奴手指的方向看去，果然发现柴垛上有一个打开的红色包袱，里面是一件青色裘皮大衣。

黄三虎指着二牛的鼻子，冷笑道："小兔崽子，原来是你偷了老夫心爱的裘皮大衣。如今人赃俱获，你说该怎么办吧，嗯？"

众恶奴大声嚷起来："老爷，还跟他啰嗦什么，打死他！"众家丁如狼似虎，跃跃欲试。

这时，二牛的母亲陈莲花吓得面如土色，赶紧护住儿子，跪地求饶。

黄三虎拿过裘皮大衣有意抖了几抖，恶狠狠地说："二牛，你家欠我的八斗半谷子，赖着不还。如今又偷了老夫的裘皮大衣。真是蹬鼻子上脸，是不是活腻歪了？再不承认，看我扒了你的皮！"说着几个恶奴就要向前。

面对强敌，二牛毫不示弱，理直气壮地说："黄三虎，你不要血口喷人，我没偷你的裘皮大衣，这是我的裘皮大衣。你要再在这里无理取闹，我就到县衙门告你去！"

"告我？"黄三虎仰天狂笑起来，"哈哈哈！告诉你小兔崽子，要告老夫的人还没生出来呢。乳臭未干的小杂种，真是狗胆包天！"黄三虎朝手下人一挥手，众恶奴猛扑过来，朝着二牛一阵拳打脚踢，打得二牛口鼻流血，躺在地上直打滚。

黄三虎觉得十分解气，脸上现出得意的神色，又问二牛："小兔崽子，还告不告老子？"

二牛爬起来擦着嘴角上的鲜血，咬牙切齿地说："只要我不死，就要告你！"

黄三虎见二牛被打成这样仍不服软，便冷笑着说："那好。老爷我今天高兴，就陪你到县衙门走一趟吧。"

于是，众恶奴推推搡搡、生拉硬扯地将二牛扭送到了县衙门。

新上任的知县孙卓是个清官，威风凛凛地高坐大堂，皱着眉头，挥手一拍惊堂木，厉声喝道："大胆刁民张二牛，年纪轻轻，不务正业，心生邪念，竟敢盗取别人的裘皮大衣，这还了得，还不从实招来！"

"威武——"

"威武——"

两旁衙役发出一片"威武"之声，吓得二牛浑身哆嗦，大放悲声："青天大老爷，草民冤枉啊！草民自幼受父母严加管教，从不曾盗取别人一针一线，哪有什么邪念？那是我的青色裘皮大衣，倒是黄三虎倚仗权势，欺我年幼，枉告不实，恳求大老爷为草民做主啊！"

黄三虎一听，立刻火冒三丈，上前就打小二牛。县太爷看在眼里，恼怒地一拍惊堂木："大胆刁民黄三虎，竟敢在公堂上撒野。"黄三虎一听急忙跪地大叫起来："县官大老爷，您有所不知，我乃本地知名绅士黄三虎。我侄女黄如意在京城陪伴王驾。明明是张二牛偷了我的裘皮大衣，却硬说是他的，真是岂有此理。恳请县官大老爷一定要治罪于他呀！"

县官孙卓又拍一下惊堂木，问道："黄三虎，你说这是你的裘皮大衣，可有证据？"

黄三虎回答："这是在下的四姨太去年亲手为在下做的，这还能有假？"

于是，孙卓命当班差役把黄三虎的四姨太崔氏招来。崔氏证实，大衣是她用三个月的时间缝制而成的。

孙卓问崔氏："这位夫人，你为丈夫缝制这件裘皮大衣，用了多少块裘皮？"

"这个……"崔氏被问得张口结舌，悔恨自己当初为什么不数一数呢？

孙卓接下来再问二牛："张二牛，你说这件裘皮大衣是你的，又有何证据？还不据实招来！"

"回禀青天大老爷！"二牛抬起头来，理直气壮地回答，"去年刚一入冬，母亲就为我缝制这件裘皮大衣，一共用了大小不等的青山羊裘皮四十七块。为了防止被窃贼盗去，特意在每块裘皮背面写有我的名字。另外，我母亲叫陈莲花，在这件裘皮大衣两个衣角里面也都各绣着一朵莲花，表示千针万线连着母亲的心！"

孙卓被说得动了情，手捻胡须，暗暗赞叹二牛小小年纪，却处事不惊，公堂上还能侃侃而谈，日后必成大器。

县官命差役当场用剪刀拆开那件裘皮大衣，果然发现每块裘皮背面都写着"二牛"两个字，而且在两个衣角里面各绣着一朵莲花。

黄三虎见状，当场傻了眼，惊得瞠目结舌。心想，明明是自己的裘皮大衣，怎么一夜之间就变成他二牛的呢？莫非见鬼了？恼羞成怒的黄三虎气得哇哇怪叫起来。

最后，县官孙卓宣判："青色裘皮大衣归张二牛所有。而黄三虎枉告不实，罚二十大板，同时罚白银五十两，作为对张二牛母子的补偿。下堂去吧！"

"好糊涂的狗官，明明是我的裘皮大衣，你却硬要判给这个穷小子，莫非你与张二牛暗中勾结不成？"黄三虎气得一蹦三尺高，脸上怒气难掩。

"大胆刁民，竟敢咆哮公堂，这还了得。明明是你欺压良民，祸害百姓，证据确凿，还敢胡言乱语，诋毁本官，老爷我向来秉公断案，执法如山。当官不为民做主，还不如回家抱孙子、卖红薯呢。来人，给我打！"

黄三虎被打得皮开肉绽，疯狂喊冤。

回到家后，黄三虎百思不得其解。本是命家丁深夜潜入张家，将自己的青色裘皮大衣用大红包袱包好，放在张家的柴垛上来栽赃陷害。一石二鸟，既逼债，又霸占了陈莲花。没想到，机关算尽反倒弄巧成拙，白白搭上一件裘皮大衣和五十两银子，还挨了二十大板，更是对二牛恨之入骨。

黄三虎吃了大亏，哪肯善罢甘休。这家伙一计不成，又生一计。几天之后，他又带着一帮恶奴到张家逼债，并限期陈莲花答应做他的九姨太，以此抵债。

陈氏伤心至极，痛不欲生。一天，她乘儿子不注意，到厨房里拿起菜刀，欲寻短见。其实，心细如发的二牛，早已留心母亲的一举一动，在暗中保护母亲。正当陈氏举着菜刀准备往脖子上砍时，说时迟那时快，二牛扑上去一把抱住母亲，从她手里夺过菜刀，并苦苦相劝："母亲，为了儿子，您一定要好好活下去，留得青山在，何愁没柴烧？活阎王杀人不眨眼，有钱有势，咱们不能跟他硬碰硬。您只管答应他的要求便是，一切有儿子担着，您不用害怕。"

陈莲花见儿子聪慧过人，又说得在理，便决定听从儿子的安排。

几天之后，黄三虎择吉日要跟陈莲花拜堂成亲。偌大的黄府布置得富丽堂皇，张灯结彩，前来贺喜的宾客络绎不绝。更可恨的是，黄三虎又出损招：凡租种黄家土地的农户，必须每户交五两白银，作为贺礼，不交者将收回土地。当地百姓见活阎王借机大肆搜刮民财，一个个都叫苦连天，可又敢怒不敢言，只得求亲告友，东拼西凑地上交贺礼。

黄三虎与陈莲花拜过堂之后，丫鬟婆子们便把眼睛已哭肿的陈莲花送入洞房。晚上，黄三虎喝得酩酊大醉，满嘴喷着酒气，趔趔趄趄地进了洞房，见陈莲花早已入睡，便三下两下地脱光了自己的衣服。此时的他，说起话来，舌头早已不听使唤："娘……娘子，你睡……睡了吗，我来……来……来了。"说着，黄三虎钻进被窝，一下子抱住了陈莲花。

突然，从被窝里钻出七八条毒蛇，有的缠住了黄三虎的脖子，有的在这个恶霸身上乱咬一通。活阎王"啊"了几声，不一会儿便口吐白沫，两眼一翻，真的到阴曹地府见阎王去了。

深夜，等到护院的家丁发现时，黄三虎早已气息全无。床上躺着的根本就不是陈莲花，而是她跟活阎王拜堂时身上穿的大红丝绸棉袄，用包袱包裹着做成假人放在床上，上面盖着被子。屋子里面灯光昏暗，七八条毒蛇，在墙角边、床底下和房梁上爬来爬去，高昂着头，吐着鲜红的信子，让人胆战心惊。新娘子陈莲花早已不见踪迹了。

原来，在黄三虎逼着陈莲花拜堂成亲时，二牛便装扮成黄府家丁跑前忙后。他乘人不备，悄悄溜进了洞房，在黄三虎进屋之前，二牛已带着扮成家丁模样的母亲，从洞房的后窗逃出了虎口。

二牛带着母亲一路逃亡，后来到了魏国，安定了下来。

神仙树

沈大鹏老汉这些天也不知是喜还是忧。喜的是：他家的四亩田地边上，前几年栽的两棵速生杨树已经长得枝繁叶茂，能卖个好价钱了。忧的是：与自己家田地搭界的孙金柱三天两头找到家门口，说那两棵杨树树根蔓延到了他的田里，把他为庄稼施的肥料都给吸走了，树荫又遮庄稼，影响粮食收成。责令他赶快把树刨掉。

对此，沈大鹏说："眼下树太小，才碗口粗，刨掉怪可惜的。再说啦，这么小的树树根能延伸多远？能影响产量才怪呢。树栽我在家的地里，又不在你的地里，管得咋那么宽啊！"

孙金柱也不甘示弱："那不行，要是不刨掉树，我跟你没完，你得赔我家产量！"这个孙金柱一望见沈大鹏的两棵杨树就心烦，一气之下，把地留给老婆去种，自己带着施工队到北京搞建筑去了。

自打孙金柱外出打工以后，沈大鹏家的两棵杨树也不知是有意跟老孙头赌气还是咋的，铆足了劲疯长，枝叶茂盛，几乎一天一个样儿。村里的人见了都觉得奇怪。一些搞迷信的人说，这定是哪个神仙在这树上安了家。有多事的人干脆请来风水先生到这里"考察"。

"咦，难怪这两棵树长得旺呢，原来是众神仙下凡，在这树上安家了。"风水先生装模作样地围着树转了两圈，说罢扬长而去。

287

"啊，这是神仙树呀！"一些善男信女纷纷到这树下烧香、磕头，摆上鸡鸭鱼肉等贡品，祈求神仙保佑。

更让人感到玄乎的是，据说一对夫妇结婚多年不孕不育，来到这里烧些香，许愿后，第二年就生下一个白胖小子。这样一来，一传十，十传百，越传越神，越传越远。就连沈大鹏老汉也觉得奇怪，难道世上真有神灵？他本想刨掉这两棵杨树，眼下他也不敢刨了。老伴张翠莲说："老头子，这树可刨不得，要是冒犯了神灵，你还活不活？"

再说孙金柱的老伴刘贵英，原先恨沈家这两棵杨树影响自己粮食收成，现在也不敢恨了。谁敢乱动神仙树呢？树上有神仙，她对此深信不疑。眼看着那树越长越大，反正老头子又不在家，就不敢再向沈家提及刨树的事了。

两年后，孙金柱回家过年。一进门，就问老伴："他娘，老沈家那两棵杨树刨了没有？"

刘贵英手摆得像风中的荷叶："你甭再提刨树的事了，那是神仙树，谁敢动？"

"神仙树？什么神仙不神仙的，那不就是两棵速生杨树吗？"

"不信，你去看看。"

"嗯？"孙金柱见老婆说得一本正经，更加疑惑不解。他端起茶杯，"咕嘟，咕嘟"喝了几口，快步来到自家责任田里察看究竟。他刚刚来到地头上，嚯！两年不见，老沈头家的那两棵杨树长得出奇的茂盛，树底下有不少善男信女们正在烧香磕头，还摆放着鸡、鱼、苹果等贡品。有的人还"噼噼啪啪"地放起鞭炮来。

见此情景，孙金柱的鼻子都气歪了。他走过去高声说道："你们都不要在这里装神弄鬼了！什么神仙树？这世上根本就没有什么神仙！你们都上当受骗了，不要听什么风水先生胡说八道！那纯粹是骗人的鬼把戏！"

"你才胡说呢？你凭啥说它不是神仙树呢？"只见一个白发老太太走过来，指着孙金柱的鼻子说，"你再胡咧咧，让神仙惩罚你！"

"大娘，你听我说！"孙金柱耐着性子，把老沈头家的杨树为啥疯长的原因详详细细地跟大家讲述了一遍。

原来，孙金柱见老沈头家的田地边栽了两棵速生杨树，心里很不是滋味，便跟沈家几次交涉。让他们把树刨掉，可老沈头一拖再拖。孙金柱想起儿子给他买的两大袋尿素。反正，我向来不认化肥这玩意儿，留着也没用。放着它，也碍手碍脚。一怒之下，趁夜深人静时，在那两棵杨树根部各挖了一个深坑，把两袋尿素全倒在里面了。他心想，老沈头，你不是不愿意刨树吧？那我就用尿素把你家的树给烧死。我让你发财，发个屁财！

谁知事与愿违，老天突然下了两场大雨，老沈头家的田又地势低洼，积了很多水，半个月没有下去。那两棵杨树非但没有被烧死，反而得到充足的养料，一天一个样地疯长起来。

"啊？"众人一听，无不瞪大了惊愕的眼睛……

市长打工

市长陈剑刚刚来到 Y 市走马上任，他想了解一下当地群众的热点难点问题，决定来个微服私访，到基层走一走。

这天上午，陈市长一不要车，二不带秘书，也不给基层领导打电话。他认为过去到某个单位搞调研或者检查工作，事先电话通知不说，有关人员跟着一大帮，前呼后拥，兴师动众；听听汇报，握握手，拍拍照，普通群众很难靠近，至于他们想什么，想解决什么问题，一概听不到，很容易滋生官僚主义作风；凭听听汇报就断言决策、发号施令的领导，一定不是好领导。

陈剑身着便装，在工厂、学校和街道办事处随便走一走，还时不时地找工人、学生，社区居民交谈几句。他觉得很开心，也很轻松。什么时候，自己也能像他们一样，坐在一起，晒晒太阳，侃侃大山，该多好啊。但眼下还不能，自己是一市之长，要力争在任职期间为他们办几件看得见、摸得着的实事。

转来转去，不知不觉，三四个小时过去了。陈剑觉得饥肠辘辘，是该填填肚子了。于是，他进了一家招牌上写着"江北风味"的饭店。

"先来上一盘苦苦菜吧，还有两条小鱼，外加一碗米饭。"陈剑一眼就看到货架上摆着的苦苦菜，北方最普通的野菜，但他觉得如获至宝。小时候，自己的家乡，一到春夏，在田地里、河沟边，到处都长着这种菜。放学回到家里，娘便塞给他一个窝窝头和一块咸菜说："去吧，去挖些苦苦菜回来凉拌或蒸着吃……"

一晃四十多年过去了，今天终于又见到家乡的苦苦菜了。陈剑细细品味着它，有点发苦，苦中又带着清香的味儿，真是人间美味！真想带上一盘回家再吃。

"老板，算账！"陈剑用餐巾纸擦了擦嘴，这顿饭吃得十分舒服。

老板娘手里拿着一个小纸条，笑嘻嘻地走过来："先生，您吃好了？还满意吧？"

"满意，满意，味道挺不错的。平时生意如何？"

"托您的福，还可以吧！"

"嗯，这就好，这就好啊。"

"先生，苦苦菜一盘 35 元，两条小鱼 15 元，一碗米饭 2 元，一共是 52 元！"老板娘和颜悦色地把纸条递给陈剑。

"怎么着，一盘苦苦菜要 35 元？"陈剑一怔，瞪大了眼睛望着老板娘。他觉得这种普通野菜运到城里是不便宜，但也不应该这么贵啊。

老板娘看出了他的心思，忙解释道："苦苦菜这玩意，要在乡下算不上什么，可在城里，就是奇珍异品喽！"

"对对，奇珍异品！"陈剑附和着，就去衣兜里摸钱。可摸来摸去，摸了半天，连一个钢镚也没摸出来。陈剑这回可傻眼了，脸上冒出豆粒大的汗珠："你看看，你看看，我简直糊涂，出门没有带钱……"其实，陈剑已经明白过来，平时无论是外出开会还是检查工作，向来都是走到哪儿吃到哪儿，根本用不着他亲手掏钱付账，也从来没有单独外出吃过饭。

"先生，你快付钱呀，我还等着去干别的活呐！"老板娘见陈剑磨磨蹭蹭，认为他是想要赖，心里十分不悦。

陈剑仍然笑嘻嘻地赔着不是："老板，实在对不起，我出门忘记带钱了！"

"什么，忘记带钱了？什么忘记带钱了！这年头人心不古，我看，是存心不想给钱吧！"老板娘把脸一沉，"这林子大了，真是什么鸟都有！"

陈剑被说得脸上发烧，擦了擦额上的汗说："这样吧，老板，我在你这儿打工抵账如何？"

老板娘略加思索："嗯，也行。一个钟头15元，你最少要在我们这里打工3个钟头，才能把你吃的饭钱挣回来！"

陈剑欣然答应。说干就干，接过老板娘递给的围裙，往腰间一系，高挽衣袖，便坐在小凳子上刷起盘子和碗来。饭店的人进进出出，谁也不在乎他的存在，可他干得十分认真。

起初，老板娘见陈剑笨手笨脚，有点不耐烦地说："这位先生，难道你在家就没进过厨房？"

陈剑当然明白老板娘的话语，有点不好意思地说："呵呵，干什么事情也不是生来就会的，一回生，两回熟嘛。不过，请老板娘放心，不把这些碗盘刷完，我是不会离开的！"

果然，陈剑的洗刷动作很快就麻利起来，尽管累得满头是汗，可觉得特别开心，特别有意义。

正在这时，饭店里突然断电了，经检查发现电闸门被烧坏了。老板娘急得直挠头："这可如何是好，今天电工休班。"

"老板娘，"陈剑来到电闸门跟前看了看，说，"让我试一试吧！"

"你？"老板娘不太相信地望着他，犹豫了一下，说，"把工具给这位先生。"

"嗯，我是学电力的。"陈剑拿着应手的螺丝刀等工具，动作娴熟地修理起来。不大一会儿，饭店天花板上的顶灯又亮了起来。

　　"嘿，你可真行！"老板娘走过来，高兴地拍着他的肩膀，"没想到你还会这一手，今后就在我们饭店干吧！"

　　时钟嘀嘀答答，在不知不觉中就过了三个小时。这时，市政府秘书小王气喘吁吁地走过来，非常惊讶地说："哎呀，我的陈市长，终于找到你了。你怎么在这里刷起盘子来了？我们分了好几拨人到处找你呢，车子在门外等着你呐，省政府通知，要召开紧急会议！"

　　陈剑解下围裙，抬头看了看墙上的时钟，笑呵呵地对老板娘说："有言在先，三个钟头到了。下次，下次我还要来你这里打工！"

　　"怎么着，你就是新来的陈市长？"老板娘惊呆了！